前男友食譜埋葬委員會

元カレごはん埋葬委員会

川代紗生

黃筱涵—譯

CONTENTS

第1話

「前男友喜歡的奶油雞肉咖哩飯」

要把女朋友甩掉的時候，再怎麼樣也不必選賓館吧，笨蛋——！

我躺在澀谷賓館的床上，極力忍耐著啜泣。

可以的話，我想扎扎實實地放聲哭出來。我想哭到彷彿有哇哇哇的文字從嘴裡飛出來一樣，讓人一眼就看出我在哭，我卻咬緊嘴唇忍耐著，因為這是我最後的骨氣了。

因為在相隔一人寬度的床上另一端，睡著才剛甩掉我的可恨男人——高梨恭平。

我背對著他所以看不到臉，但是說不定他還醒著，我死也不想讓他覺得「原來喜歡我到要哭成這樣啊……抱歉啊」。

我拉著枕邊的充電線把手機拉過來，躺在床上確認時間，剛才哭得太兇，現在藍光刺得眼睛好痛。現在是半夜兩點，顯然我躺在床上已經三十分鐘，卻絲毫沒有睡意，取而代之的是不斷湧出的眼淚與鼻水。

我偷偷摸摸把手機放回床邊桌，不想被恭平注意到，卻摸到小小的塑膠包裝袋。

那是還沒拆封的保險套。喔~原來他有「那個打算」啊，他都準備好要跟我做了嗎？我們之間原本還有可能性的，原本還有的。

注意到這一點後，不確定是悔恨還是丟臉的情緒湧上，淚水再度流了下來。我也不是因為很想跟他做才哭的，只是……只是……

我本來打算和他結婚的，我曾覺得他是唯一。這場為期四年的戀情，就在區區的寬敞賓館床上，以不起眼又不體面的方式消散了。

咦？失戀是這麼難過的事情嗎？

傳來辛香料的味道——

這麼說來，恭平曾經在吃我做的奶油雞肉咖哩飯時，大吃了三碗啊。我還將那道咖哩命名為「恭平咖哩」，這下不就沒辦法再做了嗎……

「咖哩?!」

我猛然睜開雙眼，驚覺屁股下是鬆軟的沙發，看來我似乎趴在桌上睡著了。緊接著映入眼簾的是木紋桌面。

「唔，好痛……」

頭好重，痛得不得了，簡直就像正在石臼裡被磨碎一樣。視線也很模糊，一摸眼皮，睫毛膏的碎屑就不斷剝落。

話說回來……這是哪裡？

我對這個地方沒印象，是咖啡店嗎？有古樸的布穀鳥鐘，和小小的電視，裝飾架上陳列著咖啡杯、書本、雪花球和古董品等。還有，老舊建築物特有的灰塵味當中，混著的輕微辛香料氣味。

我環顧店內，客人……除了我以外只有一個人。吧台有四個座位，附沙發的一般座位則有八個，是間小巧的店。

「啊，妳醒了。」

男人澄淨的聲音從背後響起。我撐著抽痛的腦門直起上半身。

「不好意思，我有點記不清……嗚哇，超級大帥哥！啊，不小心說出來了。」

如直角三角尺般挺直的鼻型、深邃的雙眼皮，五官既不會太開也不會太擠，均衡得恰到好處。將世界上形形色色的帥哥條件全部相加後，再化為一個抽象的形象後肯定就是這個樣子——他就是如此出色的美男子。藏青色的毛衣，非常適合他的白皙膚色。

「啊哈哈。妳剛才也說過一模一樣的話喔。就是那句『帥哥！』。」

「咦?!你說我嗎？」

「嗯。這樣啊，看來妳真的不記得了呢。」

我完全想不起來。我記得早上八點踏出賓館，和恭平分道揚鑣……對了，我在那之後本來想搭電車，結果因為看到太多幸福的情侶就逃走了。畢竟我原本打算和恭平一起出門，所以已經請好假了，回到家也沒事做，既然如此，乾脆就去喝到忘記一切吧。因此我踏進二十四小時營業的居酒屋，一口飲盡只加了冰塊的燒酎……我的記憶只到這邊。

我突然驚覺一事，連忙從口袋掏出手機。

「咦？為什麼?!為什麼裂了！」

「這個反應也和剛才一模一樣喔。」

太、太耀眼了。小哥太過爽朗的笑容，沁入了遭酒精擊潰的腦袋。那是個換個時代或許會成為傳說的帥氣笑容，會被稱為「東洋秘寶」並做成壁畫。

我輕點布滿裂痕的手機螢幕。太好了，好像還沒壞，現在時間是十二點。十二點?!糟了，斷片的時間也太長了。

「不好意思，這裡……是哪裡呢？」

「這裡是三軒茶屋喔！」

「三……三軒茶屋?!」

我下意識站了起來，走出店外。不，再怎麼樣也不會發生這種事吧？肯定不會吧！

「呃，這位客人，妳要去哪裡？」

這是完全陌生的住宅區，仔細一看附近電線杆上的廣告，確實寫著「世田谷區太子堂」。

真的假的？也就是說，我從澀谷走到了三軒茶屋[1]嗎?!難怪我的腳底這麼痛。事到如今，我才注意到自己一身狼狽，洋裝上沾的醬油漬看起來有一小匙的量，絲襪一路從大腿裂到腳尖，擦傷的膝蓋正貼著凱蒂貓的ＯＫ繃（我當然是沒印象的）。為了約會而努力存錢買的三萬九千八百圓淑女鞋也無法倖免，鞋跟磨損得很嚴重。

儘管如此，我到底是怎麼踏進這裡的呢？我終於回頭正視這家店。

咖啡店「雨宿」。

1. 以澀谷站到三軒茶屋站的距離估算，步行大約要一小時。

原來這間店叫這個名字啊。但是從外觀來看，卻是遇到豪雨似乎會漏水的老舊氛圍，印在遮陽棚上的「雨宿」文字也已經脫落到難以看懂的程度，店門和階梯都褪色了。看到那斑駁的牆壁，我不禁隱約想起住在鹿兒島鄉下的曾祖父那……滿是老人斑的皮膚。店門口的立牌上，用粉筆寫著「最受歡迎料理！咖哩商業午餐一千圓」。喔——難怪會有辛香料的味道。

「妳那時是邊喊著『現在的我有資格進入的，只有這種店而已！』邊進來的喲。」

剛才那位帥哥踏出店門向我說明。

「然後又說著『帥哥老闆，來杯啤酒！』看起來好像非常開心，結果才喝一口就趴下睡著了。我想說算了，反正也沒有客人會來，隨便了，所以就放妳繼續睡了。」

「真、真、真的很抱……！」

大出糗了！！喝醉橫衝直撞，結果還把這裡當成居酒屋。

「對不起！真的很對不起！唔，好想吐……」

「哎呀～還不行喔，妳還不能那樣大力甩頭。要不要再休息一下呢？」

照理說國寶級帥哥對我這麼溫柔，我應該要高興得不得了才對，但是現在這個處境反而突顯了我的悲慘。如果有洞的話真想鑽進去，指的就是這種情況吧……

「吃點東西比較好喔。稍等一下，我現在就去準備。」

「不好意思……這一切的一切都很不好意思。」

帥哥名叫雨宮伊織，似乎是這裡的店長。唉，太糟糕了。從醉意中清醒過來後，愈冷靜就愈對自己徹底破壞了這種寧靜沉穩的氣氛感到恐懼。

我在內心對著吧台最遠那端的客人說著對不起並下跪磕頭。那是個頂著光頭、戴著眼鏡，身形壯碩的男性。看他穿著僧服短褂，難道是和尚嗎？他一邊吃著冰淇淋蘇打與咖哩（這是什麼組合？）一邊讀著文庫本。

我一口飲盡開水，壓下沉甸甸的反胃感。融得像扁掉玻璃彈珠一樣的冰塊，撫著喉嚨深處往下滑。

「……唉。」

話說回來，恭平回家後有好好喝水嗎？他是個不喜歡攝取水分的人，我不提醒的話，一整天都沒喝水也是家常便飯。不，應該不用擔心吧，我聽說他健康檢查的結果不太好，就幫他訂了定期配送的礦泉水。恭平家裡應該還有庫存，所以現在應該還不用擔心，啊，不過還是提醒他「要好好喝水喔」比較安心吧？

我帶著如此打算拿出手機時，就有訊息通知像算好時間一樣冒出——是恭平。隨著從掌心傳來的震動，我倏地站起身。

「啊，不、不好意思。」

感受到光頭男的視線從吧台傳來，我連忙坐回去。深呼吸之後才開啟訊息。

〈妳的東西我已經整理好了，晚點就會寄出。還有妳用自己的名字訂的定期配送，希望可以盡快解除〉

緊跟在簡單扼要的訊息之後的，是LINE內建的熊大冒汗低頭貼圖。

「這個貼圖是怎樣啊……」

以前從來沒有用過的不是嗎？這個人不是絕對不用貼圖的嗎？這四年來互相傳了一堆訊息，我早就很清楚他用LINE的習慣了，基本上這個人只用「！」而已。就算約他一起買相同的貼圖，他也會嫌丟臉而堅持拒絕。

對喔，我已經沒有擔心他健康的資格了。我當然很清楚，但是我們分手與其說是昨天，日期上根本是今天，而且因為錯過末班電車，我們還同床共枕到天亮，所以真正分開的時間是今天早上吧，也就是剛才而已不是嗎？

他就這麼渴望分手嗎？

分手後不馬上整理東西不罷休——就這麼討厭我嗎？

把東西放進紙箱的過程中，完全不會迷惘是否要復合嗎？一點點、一瞬間也沒有？

看起來一臉抱歉的熊大貼圖，簡直就像他意志堅定程度的最佳證明，因為爛醉而一度收起的眼淚波浪，再度湧了過來。

「嗚……」

儘管我很清楚哭也沒用，卻控制不了自己，就好像控制情緒的煞車遭到徹底破壞了一樣。糟了，咖啡杯、廁所標誌、窗外樹木，映入眼簾的一切都套上了恭平濾鏡，現在無論是多麼平凡的事物，都會讓我聯想到與恭平的回憶。

不，我不可以這樣。都已經醉倒在人家店裡了，再痛哭流涕的話就是不折不扣的麻煩人物了吧，我不能再繼續給店長添麻煩了。

我用力睜大眼，試圖忍住眼淚。每次眨眼就像車子的雨刷一樣，會把淚珠掃下來，既然如此，我就把眼睛睜到最大，靜待眼淚乾掉就好！

「……啊。」

我不小心和光頭男對上眼，不知道是不是我的眼神太恐怖，他看起來有些畏懼。大概是這樣吧，因為他手上的文庫本唰地掉到地上。

「……不好意思。我這個人很令人毛骨悚然吧……」

「咦？」

「才剛在陌生店裡醉倒給人添麻煩，接著又突然哭了出來，實在是個很糟糕的人對吧……」

「不、沒有，我沒有這樣講……」

「我從以前就是這樣子，一下子就被情緒牽著鼻子走……我以前經常因為這樣被男朋友罵。我就是因為這樣，才會被嫌『沉重』吧？你覺得呢？」

「這種事情妳問我……妳為什麼要坐到這裡來？」

我撿起掉落在地的文庫本，順便爬上了光頭男旁邊的高腳椅。

「他以前呢，每週都會帶我去時髦的店，也會每天和我聊LINE，還常常稱讚我可愛說喜歡我，但是最近完全不講了……剛開始我以為是他工作忙的關係，畢竟他身為業務員有業績目標要達成嘛。正因如此，我更應該支持他，所以我當時真的很努力，會做好常備菜放進冰箱裡，在尋常的日子裡做整桌菜當作驚喜，一天至少稱讚他三次，但是這對男人來說是種困擾對嗎？」

「呃，妳該不會還在醉吧？」

怎麼辦？說著說著又哭了，我用衛生紙按住眼頭繼續說。

「嗚嗚……我做的這一切都只是雞婆，只會讓人覺得噁心而已嗎？」

「我不知道喔。那個，雨宮先生？你的客人……麻煩一下喔？」

該不會……我又去把手提包與agnès b.紙袋一起拿過來。可能是因為這個人看起來像和尚的關係，讓我有種莫名的安心感，忍不住想把鬱結在胸口的怨念全部宣洩出來。

「請你看看這個。」我從紙袋裡取出包裝好的禮盒。

「什、什麼?!」

「這是我為恭平生日準備的情侶對錶，這樣很沉重嗎？這樣一組六萬七千圓，很沉重嗎？我也有考慮努力一點買卡地亞的，但是價格實在太高，擔心恭平會很尷尬，所以這其實是我收斂過的選擇喔！既然都交往四年了，這樣的價格應該可以吧？我的價值觀有問題嗎？佛祖會怎麼說？」

「我想佛祖應該不會送情侶對錶之類的吧……」

「這樣啊……連佛祖都不清楚的話也沒辦法了……」

「……嗯，不過……」

和尚有些尷尬地搔搔充滿英氣的眉毛，輕聲說道：

「以一般情況來說，這個價格操之過急，再加上又是對錶……所以應該算是沉重吧？」

「果然是這樣?!」我崩潰抱頭。我愈來愈不明白怎麼做才對，怎麼做又是錯誤的了。「不，我的意見可能不值得參考……」和尚囁嚅著解釋，但是我已經聽不進他的聲音了。

我的這四年……

話說回來，別說這四年了，二十九年都用這種價值觀走來的我豈不是很糟糕?!

「嗚哇啊啊啊……！」

「喂，黑田先生，請你手下留情啊。」

我抬起臉後看見了店長，看來這位和尚是黑田先生。

「空腹喝酒對身體很不好，雖然是多出來的，但還是吃一下吧。」

如此說著的店長，優雅地將盤子擺上餐桌——那是道傳統的雞肉咖哩。

看見這一幕，我的心臟立刻怦怦跳，許多回憶如跑馬燈般湧上，糟了，裡面有太多都和恭平吃咖哩的模樣有關。像是吃到雙頰鼓起一臉享受的表情、邊喊辣邊揮汗的模樣、早上面帶睡痕吃著隔夜咖哩的臉……數以百計的恭平在我腦中同時登場。

「咦？妳該不會不喜歡吃咖哩吧？」

「怎、怎麼會！沒有這種事情……我要開動了。」

沒錯，我要先冷靜下來。我握緊湯匙告誡著自己。

我在賓館被甩了、喝得爛醉、頭痛欲裂，現在的我不冷靜，一點也不冷靜。每逢這種時刻，我就過得很不像樣。求職時，我就曾因為面試了一百家公司仍失敗，回過神來已經丟掉手機跑到印度，當時弟弟以為我失蹤還報警，引發了騷動。

沒錯。既然無論做什麼都會痛苦的話，就先選擇像樣的方式吧。如果要從失戀之後餓肚子跟失戀之後吃飽來選，那麼我選失戀之後吃飽比較好，先吃點美食，打起精神吧。

我舀了一大口咖哩與白飯後，一口氣吞進肚子裡。

「唔?!」

「怎麼了？」

「不，沒事，我只是覺得胃好像嚇了一跳。」

我心虛地躲過溫柔店長的眼神，從冷水壺倒了兩杯水來喝。

這、這是……絲毫沒有貫穿鼻腔的辛香料香氣，整體滋味淡薄如水，與其說是咖哩不如說是有調味的熱水……

……該怎麼說呢？

簡單來說，就是很、難、吃……？

對喔，這麼說來我也曾經大失敗過一次。我在恭平來的前一天就卯足了勁準備，結果因為調味料比例出錯，後來又慌慌張張重做一次……真是的，不是都說了不要再想恭平的事情了嗎！夠了，我的腦袋快停下來！不要再自動播放跟恭平有關的回憶了！

「咦，這位客人？您不喜歡嗎？」

「不不不！很、很好吃喔！」

「是嗎？那就太好了。」

天哪～我不小心說了好吃！但是沒辦法啦，店長連我這個陌生女性都溫柔以待了，誰能夠看著他的笑容說出真心話啦……

我不經意望向左邊，看見那位黑田先生手邊的冰淇淋蘇打與咖哩盤子，都已經吃得一乾二淨。

不，等一下。這個人剛才就一直滿臉正常地吃著咖哩不是嗎？而且剛才招牌上也醒目地寫著：「最受歡迎料理！」既然如此，就代表這是平常會賣給客人的吧？

我深呼吸一口氣，試圖壓抑不斷旋轉的視野與飛快的心跳。

有個不祥的念頭從腦中浮現。

該不會奇怪的不是咖哩，而是我的、味覺、吧？

我拿衛生紙把鼻涕擤乾淨後，再度把咖哩放進嘴裡，滋味果然還是很奇怪。

騙人的吧？我的味覺哪裡出錯了？我爸在老家鹿兒島經營居酒屋，我自幼就在店裡幫忙，也理所當然地參與家裡飲食的準備，所以我對自己的廚藝很有信心，半顆高麗菜只要三十秒就可以切成絲。

但是，對喔，仔細想想……

我爸的店營業額一直無法提升，結果在我小學三年級時收掉了。

我的料理基礎幾乎都是我爸教的，我至今一直深信當時所學，但是追根究柢，如果我爸的調味很難吃的話怎麼辦呢？

「不會吧……怎麼可能……」

我爸和身為他女兒的我都是味覺白癡，所以店會收掉是因為料理很難吃的關係。

也就是說，我用自己的方式做出咖哩，並自信滿滿地端給恭平，結果恭平說的好吃，只是抵擋不了壓力所說的客套話——該不會是這樣吧？

這麼一想，所有疑問似乎都找到了答案。

——其實我很久以前就覺得必須開口了，但是看到妳為我努力的模樣，就遲遲說不出口，對不起。

他昨晚這段話，逐漸與咖哩的香氣纏繞在一起。

他說的「好吃」，是發自真心的「好吃」嗎？

他說的「快樂」，是發自真心的「快樂」嗎？

他說的「喜歡」，是發自真心的「喜歡」嗎？

這樣的想法就像導火線，緊緊纏住大量的記憶，讓我開始懷疑搞不好那也是、搞不好這也是。天哪，完蛋了，我想去印度了，我又想乾脆昏倒算了。

「我剛才不小心聽到妳說的話……請問妳失戀了嗎？」

驀然抬頭，正好看見店長在我旁邊坐下，長腿交疊，優雅地喝著咖啡。

「雨宮先生……不要那麼直接。」黑田先生開口提醒。

「不，我覺得這時盡情向他人傾吐會比較好。」

「傾吐？」

「能夠治癒失戀心傷的，終究只有共鳴、時間與復仇這三個方法。」

店長邊說邊豎起了三根手指。

「共鳴、時間與復仇……」

「沒錯，雖然很常聽到『時間會解決一切』，也確實有這樣的情況。但是根據我的經驗，要忘記甩掉自己的對象至少得花半年。」

「半、半年?!」

我還得抱持著這麼煎熬的心情半年嗎？這讓我的頭愈來愈痛了。

「如此一來，問題就在於該怎麼熬過這半年了吧？所以終究還是需要有人可以與自己感同身受。發現有人陪著正在與煎熬心情奮鬥的自己，才會開始意識到或許可以稍微往前看了。」

店長撐著臉頰微微一笑。

「帥哥說的話也很帥呢……」

他的溫柔稍微療癒了我龜裂的心。如果沒有努力走到這裡，現在的我會是如何呢？應該會躲在家裡獨自哭泣吧？

「但是……我一旦開口可能就停不下來，還會哭到難以置信的程度，這樣也沒關係嗎？」

店長溫柔地輕笑一聲。

「放馬過來吧。」

空氣中傳來了墨水滲開般的氣味，低調的雨開始滴答落下，稍微掩飾了我吸鼻的聲音。

我一直以來都很討厭雨天，但是今天卻覺得有些感謝。

💔

「這樣啊，交往四年卻在二十九歲被甩掉嗎？這樣當然會想大喝一場。」

店長太過擅長聆聽，等我回過神時才注意到自己已經一五一十全部交代清楚。

我叫結城桃子，來自鹿兒島縣。

任職的連鎖餐飲公司是家黑心企業，所以不斷有人離職，我只好身兼多家分店的店長，很難安排週末的休假。但昨天是恭平的生日，因此我硬是排出連續兩天的假日，沒想到卻反而無事可做——

「我想他『忘記』的次數，與沒興趣的程度應該是成正比的。」

我邊強迫自己吞下咖哩邊說著。嗯，習慣味道之後就意外順口。

「忘記聯絡、忘記紀念日、忘記聖誕節、忘記生日……」

「忘記生日就太過分了。」

「你也這麼覺得吧?!他『忘記』的次數就這樣一點點、一點點地增加，藉口也愈來愈隨便，不知道什麼時候開始，甚至連藉口都不找了。」

我的「這樣啊，那就沒辦法了」也愈說愈順口。

「但是這就算了，工作忙的時候真的難免忘記生日，所以退一百步體諒這件事情吧。不過再怎麼樣都不應該『忘記過年』對吧?!」

我忍不住握拳敲打桌面。沒錯，就是前陣子跨年夜發生的事情，不管我怎麼聯絡都沒有收到回音，讓我不禁擔心他是不是出了什麼狀況，一直到隔天才收到他的藉口：「抱歉，我沒注意到過年。」

「生活在這樣的日本裡，到底是什麼樣的情況會忘記過年呢？」

「啊～確實無論多麼忙碌，都不會忘記過年呢。」店長浮現尷尬的笑容。

「會不會是他跨年夜時也通宵工作呢？」

「但是他在推特上按了披薩店跨年夜優惠廣告的『讚』喔，所以應該沒有忘記才對。」

黑田先生突然喀噠一聲從椅子摔了下來。

「黑田先生?你怎麼了？」

「按讚的話……其他人也看得到嗎？」

「通常都看得到喔。」

聽到我的回答後，黑田先生重新戴好滑落的眼鏡，氣勢洶洶地逼近。

「這應該……是因為妳個性黏人，所以才知道這種特別的查看方法對吧？」

「你在說什麼失禮的話！每個人都看得到啦！」

我說完後立刻告訴他查看別人按讚貼文的方法，結果黑田先生一臉鐵青地發抖，以聽不清楚的聲音喃喃自語，同時開始猛滑手機。

「黑田先生……」

「呃，算了，我們先別管黑田先生了，接下來發生什麼事情了呢？」

總覺得氣氛有點緊繃，但是算了。

「總而言之這樣的情況不斷發生，但我也不好說什麼。直到昨天恭平生日，我們才久違地外出約會。」

這是我和他暌違一個月的見面。我們一起在高級餐廳享用晚餐，兩個人都醉到一個剛剛好的程度，讓我鬆了一口氣：「什麼嘛，這不就是一直以來的我們嗎？」當然我們也刻意錯過末班電車，並順其自然踏進了附近的賓館。

「但是……那之後他卻……」

現在回想起來，胸口深處仍刺痛著。

賓館的房間有張寬敞的床。我先去洗澡，然後用為了這一刻準備的保養品好好打理膚況一番，再換上為了這一刻備妥的內衣褲，甚至考慮噴上事先分裝的 Chloé 香水，但是又怕顯得太過用力，所以就放棄。
為了避免被恭平發現我這麼期待，我還邊滑手機邊等他洗好澡。
洗好澡的恭平邊擦著頭髮邊盤坐到床上，我主動抱緊他並輕輕獻上一吻，心想著要把握今天。
然而面對心跳逐漸加快的我，恭平卻小小嘆了口氣後開了口：
「他說『明天再做好不好？』」
直覺很準的我光憑這句話，就立刻察覺到不對勁了。
「啊……」
店長用骨節分明的手摀住臉。
「這下……應該會震驚吧，不，應該是非常震驚吧，肯定是的。」
「老實說，昨天也有擦槍走火的時候，我想他應該也是打算順勢做下去的吧？」
「不好意思，現在是聊到哪裡了？」
「你都沒在聽嗎？就是……」
黑田先生恐怕什麼都沒聽進去，所以店長便湊近他的耳朵低語。黑田先生皺著眉頭認真傾聽後，臉也變得微紅：「原、原來如此。」他用中指推起眼鏡的鼻橋以掩飾自己的害羞。
「我不是在聊慾求不滿的事情，問題不在這裡。」
沒錯，這不是性慾的問題，不是這樣的。
「我不禁開始思考，他是不是不喜歡我了。否則已經一個月沒有見面，卻連試圖碰一下都沒有，身心健全的二十多歲男性，迎來睽違一個月能夠與女性親密接觸的機會，卻說著『明天再做』。這讓我當時浮現了絕望感，不如該說……『沒有身為女人的價值』這句話深深烙印在我心裡。」

儘管我有些懷疑是否該對初次見面的人坦白到這個地步，但多虧這兩個人認真傾聽的模樣，讓我不可思議地一直說下去。

「我搞不懂恭平的想法。他既沒有向我提分手，也沒有告訴我哪裡需要改進，在完全搞不清楚應對方案的狀態下遭到冷處理真的很煎熬，如果他能夠明白指出什麼情況希望我怎麼做的話，我還比較輕鬆……」

淚珠落在湯匙上，形成小小的水窪。

「這讓我難以忍受，所以忍不住開口抱怨——已經不喜歡我的話是不是分手比較好？就算是我也不願意在對自己沒興趣的人身上浪費時間。」

我原本已經決定好，無論如何都不能說出這樣的話。這四年來，這段話常常快要蹦出來，卻被我硬生生忍住。

「妳希望他否認嗎？」店長輕聲提問。

我希望他對我解釋「不是這樣的」，像是「不是這樣，我喜歡妳，只是今天累了而已」之類的，只要他這樣告訴我並摸摸我的頭，只要他握住我的手。

只要這樣就好……

真的、只要這樣就好了嗎？

「但是我可能也有點希望恭平可以感到受傷。」

我放下湯匙，拿衛生紙按住眼皮。我一早就卯足全力化妝，希望在恭平眼裡的我，直到最後一刻仍美麗動人，然而至此連妝容也完全掉光。

「明知道我感到受傷卻假裝沒看見，不願意和我好好談談，總是顧左右而言他，這樣的態度一直讓我感到焦躁。但是我自己也受到自尊心干擾，想表現得獨立自主，想成為一個人也過得很好，即使恭平很忙也沒關係的女人。」

所以無論恭平怎麼對待我，我都刻意「表現得成熟」，無論是他態度冷淡還是被他拒絕，我都會冷靜以對。

然而隨著同樣情況不斷重演，有股不一樣的怒氣就從內心湧上。

這明明是我們兩個人的問題，為什麼卻變得好像我很情緒化、我很幼稚呢？我會這樣不是理所當然的嗎？畢竟是關乎我們兩個人的事情，為什麼你卻一臉事不關己的表情呢？

你也該為我苦惱一下吧？

「我想看他聽到我提分手後受傷的表情，既然我都這麼痛苦了，我也希望看到他因為我而痛苦。如果他能夠露出這樣的表情，我會比較安慰一點……」

LINE總是已讀後至少三天才會回覆，好不容易等來的卻只有一張貼圖，我只能忍耐三天後再若無其事地傳出「今天好冷！小心不要感冒囉」之類的訊息。即使得反覆面對這種事情，只要恭平表現出一絲受傷，就算只有一瞬間也好，我想我都可以繼續忍耐。

「我很差勁對吧……」

他們可能不曉得該怎麼回答才好吧？寂靜的沉默維持了一段時間。

「……不，感情就是這麼回事。」

店長喝著咖啡輕聲說道。

「然後呢？男朋友有什麼反應？」

「原來他一直試圖讓我主動提分手，他告訴我實在無法自己說出口，所以刻意不聯絡、刻意忘記重要的日子，都是為了讓我主動提分手。」

然後，恭平小聲對我道歉：「真的很抱歉。」他低著頭沒有對上我的視線，我想著你至少該哭一下吧？然而恭平直到最後一滴眼淚也沒掉。

「他沒有表現出受傷的樣子，反而面無表情、相當冷靜，這又帶給我另一種痛苦。」

「該怎麼說呢？實在是很笨拙的人。」

「我曾經很喜歡他這一點……」

恭平是個幼稚、遲鈍、順勢而為的人，這樣的他一點也不懂浪漫，卻曾為了討我歡心而笨拙地努力著。我不斷掙扎至今，就是還想再體驗一次當時的心動，還想再見一次當時的他。

「當時已經半夜兩點，直接一路吵到早上還比較好，但是我們卻無話可說，分別睡在同一張床的兩端，直到早上八點才解散。」

我翻身看見恭平的背影近在五十公分左右的地方，一直到剛才都「還可以觸碰的背」，瞬間就變成「不可以觸碰的背」了。

如果我沒有問出「是不是不喜歡我了」的話……

如果我能說出「既然累的話就不要勉強」的話……

或許我就能夠再觸碰這個背影了——我躺在床上，這種想再多都沒用的念頭，從兩點一直到天亮都在腦中盤旋。

「我到底哪裡不好呢？就算不想再思考也總是忍不住思考起來。是我的感情太沉重了嗎？但是為了避免讓他感到負擔，我即使很想立刻回覆他，也會努力放一個小時後再回。我真的努力過了，我其實想對他說更多更多的喜歡。」

這麼說來，我在LINE上用大拇指刪除了多少次的「喜歡」呢？

就連從此分道揚鑣的今天早上，我也沒能直視著他的臉說出「喜歡」，我苦等他說出「和好吧」這句話，結果什麼也沒說出口，感情就這樣結束了。

但是，既然如此的話……

「我喜歡你，我好喜歡你。」

我的臉頰再度感受到冰冷，淚珠從下顎滑落，成為咖哩的一部分。

「我好喜歡你，你的一切都好喜歡，早知道會變成這樣，我應該說得更多的。」

如果我當初能夠說得更多，現在就不會後悔了吧？

如果我不要想東想西，想一堆沒用的策略，只是單純地坦白說出「喜歡」的話……

只是我很害怕，非常害怕，我害怕用真實的面貌定勝負，所以總是思考他追求的

「理想女性」是什麼樣子？我想成為他會按「讚」的女人，但是被牽著鼻子亂走一通後，獲得的結果就是這個，胡思亂想的我就像個笨蛋。

我過度執著於修飾自我，結果從頭到尾都不曉得恭平的真心話。

我的指尖顫抖得停不下來，事到如今才覺得在旁人面前哭很丟臉，只能用洋裝袖口邊擦著眼角，邊吃下滋味淡薄的咖哩。

啊～是啊，連咖哩也是一樣，雖然當初恭平說著好吃，但肯定只是配合我而已，該不會他從那個時候開始，就一直在找機會和我分手了吧……

我拿著湯匙的手立刻凍結。

他的話是真心的嗎？恭平曾經在我面前流露出真心嗎？我腦中浮現了恭平的臉——我為他準備了可以吃很多天的大鍋咖哩，結果他說著「這是我這輩子吃過最好吃的咖哩！」不斷續飯，結果一個晚上就吃完了，當時的恭平露出了爽朗的笑容。

那是發自真心的笑容嗎？

「打起精神吧，要不要吃點冰淇淋呢？」

不行，我果然還是……

我果然還是放棄不了。

「那個……不好意思，我想麻煩你……」

「嗯？」

一起度過的這四年間，到底哪些是真的？哪些是假的？

我到底是哪裡不好？又有哪裡沒那麼不好？

我已經什麼都無法相信了。

「……能夠幫我嘗嘗看恭平喜歡的咖哩嗎？」

回過神時，我已經提出了這樣的要求。如果不確認清楚的話，我就無法安心。

「嘗咖哩？誰？」

「你。」

「我嗎?!」

「還有那位和尚先生……黑田先生是嗎？」

矛頭突然轉向自己，讓剛喝了一口水的黑田先生嚇得噴了出來並大咳一番。

「我、我也要嗎？」

「畢竟只有一個人的評語，我也很難判斷是不是真的……」

「不，那個，我等一下還要修行……」

黑田先生用手帕擦乾溼掉的下顎，同時俐落起身。

這時店長用力按住黑田先生的肩膀。

「黑田先生。」店長將鼻尖湊近黑田先生的臉後露出微笑，薄唇勾勒出如化妝品廣告般的完美弧線。

「你應該沒有這麼殘忍，把我一個人丟在這裡吧？」

黑田先生強行剝下店長擱在寬肩上的手臂後，理了理僧服短褂的衣領。

「不，我只是個客人而已……」

「拜託你們了。」

店長讓我在這裡休息，甚至還聽了我失戀的抱怨，我竟然還要求他嘗嘗自己開發的咖哩，實在太任性妄為了。

我朝兩人低下頭。

「拜託你們……我一定會答謝你們的……啊，我會帶著點心禮盒正式上門道歉的！如果要錢的話……啊，對了，我算是小有存款……而且我有定存！」

所以真的很抱歉，因為繼續這樣下去的話，我實在是——

「……我知道了，我知道了，那妳需要哪些東西呢？」

店長放棄似的嘆了口氣後走進廚房，打開冰箱確認裡面的東西。

「洋蔥跟雞肉的話我有，再來還需要什麼的話就寫下來，我會去買回來。」

他說著「還有這個」後就把圍裙與便條紙交給我。

「……可以嗎？」

「反正都上了賊船，那就陪妳到最後吧，更何況……」

店長露出有些寂寞的笑容。

「失戀帶來的傷口，一旦錯過時機就永遠無法痊癒了。」

💔

桌上整整齊齊地擺著三盤咖哩，那是帶有奶油與辛香料色澤的綿密咖哩，最後飾以乾燥洋香菜。

「請、請用……」

我緊張地嚥下唾液，專注地盯著店長與黑田先生。

「我開～動囉。」

「我開動了。」

終於，店長與黑田先生用湯匙舀起白飯與咖哩後，大口吃了下去。

我將掌心沁出的汗水抹在洋裝後，自己試了口味道。好吃，我一直都覺得好吃，但是他們兩人會接受嗎——

店長大口吞下咖哩後，瞪大了雙眼。

「好吃！」

「咦？真的嗎？」

「超級好吃！雖然滿辣的，但是口感醇厚，是我喜歡的口味。」

燦爛的笑容讓他眼尾產生了皺褶。

「真不愧是為了男朋友反覆研究過的食譜……話說回來，黑田先生你剛才不是吃過我做的咖哩了嗎？你還會餓嗎？」

黑田先生正努力用湯匙刮著咖哩的手立刻頓住，視線開始游移。

「不，坦白說……我只是想蓋過剛才殘留在嘴裡的滋味而已。」

「咦？真過分。」

「雨宮先生，你今天的咖哩有試過味道嗎？」

「啊……」

「我想你應該是水放太多了，吃起來很稀。」

店長連忙跑進廚房，試了口剛才端出來的咖哩，然後「唔哇」地皺著臉蓋上鍋蓋。

「啊——我還以為做得跟食譜上的一樣耶，昨天明明還不錯的……」

「反正只有我會吃而已，所以你就隨便做了吧？」

「你明明可以跟我說的！」「我是不客訴主義者。」聽著兩人悠閒的你一言我一語，我終於明白那是店長失誤所做出的口味，看來我的味覺應該沒問題吧？

我再次逼近兩人。

「真的好吃嗎？」

「好吃。」

「很好吃喔。」

「你們應該不是看我可憐，所以才說客套話吧？」

「這看起來像是客套話嗎？」

店長指了指轉眼就幾乎吃乾淨的餐盤。

「什麼嘛……太好了……」

看來我的料理沒有問題，視野前方的一切被淚水覆蓋，變得像大理石花紋一樣模糊，包括眼前的咖哩、店長俊美的臉、黑田先生的光頭，全部都像漩渦一樣溶開了。

我抬頭望向天花板，吐出了大大一口氣，全身的力氣從腳尖開始流失。

雖然不是因為咖哩沒有問題，就代表過去的一切都沒有問題。

「太好……了……」

放下心中的大石頭後，我立刻趴倒在吧台桌上。

「妳這麼擔心嗎？」

「……因為我很擔心這四年來的回憶都是假的。」

我甚至懷疑恭平的笑容、他口中的「喜歡」與「開心」都是被我「逼著說出來的」。

「我不知道實際情況是怎樣，雖然可以肯定的是，這段期間只有我一個人像笨蛋一樣在唱獨角戲，但是……他肯定也有說出真心話的時候對吧。」

天哪，受不了，今天的淚腺太發達了。

我不想讓他們覺得我又在哭了，所以用洋裝的袖子擦去眼淚。

「……妳叫結城，對吧？」

低語聲讓我抬起頭來，看見說話的是吃完奶油雞肉咖哩飯的黑田先生，他用餐巾擦拭嘴巴後說道：

「妳聽過四苦八苦這句話嗎？」

「四苦八……啊，有的，你是說成語嗎？」

突如其來的話題讓我腦袋凍結。呃，現在是在說什麼呢？

「這本來是佛教用語。」

「嗚哇，突然開始展現和尚這個身分了。這個人呢，外表看似和尚，實際上真的是和尚喔，而且妳別看他這樣，他本來可是東大畢業的商務精英。」

「喂，你太多嘴了。」

店長一臉壞笑地揶揄著黑田先生。從店長口中得知，黑田先生在附近的星山寺修行，幾乎每天都會來「雨宿」喝冰淇淋蘇打。

「總之，回到正題。」

黑田先生有些害羞地清清喉嚨。

「人生在世得面對許多痛苦，包括生病、衰老、和討厭的人往來等，而佛教將這些人類無法避免的苦痛與煩惱，統稱為『四苦八苦』。」

原來四苦八苦是這個意思啊，我都不知道。

「我之所以出家，是因為對我來說『活著』也屬於四苦八苦的一種，也就是說，連活著都是一種苦。」

「咦，就因為這樣？」

「沒錯，我認為光是活著就很辛苦了，不想被討厭、不想被傷害——人們總是在這樣的情緒中掙扎，甚至用盡心力去戀愛……努力讓喜歡的人也能夠喜歡自己，為此甚至開發出獨特的咖哩口味。」

黑田先生輕撫著空盤的邊緣。

「妳這不是很厲害嗎？妳正與四苦八苦奮鬥著，所以我認為妳不必那麼卑微，覺得自己像個笨蛋一樣在白費工夫。」

「黑田先生……」

「哎喲黑田先生，說得不錯嘛。」

我很痛苦，滿腦子都是恭平。

即使我費盡心思想忘記他，仍無法將他從腦中逐出。

但這正是我有多麼喜歡他的證明，我確實曾經使出渾身解數愛著一個人。

即使並不順利、即使無法如願，但我仍奮鬥過了，我很努力「活著」。

「總覺得……」

我突然覺得體內充滿了能量，忍不住想要有所行動，總覺得血液以猛烈的速度在腦袋與心臟之間不斷來回！

「我要被超渡了。」

「什麼？」

「我滿心的煩躁好像被超渡了！」

我忍不住從椅子上站起來。

店長與黑田先生都傻眼抬頭看著我。

「黑田先生，你可以延續剛才的氣勢，說聲南無阿彌陀佛嗎?!」

我紮起馬步將雙手朝著黑田先生伸出，來吧！

「啊，我不是那個教派的，所以沒辦法，而且那也不是用在這種時候的詞。」

「那……那改成『前男友，安息吧』的感覺也可以！」

「這樣不就變得好像前男友過世一樣嗎？」

「啊──我滿心的怨念好不容易因為黑田先生那很有智慧的話語快要消失了的說……」

「妳把佛教當成什麼了……」

可惡──總覺得照這個氣勢就能夠清空所有煩憂，明天開始就不會再痛苦了的說！如果可以徹底拋開對恭平的思念就好了！──雖然我是這麼想的，但似乎沒那麼簡單。

「所以我不是說過了嗎？失戀的傷痕無法輕易癒合的，更重要的是小桃，我想到更好的方法了。」

旁觀著我和黑田先生互動的店長突然開口。

「咦?!什麼方法？請告訴我！」

「那就是讓前男友好看！」

「讓前男友好看……」

這麼說來，店長提過想治癒失戀的傷口時，有共鳴、時間與復仇這三大原則。

「你是指復仇嗎?!」

「沒錯，畢竟妳都燃燒了足以做出正統咖哩的熱情，前男友卻沒有好好把握對吧？妳不會覺得悔恨嗎？」

「當然悔恨。」

「既、然、如、此，要不要在我們店裡推出這道咖哩呢？」

店長頂著偶像般的滿面笑容說道。

「咦?!推……推出?!」

「就是呢，妳讓這道咖哩成為我們的新菜單對吧？」

店長豎起食指繼續說。

「然後這道咖哩就會變得很受歡迎對吧？」

「什麼？」

「如果有名到大排長龍的話會如何呢……？」

店長一臉「接下來妳懂吧？」的感覺拋了個媚眼。

如果我的咖哩大受歡迎……變得很有名的話……那麼……

「如此一來，說不定就會傳進恭平耳裡！」

店長心滿意足地「嗯嗯」點頭。

「然後然後，這道咖哩就會變得超級有名，還有電視台來採訪並下標『三軒茶屋最受歡迎料理』，一不小心就拓展至全國?!接下來還推出調理包?!甚至和7-11合作?!」

「不，我沒有說到那個地步。」

「結果六年後，恭平不經意買下了這道咖哩的調理包！」

我愈來愈亢奮，糟糕了！情緒超級高漲！

「總覺得她開始演講了。」

「六年後這個數字真寫實……」

「吃下調理包的第一口後，恭平才意識到『這個滋味……』，然後看一眼印在包裝上的監製者名稱後大驚失色！因為那裡印的竟是六年前分手的前女友姓名！」

「咦？我該不會是向奇怪的人搭話了吧？」

「店長！請讓我在這裡工作！」

我站起身朝著店長大幅度伸出手。

「嗯，我就是這個意思。」

店長握住我的手，掌心觸感有些冰涼。這下成交了。

但是另一邊的黑田先生眼神卻有些冷淡。

「雨宮先生會這麼提議，是因為沒有負責內場的人很傷腦筋而已吧？」

「呃……不不不，才沒有這回事！」

「你前陣子講電話時，不是還提到營業額不妙了嗎？」

「黑田先生，偷聽是壞習慣！我吃了那道咖哩後，感受到小桃的廚藝不是蓋的，而且……」

「而且？」

「我想到一個有趣的點子了。」

一個月後。

「……店長，這是什麼？」

「不錯吧？這是我做的，做得很好吧？」

「我不是在問這個！我是在問『前男友食譜埋葬委員會』是什麼?!而且我竟然是會長！」

順利離職後，我從今天開始終於要展開新生活，沒想到一上班就看到店裡的牆壁貼著大大的海報。

「前男友食譜埋葬委員會！徵求失戀故事&與前男友（或前女友）回憶有關的食譜！」

海報上就寫著幾個大字。

「因為妳已經順利到職，所以我就坦白一點了……就算說得保守一點，我的臉長得還是相當不錯對吧？」店長一臉認真。

「……什麼？」

咦？他是這種風格的人嗎？

「一般來說，店長是這樣的美男子時，生意應該會更興隆才對吧？」

「我很遺憾自己無法提出否定……但是確實應該要吸引滿滿的女孩子才對。」

今天的「雨宿」依然門可羅雀，雖然位在巷子內所以少有人煙，但是店裡的氣氛不錯，應該也會有客人喜歡這種復古風情。

「問題就在這裡！」

店長握緊拳頭強調。

「女性們每次都會變成常客，有些人甚至每天都來吃午餐，或是坐在吧台座位邊喝冰淇淋蘇打邊找我諮詢戀愛問題……」

「這樣不是很好嗎？」

「就是這個。只要我認真陪對方商量的話，哎呀好奇怪，對方的目光就會不知不覺轉到我身上……充滿熱情地說著：『如果男朋友是店長這樣的人，就不會讓我這麼難過了吧？』」

原來如此，指的是這種事情啊？我終於理解了，難怪他上次也那麼擅長陪我聊失戀的話題。

「真是令人羨慕的煩惱。」

隨著朦朧的進店鈴聲而來的是黑田先生，他熟練地直奔吧台最遠端的位置。

「找看不出來在想什麼的腹黑男商量……既然如此的話，還不如來星山寺比較實在……」

「啊，所以呢，我就是因為這樣才寫上黑田先生的名字！」

店長笑容滿面地指向海報。

「咦?!」

黑田先生連忙跳下椅子跑向海報確認內容。

「太好了，看來黑田先生也很有興致，真是幫了我大忙。」

「咦咦咦真的耶！仔細一看，上面竟然寫著會長：結城桃子，埋葬負責人：黑田穗積！」

「不要把我拖下水啦……」

「沒辦法喔，我已經發出傳單了，而且活動從週五晚上十點就開始了。」

店長拿著一張傳單揮呀揮的，上面印著與海報相同設計的LOGO。

「週五晚上十點……不就是今天！這麼突然我沒辦法！」

「抱歉，這是攸關本店存續的問題。」

店長嘆了口氣。

「找我商量戀愛問題的女孩子，有百分之九十九都會喜歡上我，但是我又不能和客人談戀愛，所以當然會拒絕吧？如此一來，對方就會說著『那就不要讓我誤會！』然後就哭著跑出去對吧？結果，就變這樣。」

店長從口袋掏出手機遞給我們。

黑田先生和我都看向手機螢幕，那是咖啡店「雨宿」的google評論。

「店長超渣」、「不會再訪！」、「不要被這個男的騙了！」

滿滿都是前所未見的謾罵。

「平均一‧八顆星，其中一顆星的評論就有一〇五件……鄉下的牙醫師也沒有這麼慘。」

「我不是刻意讓她們誤會的，只是想說既然都來了就認真接待，沒想到會變成這樣。」

這樣啊，原來帥哥也很辛苦……

「但是關於這一點，小桃還留戀著前男友，個性也有點奇怪，所以我不用擔心妳迷上我對吧？」

「說什麼個性有點奇怪……」

「所以往後要來找我商量失戀問題的，就由整個『前男友食譜埋葬委員會』傾聽，由小桃同理他們，再由正牌和尚——黑田超渡怨念。同時我們還得到與失戀有關的食譜，只要拿來放進菜單就一石二鳥了對吧？」

雖然我覺得理由有些牽強，但是整體還算有邏輯……吧？

「等店變得有名之後，說不定會被《BRUTUS》[2]採訪。」

店長附耳悄聲說道。《BRUTUS》?!這樣確實不錯。
他也湊到黑田先生耳邊低聲說著什麼，只見黑田先生眉間出生了很深的皺紋，但是過了一下子就放棄似的嘆了口氣。
「……一天兩杯的話我就答應。」
「一天免費提供兩杯飲料嗎？」
「不，是兩杯冰淇淋蘇打。」
「你這麼會喝?!」
「因為修行會消耗大量能量，這也是沒辦法的。」
「這種藉口……」
看著兩人的互動，我忍不住噴笑出聲。

外面又開始滴滴答答地下雨了，我去店門口外側鋪設下雨天專用的地墊。
結果不經意發現招牌文字變了。
正面寫著「新菜單！前男友最喜歡的奶油雞肉咖哩飯」，背面則是「前男友食譜埋葬

2. 日本文化、生活風格刊物。

委員會OPEN」。

前男友食譜埋葬委員會嗎？

坦白說，我的心傷仍隱隱作痛，也還會想起恭平。但是至少一點一滴，真的一點一滴地整頓出和心傷和平共處的心情了。

我將招牌翻了過來——十點開始，就是秘密的夜間聚會了。

前男友喜歡的奶油雞肉咖哩飯

材料（4人份）

● 事前準備

- 雞腿肉 …… 500g
- 奶油 …… 50g
- 蒜頭 …… 1瓣
- 生薑 …… 1瓣
- 洋蔥 …… 1顆
- 番茄罐頭 …… 1罐
- 鹽巴 …… 1小匙
- 砂糖 …… 1小匙
- 醬油 …… 1小匙
- 鮮奶油 …… 50ml

● 肉類醃漬用

- 原味優格（無糖）…… 130g
- 薑黃粉 …… 1小匙
- 蒜頭 …… 1瓣
- 生薑 …… 1片
- 鹽巴 …… 1小匙

● 辛香料（★）※均為粉末

- 小豆蔻 …… 1/2小匙
- 孜然 …… 1小匙
- 薑黃 …… 1小匙
- 胡荽 …… 2小匙
- 葛拉姆馬薩拉 …… 1小匙
- 紅椒 …… 1+1/2小匙
- 粗辣椒 …… 1/2小匙

作法

【1】雞腿肉切成一口食用的大小，洋蔥切絲，蒜頭與生薑磨成泥。

【2】將（★）的辛香料仔細拌勻。

【3】將切好的雞腿肉、鹽巴、薑黃、蒜頭、生薑、原味優格放進夾鏈袋等容器後拌勻並揉捏，接著醃兩個小時。

【4】將奶油、蒜頭與生薑放入鍋中，並開啟小火靜待至出現香氣。

【5】等香味擴散至整個空間後，就倒入洋蔥絲拌炒5分鐘。

【6】洋蔥變透明後就倒入【2】的辛香料，與洋蔥絲拌勻後再炒5分鐘。

【7】倒入番茄罐頭。切換成中火煮5分鐘，過程中要邊鏟碎番茄。（這裡不鏟碎的話，番茄的存在感會過重，所以應特別留意！）

【8】雞腿肉直接倒進鍋中。（混入優格、薑黃等會很香，所以請務必連醃肉醬一起大方倒入吧！）

【9】倒入鹽巴、砂糖、醬油後，以中火燉煮約15分鐘。（時不時攪拌才不會燒焦！）

【10】這個階段請試吃看看。覺得味道不足的時候，起鍋前再加點鹽巴（分量另計）調整；如果追求更溫和的口味，可以添加50ml的鮮奶油，再進一步煮約10分鐘直到出現濃稠感。（沒有鮮奶油的話，也可以使用牛奶！）

最後在白飯上撒些乾燥巴西里後，盛裝咖哩即大功告成。

第2話

「渣男百貨公司的
罪孽深重漢堡排」

寒風刺骨的二月週五，我決定正視咖啡店「雨宿」所面臨的嚴重問題。

「那個，店長……今天有客人來過嗎？」

無論我多麼用力瞪著一週前成為我主管的店長──雨宮伊織，對他來說都不痛不癢，他始終坐在昏暗中喝著咖啡、優雅地敲打著電腦的鍵盤。

「書店的木村先生、肉店的安達先生都有來不是嗎？」

「是來的只有木村先生與安達先生喔。」

「哎呀，確實如此，是可以這麼說。」

「那兩位大叔光是點杯咖啡，就坐了三個小時……」

「年紀相當的男生有很多話可以聊喔。」

店長彷彿毫不在意我的追問，迅速敲了敲計算機。

「咖啡一杯五百五十圓對吧？既然如此，這就是一天的營業額。」

「不對不對，真是的，不要搞錯了小桃。木村先生與安達先生手上都還有很久以前發的飲料兌換券，所以是零圓喲！」

不對不對。

不對不對不對。

「不對不對不對不對！店長！我拜託你了，不要再擺出那麼帥的表情了！」我終於忍不下去，不由自主站起身。

「你的表情太帥，讓我沒辦法罵你！」

「我第一次聽到這種抱怨……」坐在旁邊小口吃著冰淇淋蘇打的黑田先生，傻眼地看著抱頭呻吟的我。

「沒辦法啊黑田先生！我可是抱持著要在『雨宿』工作一輩子的覺悟辭職的喔？儘管如此，從我開始上班已經一週，每天每天每天每天來的都只有木村先生和安達先生而已！」

「還有冰果室的高村大叔喔。」

「高村先生也是兌換券一族吧！」我忍不住吼出聲：「就連黑田先生的冰淇淋蘇打也是埋葬委員會的報酬……」

「總、總覺得有點難以下嚥了……」說是這樣說，黑田先生完全沒有停下舀起冰淇淋的手。

「繼續這樣下去的話，這間店很快就會倒閉了吧……」

雖然我不想這麼做，但是我在上一份工作經營過店舖，所以職業病讓我的腦袋擅自打起了算盤。拜以前發的兌換券所賜，這一週的營業額幾乎掛零。新客都已經只有一位隨意踏進店裡吃午餐的女性了，竟然還是對店裡來說最壞的狀況——Google又增加了一條罵店長的評論。

照這個情況，恐怕連我的薪水都賺不到。從上一間公司辭職時，我已經有生活會變不穩定的心理準備，但是這種慘況還真是意料之外。為了縮減支出，我們甚至把崁燈關到剩下一個以節約用電，但也只是心理安慰的程度。

「我不是說過船到橋頭自然直嗎，畢竟小桃的咖哩也很受常客喜愛嘛。」

可能是行政工作告一段落了，店長總算從電腦中抬起頭來並拿掉眼鏡。

「再來只要埋葬委員會的熱度炒起來，所有問題都會解決的……啊，諮詢者正好上門了嗎？」

叮鈴、叮鈴鈴。

進店鈴聲在我轉頭的同時，不太順暢地響了起來。啊，這樣啊，差不多是埋葬委員會的時間了。嘰──隨著一段時間的刺耳聲響，木門被推開了。

入口浮現一位女性纖細的身影。光線已經很昏暗了，再加上她劉海很長又戴著口罩，所以看不清楚長相。

「那個，不好意思……請問、能夠幫我埋葬嗎……？」

她發出細若蚊蚋的聲音，手掌邊朝我們伸出。總覺得她整個人有些奇怪，但還是得先接待她才行。

「晚安您好，很冷吧？來，請坐請坐。」

「……結城小姐，請等一下。」

我為了引導她入座而從沙發上起身時，卻被一股強勁的拉扯力道拉住。只見黑田先生抓住了我圍裙的衣襬。

「呃，怎麼了嗎黑田先生？」

「有點……奇怪，她好像拿著什麼。」

「拿著什麼？」

「小桃，手、手！客人的手！」

難得有客人上門，這兩人到底是怎麼回事？

「手？你們兩個到底是……」

我在昏暗中用力凝視了她的手後，立刻忘記要呼吸，原來她手中握著肉塊似的東西。我深深吞下口水，感受到全身由內而外發涼。

我沒有看錯。那是某種被絞碎的肉。

「……海、海報上寫著前、前男友埋葬委員會……啊！」

被入口階梯絆倒的她雙腿跪地，及腰長髮大幅擺動，生肉散落在帶有古樸木紋的地板。在店內唯一崁燈的照射下，反射出毛骨悚然的光線。

「啊啊……我竟然……」

她扭曲著身體呻吟出聲，接著將散落一地的絞肉刮在一起，並以帶有精光的銳利眼神瞪著我們開口。

那是某種生物的、肉。

「你們、會幫我埋葬、前男友對吧……？」

該不會是、前男友的、肉?!

「咿、咿咿咿！」

我卯足全力往後退直到背部用力撞上牆壁，強烈的疼痛迅速蔓延全身，但是現在管不了疼痛了！

「妳、妳搞錯了！雖然我們是埋葬委員會，但是做的不是那種埋葬！」

真是的，怎麼會變成這樣啦！不管我多麼渴望客人，也不想遇到這種！

糟糕了，該怎麼辦，我好想逃，但是太過恐懼導致雙腿動彈不得。對了，還有店長與黑田先生──我正想向他們求助，卻看見兩人渾身僵硬地顫抖著。真是的，不要再躲在角落了，快來救我！

將殘餘肉末都集中在一起而散發黏膩光澤的手，正一步又一步地向我靠近。

我帶著必死的覺悟閉上雙眼。這麼說來，我自己也過著不清楚自己想做什麼的人生，在黑心企業筋疲力盡，又被打算結婚的男朋友甩了。所以在這個時間點遇見了「雨宿」，便充滿幹勁地以為人生將徹底改變。

天哪，我原本還很期待，想著終於要開始做點有趣的事情了──

「……意思、不好意思。」

「……咦？」

睜開眼睛後，我看見把口罩拉至下巴的女客，一臉抱歉地覷著我。

「請問、可以借我洗個手嗎……？還有，不好意思漢堡排的肉弄髒地板了……」

「……漢堡排？」

「是的，那是漢堡排。因為我做到一半就從家裡衝出來了……」

她邊說著邊指向掉在地板的肉，我這才回神並連忙打開電燈。就連已經貼在牆邊的店長與黑田先生，也終於放心般地靠近，並蹲下仔細觀察地板上的肉。

「……這是、漢堡排呢。」

「裡面還有、洋蔥呢。」

這很明顯是拿去平底鍋煎之前的漢堡排肉團。

「……洗手間、在那邊。」

我全身都沒力氣了。

唉，就憑我們這三個真的沒問題嗎？看來我轉換跑道還是轉得太急了嗎？

💔

「啊，這位客人，妳是之前那位！」

女客將長髮綁成馬尾，露出了圓滾滾的大眼睛。她擁有額頭飽滿的娃娃臉，散發出小雞般的可愛氣質。看到這個和剛才判若兩人的模樣，我才想到她就是前陣子隨興走進來吃午餐的女性。

「啊，這個，我剛才有打算告訴你們的……」

「咦？」

「不好意思……因為我聲音很小又戴著口罩……」

「不不不，抱歉，都是因為我們、呃、就是、三個人耳朵都很差！」

或許是發生了相當不好的事情，女客散發出的氛圍與前陣子截然不同，不僅素顏還穿著大學T與牛仔褲這樣的居家服。最重要的是，她周身氣場渾沌又黑暗，簡直就像從陰間爬出來的一樣。

「……我叫、小島凪，今年、二十四歲，職業是……在會計師事務所擔任助理，興趣是……存錢。」

我們四人坐在最深處的沙發座位，邊喝著店長沖泡的咖啡邊聽她說話。

正因為凪小姐的興趣是存錢，所以週末在咖啡店裡慢慢謄寫家計簿是她的樂趣。她就是為了尋找方便作業的咖啡店，在家附近走走時發現「雨宿」，也因此看到海報而得知埋葬委員會。

「啊，是『前男友食譜』埋葬委員會嗎！說得也是，怎麼會有前男友埋葬委員會呢……啊——我看起來很像可疑人士對吧……真、真丟臉……」

「不，凪小姐完全沒有問題，都怪我們太早下定論……是吧，店長。」

「沒、沒錯喔，但是我們很高興收到妳的委託。不過會在漢堡排做到一半時跑出來，想必是發生了什麼嚴重的事情吧？」

店長面帶微笑如此詢問後，凪小姐便害羞地移開視線並輕輕點頭。

「剛才發生了真的難以忍耐的事情，所以我才會衝出來。我一直很清楚必須分手才行，但是像這樣實際有所行動還是第一次。呃，我每次就算決定要分手，只要和男朋友待在一起，又會浮現這個人少了我不行……啊，不過我真的很喜歡他，真的很喜歡喔！但是……天哪，我看我還是回家比較好吧……」

「等一下等一下，凪小姐！暫停！」

「理性與感性差異太大，已經失衡了吧。」

「黑田先生，現在是冷靜分析的時候嗎！」

我連忙按住隨著情緒波動一下子站起一下子坐下的凪小姐，她現在大概還很心煩意亂吧？為了避免她突然衝出「雨宿」，我把凪小姐的位置換到窗邊，這樣就可以先放心了。

「呼……先喝口咖啡吧？冷靜後試著整理情況吧。」

「好、好的，不好意思……」

到底是什麼跟什麼，埋葬委員會真是件苦差事啊，讓我一下子變得好熱。我捲起毛衣的袖子，拿起杯子就口休息一下。

「我說，如果會讓妳不開心的話我先道歉，但是凪小姐的男朋友該不會是不得了的廢物吧？」

聽到店長突然直擊核心的問話，我差點把咖啡灑了出來。

凪小姐原本就很圓的眼睛，頓時瞪得更圓了。

「……你怎麼知道？」

「不，就隱約感受到的，而且我之前就說過凪小姐看起來很容易吸引到廢物對吧？舉例來說就是那種，玩樂團但是紅不起來的男人之類會接近的氛圍。」

「真是的店長，再怎麼樣也不可能這樣吧……」應該沒有人會真的陷入這麼經典的狀況吧？

「……難道你有在看我的秘密帳號？」

凪小姐一臉鐵青地問出令人難以置信的話。

「什麼?!妳真的和玩樂團的男人交往嗎？」

「這個……」

我查看凪小姐怯生生拿出的手機畫面，上面寫滿了焦慮的自言自語。

「啊～我果然撐不下去了。」、「把錢還來——」、「我至今付出的一切都看不懂意義是什麼。」、「和玩樂團的男人交往那一瞬間，人生就已經完蛋了。」、「誰來告訴我正確答案……」

超、超級病態！

「我的朋友們甚至稱我為廢物製造機。」

凪小姐邊將手機收回口袋邊說道。

「如果不為對方做點什麼，我就會坐立難安，否則就覺得無法取得平衡，好像沒有吸引對方和我交往的價值。」

「我或許有些理解，硬要分類的話，我也屬於這一類型。」我不禁回想起與恭平交往的日子——在恭平家過夜的隔天，我會提早起來準備早餐、幫他燙襯衫，有時還會幫忙整理衣櫃……「這和什麼因為喜歡所以想為他做點什麼不太一樣對吧？該怎麼說呢，有種『不做的話就不平等』的感覺嗎？」

「啊，應該是，應該是這樣沒錯。因為能夠與超喜歡的人交往，所以就覺得必須回報同等的價值才行……」

凪小姐把嘴唇嘟得像小鳥一樣，呼呼地吹涼著咖啡。

「畢竟是我六年前就一直在追的樂團，所以為對方做些什麼也是理所當然的吧？像是表演過後送個禮物、他負責賣的票沒賣完的話就全部買下來、代墊表演會場的使用費……應該說我的戀愛就是這些粉絲行為的延伸嗎？」

嗯？代墊表演會場的使用費？粉絲要做到這個地步嗎？儘管凪小姐的話語中有許多令我疑惑的地方，但是總而言之，我們還是請她拿出那個樂團的表演影片。要聊就等看完再聊。

那是四人搖滾樂團，雖然屬於獨立音樂，但是似乎滿受歡迎的。這場在紅紫燈光交錯下的表演中，觀眾們的食指會隨著快節奏的曲子指向天花板。副歌結束之後，舞台最右邊彈著吉他的男性，就往前踏出一步展開強烈的吉他獨奏。

「就是這個人。」凪小姐有點害羞地指了這位男性。

哎呀，果然如此——我立刻浮現這個想法，畢竟這個人的魅力實在難以言喻。

偶爾從長劉海中露出的眼瞳散發神秘氣息，寬鬆的T恤與牛仔褲雖然簡單，卻襯托出他修長的身材。他頂著恍惚的神情彈奏吉他，儼然就像世界上只剩下自己與音樂。

不知道是不是演奏時的習慣，他有時會鬆鬆地放開電吉他的琴頭，用骨節分明的手指輕撫琴頭，這個動作實在是、實在是……

「這個人絕對很色吧？」

店長突然以前所未有的認真眼神開口。

「等、等一下店長，你突然問說些什麼啊！」

「不──我懂。這個樂團裡最受歡迎的肯定是吉他手吧，貝斯手應該也不錯。至於鼓手和也要彈吉他的主唱要不是各有交往約三年的女朋友，要不就是已經結婚了吧？天哪──凪小姐，妳選了一條很困難的愛情之路呢。」

「這個人又在信口開河了……」黑田先生眼帶輕蔑地望向店長。

「你是占卜師嗎……？」

「你為什麼會這麼準啦！」

凪小姐終於像是看見什麼可怕的事物一樣摩擦著雙臂。真是的，店長這種多餘的洞察力到底是怎麼一回事啦，他明明該把這項技能用在提升營業額的。

「全部都如你所說，阿將……啊，他的名字叫做將吾，真的很受歡迎，甚至被稱作是『睡過整個町田女人的男人』。」

「看來我的解讀果然正確啊，不過我就順便提一下，我在世界各地流浪的時期，可是曾經造就少數民族的諺語『地球上的女人都會二度迷上雨宮』喔？」

「不要在這種事情一爭高下！話說回來，二度是什麼意思啦？」

就在你一言我一語之間，這次突然聽到了咕嚕嚕的腹鳴聲。
我下意識望向坐在對面的黑田先生。
「……不是我喔。」
「咦？那是店長嗎？」
「不，帥哥的肚子不會叫。」
「世界上應該也有肚子會叫的帥哥吧……」
這時有一個人畏畏縮縮地舉起了右手。
「……對不起，是我。」
原來是凪小姐。
「妳肚子餓了嗎？啊，這樣啊，妳還沒吃晚餐吧。」
我想著該準備些什麼讓她吃，於是就前往廚房確認冰箱內的東西。
「有絞肉、洋蔥跟麵包粉，看起來能做漢堡排……妳要吃嗎？不，這種時候妳應該沒心情吃漢堡排吧，做點湯品應該比較……」
「我要、我要、我要吃！其實我原本就已經想吃漢堡排了！結果卻沒吃到所以正感到悔恨……」
凪小姐用力地站了起來。
「啊、不對、那個……不好意思，我太厚臉皮了吧……」
在她說這段話的同時，咕嚕嚕的腹鳴聲絲毫沒有要停止的意思。

她臉色漲紅，那雙透露著害羞的濕潤眼睛正向我傾訴：「肚子餓了。」

「請稍等我一下，我馬上準備。」

我笑著表示後，凪小姐便打從心底感到開心似的嗯嗯點頭。

❤

喀嚓、喀嚓、喀嚓。

我非常喜歡菜刀切入新鮮洋蔥的這一瞬間，接著縱橫切下再用菜刀由上而下咚咚咚地剁碎，已經切成碎末的洋蔥就在砧板上堆成小山。「好厲害，簡直就像機器……」凪小姐看著廚房內如此說道。為了方便做菜時聊天，我請三人移駕到吧台座位，然後便在做菜時隨意閒聊著。

總覺得這種感覺不錯。

自從我媽在我國小五年級過世以來，家事就落在我頭上。每天要快速做完菜後，和小我三歲的弟弟一起吃飯。我爸回家時多半已經天亮，所以我從來沒有機會問他覺得我做的菜好不好吃。我家的廚房總是很安靜，沒有人幫我試味道，也沒有人會吵著「我肚子餓了——」。

「這麼說來，為什麼妳今天會突然衝出來呢？是什麼事情讓妳真的無法忍受了？」

店長邊喝著似乎是按照漢堡排挑選的紅酒邊問道。

「啊，關於這件事情……」

我邊聽著凪小姐說話邊在平底鍋上淋油，然後倒入切碎的洋蔥，用木鍋鏟開始拌炒。

「其實我今天剛借阿將錢而已。」

「借錢?!好燙！」

正好在我搖晃平底鍋的時候，極富衝擊性的話語飛了過來，讓我不小心把洋蔥甩到了流理台周邊。不行，我沒辦法專心對話了，因此便先關火擦拭工作檯。

「妳借了他多少錢？」

凪小姐像搗蛋被發現的小狗一樣縮成一團，然後慢慢豎起了三根手指。

「三……三萬？還是三十萬？」

「……是三百萬。」

「三百萬?!」

我張大的嘴完全合不起來，話說回來，這孩子二十四歲而已吧？還這麼年輕竟然能夠拿出三百萬……不對，重點不是這個。

「是用來買樂器嗎？看來吉他滿貴的耶。」

「他確實為了買樂器向我借了幾次錢，但是這次不是。」

雖然我很在意借了幾次錢這件事情，但是我已經決定先不要拘泥於細節。冷、冷靜下來吧，冷靜傾聽吧！平常心、平常心……

「阿將的二號女朋友已經結婚了，結果外遇的事情曝光後被對方的先生控告，所以他告訴我今天一定要籌到三百萬。因為阿將已經借了很多信貸，沒辦法再多借了，所以我只好先幫他墊錢。」

「不不不等一下！這個資訊量太大了！」

二號女朋友？已經結婚了？被告？信貸？

「什麼嘛，根本就像渣男百貨公司……」

「O——K——大家深呼吸一下，先整理一下目前的情況吧。」

店長無視陷入恐慌狀態的我們，優雅地搖晃著紅酒杯。

「首先，阿將有幾個女朋友呢？」

「我想想，雖然人數會變動，但是基本上五六個人吧……啊，補充一下，我是三號。」

「竟然能夠用這種回答座號的態度說出來。」黑田先生用力揉著雙眼，彷彿在確認這是現實還是夢境一樣。「為什麼妳要奉獻到這個地步呢？既然要奉獻身心的話，應該找個更好的人吧。」

「這種事情我們也非常清楚喲，黑田先生！」

「為什麼是結城小姐回答？」

你問為什麼？這種事情我們也不明白，甚至我也希望有人來為我解答。對女朋友很溫柔、勤於聯繫、生日時也不忘安排驚喜，我很清楚和這種深愛自己的人交往會比較幸福。

「對女人來說，被愛比愛人幸福」這段話無論是在女生聚會還是在網路上，都已經被強調過好幾百次了。

沒錯，我們的腦袋都是明白的。

但是就是這樣，不知道為什麼，總是無法順利喜歡上愛著自己的人，反而喜歡上不愛自己的人。就連用極差勁方式甩人的恭平那張臉，至今仍深深烙印在我的心中揮之不去。

「我想我果然還是喜歡他寫的歌……吧？」

凪小姐邊說著邊取出手機，開啟音樂播放程式。

上面列出了許多曲名，都是阿將樂團的歌。凪小姐點擊了其中一首，曲風與剛才她給我們看的影片截然不同，節奏慢了許多，隱約散發出寂寥的氛圍。

充滿無奈情感的吉他旋律令人不禁豎耳傾聽，而吐露孤獨的晦暗歌詞則觸動人心。原來阿將做得出這種曲子啊。

我們一起聽完這首歌後，唉地嘆息出聲。

「嗯，是首超級棒的歌……」

「是吧?!」

說出這句話的音量，是凪小姐今天發出最大的聲音。

喔——原來如此，看到她的表情我隱約感受到了，阿將對凪小姐而言與其說是男朋友更像是支持的「本命」，是必須尊敬的對象。

「我呢，是來東京不久的時候遇見這個樂團的。當時大學的課業繁重，我也沒能融入周遭，一個朋友也沒有。就在這時隨意踏進了一間 Live House，看見了彈奏這首歌的阿將。我是從這時才開始覺得這座遼闊的都市裡，我並非孤單一人。這是為我而生的歌，唱的是我的人生，所以我在這首歌的支撐下終於撐過了學生生活。」

聽到她借出的金額達三百萬，我還以為她陷入「對戀愛盲目」的狀態，但是不是這樣的，事情沒有這麼單純。因為要討厭在痛苦時期救贖自己的超級英雄，並不是件簡單的事情。

能夠徹底超越「看上外表」、「因為他很珍惜我」或是「找餐廳的品味很好」等條件的力量，就存在於「尊敬」裡。只要有一件能夠讓人感受到強烈尊敬的事物存在，就會瞬間墜入愛河。

「阿將作品的優秀之處就源自於他的缺陷，所以儘管作為他的女朋友會感到痛苦，但是作為粉絲的我無法否定阿將。不如該說，我或許希望他能夠一直保有缺陷，因為我喜歡他掙扎的地方，還有，從那種掙扎中誕生出的歌曲，也尊敬著這些……」

「我好像，莫名有些理解啊。」店長雙臂還抱在胸前真誠地開口。「相較於機靈的人，笨拙的人寫出來的歌比較有趣對吧，因為我們都想確認『懷抱這種苦痛的人不只有我而已』不是嗎？」

「這和比起釋迦牟尼佛的話語，其弟子說的話更令人感同身受是相同的道理嗎？」

「黑田先生抱歉，我完全不懂你在說什麼。」

「……呃，這是我在出家前，也就是還是上班族時聽到的故事喔。當時因為精神陷入低潮所以讀了很多書，書中提到比起完全開悟的人，在悟道中掙扎的人所說出的話語更令人感同身受——我剛才只是突然想起這段話。」

對喔，黑田先生也曾經在社會上走跳過。

「沒錯沒錯，就是這樣，我就喜歡他在掙扎的這一面。」

凪小姐伸出食指左右搖動後暢聊了起來：

「他會在演唱會之後的半夜三點突然上門，然後緊緊抱住我什麼也不說……也會一次又一次地向我確認『妳有好好地在喜歡我吧？』，他就是這樣的人。」

「明明自己腳踏那麼多條船？」

「沒錯，明明就腳踏多條船，但是我想我就是喜歡他這個地方。他的內心有個無論如何掙扎都無法填滿的巨大黑洞，我自己也想成為幫助他填補黑洞的工具之一。」

成為填補黑洞的、工具之一。

天哪，這樣的心情……我懂啊，我真的懂啊。

「……雖然大家都說你是廢物還是渣男，但是我明白你本質上的優點。」

我如此說出口後，凪小姐驚訝地抬起頭。

「正因為內心某處沉浸在我和其他女人不同的優越感中，所以試圖接納對方的缺陷，有時、會這樣吧……」

「……桃子小姐……」

「啊！抱歉，只是我曾經這樣而已。」我不小心就帶入自己的感情了。

「……不，我也一樣。我也想成為能說出『你不完美無妨』的女人……吧？所以當三號女友也沒問題，所以我扮演著胸襟寬廣的女人。你不用改掉缺點也沒關係、不用成長也沒關係，你只要保持原樣就很棒了──能夠打從心底這麼想的只有我而已，他只是還沒發現我才是最知心的人而已……」

我彷彿心臟被抓緊一樣瞬間變得窒息。

他遲早會成長，到時候理應會明白我是他的天命真女。靜待那個時期到來吧，沒問題的，我等得起，因為我是胸襟寬廣的女人。

恭平沒有回我訊息的時候，我有多少次求助占卜呢？甚至有位以看得見前世而口碑極佳的占卜師這麼告訴我：「他的靈魂還不夠成熟呢，妳只是比較早醒悟而已，所以再多等他一段時間吧。」我將這段話當成護身符般珍惜著。沒錯，即使他心目中的第一名不是我也沒問題，我覺得自己沒問題。

畢竟他只是還沒注意到我們彼此是命定的對象而已，先確認自己找到真愛的我，必須放寬心等待他爬到和我同樣的階段才行。

結果我的心聲似乎以笨拙的方式洩漏出來了，這樣的我或許一直高高在上地看待恭平。

不，搞不好我只是對收不到同等愛意的現實感到恐懼，所以才為這樣的狀況找藉口而已呢？

「啊，該不會……」

凪小姐好像意識到什麼一樣，用手撐住下巴。

「我今天搞不好對這樣的自己也感到沒勁了，不只是對他感到沒意思了而已。我不禁質疑起自己要扮演『胸襟寬廣的女人』到什麼時候？」

「……我、我覺得妳的胸襟確實很寬廣呢，畢竟妳能夠為別人奉獻到這個地步。」

凪小姐並未回答黑田先生的話語，而是露出小小的笑容後喝了口咖啡。

💔

外頭傳來輪胎濺起水花的聲音。

「奇怪，天氣預報明明說今天會整天晴朗的。」店長喃喃低語地望向門外。雖然我本來就是雨女，但總覺得來到「雨宿」之後遇到下雨的次數增加非常多，該不會店長也是雨男吧？

「這麼說來，阿將有聯絡妳嗎？他有說什麼嗎？」

「啊~我跟他說要去一趟超市，所以他大概只覺得我買東西買得比較久而已。」

凪小姐瞥了眼手機後說道。對方似乎沒打電話也沒傳訊息。

「漢堡排其實也是阿將說要吃的。他今天早上提到錢的事情之後，我就先跟公司請假去跑銀行籌錢，但是金額實在不夠，所以就把我買的昂貴吉他與器材拿去賣掉，最後再跟爸媽撒點小謊才終於湊足……」

「好、好厲害喔。」

「但是，妳不是說興趣是存錢嗎？妳的存款還不夠嗎？」

「那個……其實我謄寫家計簿的原因之一，也是為了擠出錢借給阿將……所以……」

「哦哦……」

「……不好意思問了沒必要的事情，請繼續說吧。」

拜黑田先生所賜，今天看起來要熬夜了，不過我還是打起精神。

「然後呢？」

「我終於籌到三百萬之後，他告訴我：『到處奔波真是太辛苦了，吃點好吃的吧。啊──我有點想吃漢堡排呢。』」

我也繼續回去製作漢堡排。將炒過的洋蔥與碎肉倒進碗中拌勻後，用力揉至變得黏稠為止。

「然後我在家裡製作漢堡排的時候突然驚覺，奇怪？到處奔波的不是你是我吧……？為什麼這個人能夠一臉剛完成什麼工作的表情呢──我冷靜下來後就忍不住火大了起來。」

「就是說嘛，這簡直就是在說『哎呀，妳去做給我吃！』一樣吧。」

「不過把錢借給他終究是我自己做的決定，所以我就一邊揉著漢堡排一邊安撫自己『今天真的很努力呢，所以儘管平常都忍著不用，但是今天加點起司吧。只要吃了我最喜歡的起司，應該就能夠稍微恢復精神吧。』就在我把乳酪絲加入絞肉裡的時候，你們猜阿將說了什麼？」

凪小姐握緊小小的手用力說道。

「他說：『喂喂喂，不要放起司啦～這樣我會消化不良，做得清爽一點嘛。』」

「什麼?!」

我正好在捏肉團，結果反射性地捏爛了。

「跟人家借了三百萬還要求了晚餐，這過程中自己一點也沒出力，完全丟給女朋友後還要求不要放起司？這、這……」

「嗚哇……」

店長與黑田先生的表情終於也跟著扭曲了。

「『抱歉抱歉，阿將喜歡的是蘿蔔泥漢堡排吧。』我這樣回答之後，他又說了：『真不愧是妳，很懂嘛，既然知道的話一開始就這樣做啊。』」

「唔……不要把女人當白痴啦！」

「小桃，妳要不要先放開手上的碗？」

「不是啊店長！漢堡排做起來很麻煩耶！步驟很多喔！這絕對不是籌到三百萬的日子會做的料理！而且單純做漢堡排就很辛苦了，竟然還要蘿蔔泥……」

怒氣在我說話的同時不斷湧上，甚至感受到臉部一熱。對身體與心理都已經筋疲力盡的凪小姐來說，起司漢堡排應該是最後的救贖了吧，她所承受的傷害是必須吃高熱量的食物才好不容易治癒得了的，偏偏……

「該不會連蘿蔔泥都要妳親手做吧，不會吧?!」

「豈止要我親手做！因為我從頭到尾都打算做一般的漢堡排，所以根本就沒有買白蘿蔔喔，結果我說了『抱歉，要去趟超市時』他竟然回答我『沒關係，我可以等妳，啊，紫蘇也要買喔～』。」

「什麼——?!」

「總覺得……這個人下輩子會很辛苦呢。」

「確實如此，就算墮入畜生道感覺也沒資格說什麼。」

我放下肉團後把手洗乾淨，然後走出廚房大步逼近凪小姐。

「凪小姐！」

「什、什麼？」

我緊緊握住凪小姐的肩膀。「我們來吃起司漢堡排吧！」

「……咦？」

「妳今天必須吃起司漢堡排才行，而且還要添加大量的起司！」

「但、但是……妳都已經幫我做飯了，還做這麼不好意思的……」

我打斷了正搖頭的凪小姐。

「這不是什麼不好意思的要求，雖然吃下食物的是身體，但是這同時也是讓心靈恢復的行為喔。今天的凪小姐比誰都還要努力，內心的能量已經被榨乾了，所以想添加什麼就添加什麼！除了起司以外妳還想要加什麼呢？」

「呃，不過，你們有、起司嗎？」

「別擔心，我們會去深夜超市買回來，對吧，黑田先生。」

店長瞬間就已經套上大衣，並一副偶像的模樣拋起媚眼。

我鄭重看向凪小姐後開口：

「妳看，好不好啦？凪小姐，偶爾也當個點餐的人吧？」

沒錯，總是實現他人心願的人、總是在幫助他人的人，會不小心忘記許願的方法。畢竟對這樣的人來說，拜託他人或是向他人許願都會帶來罪惡感，總覺得自己在添麻煩。

身體一旦養成這種產生罪惡感的壞習慣就很難消除。

然後總有一天，這種不為他人提供某種價值就彷彿不平等的感覺，就會深入骨髓。

這種幫助他人的生存方式當然很棒，但是我希望無論是誰在來到「雨宿」的時候，都能夠成為許願的這一方。

凪小姐剛開始扭扭捏捏地玩著T恤的衣襬，但是後來就好像終於下定決心一般，大聲開口：「我的漢堡排裡要加起司，上面要撒滿乳酪絲，然後、然後……我還要加半熟蛋與大根的香腸！」

彈珠般的兩顆眼睛，筆直地凝視著我。

能夠為努力存活至今日的人，實現「我想吃這個！」的願望，實在是榮幸無比啊！

「收到！」

用餐刀切開厚實的漢堡排後，就有濃稠的起司流出，流滿了整塊鐵板。接著與擺在漢堡排表面的切達起司一起放進口中，讓熱騰騰的肉汁恣意佔滿口中的每個縫隙。

「哈、哈呼哈呼……這、這就是……我一直想吃的漢堡排！」

凪小姐雙手按住臉頰後閉上雙眼，深深地吐出一口氣。

「嗯——太棒了……啊，我好累啊……」

將雙臂軟綿綿地拋向沙發，全身放鬆地閉上雙眼的凪小姐，看起來就像終於意識到自己打從心底疲憊不堪。

我按照凪小姐的要求，使用了大量的起司，最後再擺上烤得酥脆的起司薄片，看起來確實是會造成消化不良的料理。

「如何呢？回家之後是否能夠好好提分手了呢？」

凪小姐大口吞嚥著熱騰騰的香腸後回答：

「……嗯，總覺得我終於下定決心了，都是因為吃了這個……」

「因為吃了這個？」

「畢竟我這才想起自己真的好久沒有吃到自己想吃的東西了。」

凪小姐嘆氣表示因為阿將腳踏多條船，所以她總是無法預測他什麼時候會上門，突然收到「今天去找妳」的聯繫是家常便飯，正因如此，她為了能夠在阿將來時能夠確實討他歡心，家裡總是備妥阿將喜歡的東西，而這樣的日子已經持續了好幾年。多麼堅強的人哪！

「而且……阿將還說『我會消化不良，做得清爽一點嘛』，總覺得……這個人好在意消化不良這件事情喔，讓我的熱情有些冷卻了。也就是明明可以和人妻交往，破壞人家的家庭，或是毫不在意地要女朋友付錢，卻會在意消化不良這件事情。相較於金錢或是偷情，我覺得這個部分才是最令人倒胃口的。」

「啊哈哈，確實如此！」

熱情冷卻的瞬間，總是會在意外的時機出現。

店長將融化的切達起司大量淋在漢堡排的同時說道：

「在累積了各式各樣的壓力後，壓死駱駝的最後一根稻草就是關於消化不良的言論，或許就是這句話完全關閉了妳的母性濾鏡呢。」

「母性濾鏡……確實如此呢。我假裝自己接納他的一次，內心或許一直把『理想的渣男』形象套用在他身上。會腳踏多條船、會偷情、內心還背負著傷口……這些很有藝術家氣息的過激作法倒還無所謂，但是像『很在意消化不良』這種普通人似的地方就實在看不下去了。」

凪小姐有些自暴自棄地笑了。

「已經是六年前的事情，所以我記不太清楚了，不過我們一開始大概是有些嚴肅的女人與有些隨便的男人這樣的比例。」

「這樣的比例卻慢慢產生變化了嗎？」

「我開始扮演胸襟寬廣的女人，他則扮演起內心受傷的渣男，我們各自演繹出對方所追求的角色……我想彼此都覺得自己很努力吧，嗯，我是真的很努力了。」

凪小姐做出如此宣言後，就把白飯扒乾淨、喝乾湯汁、掃光了漢堡排，就連搭配用的玉米與青花菜都一點也不剩，吃得乾乾淨淨。那是讓人看了很舒服的吃相。

「我吃飽了，謝謝招待。我現在心情清爽多了，等回家之後就要好好地和他談分手。」

凪小姐這麼說完之後，就像是要重新提起幹勁一樣說了聲「好！」並重新束緊了長髮。

「以後無論是戀愛方面還是工作方面……只要扮演胸襟寬廣到疲憊，就歡迎隨時再來，我會隨時為妳端上這道起司漢堡排的。」

「咦，不過前男友食譜埋葬委員會不是應該要提供因為失戀而無法再製作的食譜嗎……？」

「別在意別在意！多虧失戀才能夠吃的超喜歡食譜也可以！對吧，店長。」

「如會長所言。」店長單手隨興地甩動著。

我用「那麼接下來……」的眼神看向黑田先生後，他便清清喉嚨、背脊打直。

「這次還請節哀順變。」

我由衷希望凪小姐這六年的戀情，那因為複雜糾纏而扭曲的戀情能夠升天。

希望一直被壓抑在心中的那個隨心所欲的凪小姐，未來能夠一步一步地表露出來。

然後——

希望她在想吃起司漢堡排的時候，也能夠毫不猶豫地說出「想吃」。

💔

「安達先生、高村先生、木村先生都點起司漢堡排！」

「好——的！啊，店長，這個要端給沙發座位的客人！是兩人份的定食。」

無論是平日還是週末都門可羅雀的「雨宿」，多虧了起司漢堡排定食在商店街引發話題，所以客人也慢慢增加了。儘管店內只有十二個座位，但是訂單一直來的時候仍忙得不可開交。

終於度過午餐巔峰時期，我趁來客量緩下來時喝了口水，並且不經意地吐出一口氣後，忽然聽見「叮鈴」的進店鈴聲。

「桃子小姐！雨宮先生！黑田先生！」

現身的是凪小姐，她的長髮也一口氣減成整齊的短髮。

「嗚哇——我都認不出來了！額頭露出來很好看耶！」

聽到我的稱讚後，凪小姐害羞地嘿嘿嘿笑了。

「你們好好分手了嗎？」

「分得乾乾淨淨，而且我還叫他寫下保證還錢的切結書，也要他按了指印，所以沒問題的。」

凪小姐用力豎起大拇指。不愧是在會計師事務所工作的人，處理金錢方面的契約書時也毫不馬虎。

「因此我今天無論如何都想吃起司漢堡排，我可以點餐嗎？」

「當然！啊，不過正式名稱是……」

我將前陣子剛調整過的菜單遞給凪小姐的同時說道：「鏘——！剛失戀的起司漢堡排！」

「很貼切耶！」

凪小姐低聲呵呵笑了出來。

「我覺得愛與慾望的漢堡排這個名字比較好就是了……」

「我不是說這樣聽起來很色，叫你不要再用了嗎！」

「啊，既然雨宮先生覺得這樣比較好的話……」

店長的提議讓凪小姐臉頰緋紅地扭捏了起來。

「等一下，凪小姐請等一下！請不要把店長當成本命！我想妳會很辛苦的！不然先吃飯好不好！好不好?!」

我在大家的胡鬧中做出美味的料理、然後吃掉。
結果我到底想做什麼呢？雖然我還搞不清楚該在「雨宿」做些什麼，但是首先我就從我做得到的事情開始吧。
溫暖的空氣慢慢地從外流入。
春天，快要來臨了。

剛失戀的
起司漢堡排

材料（2人份）

絞肉 ………… 300g
洋蔥 ………… 1顆偏小尺寸（約200g）
麵包粉 ………… 4大匙
肉豆蔻 ………… 1小匙
牛奶 ………… 4大匙
胡椒鹽 ………… 依喜好決定是否添加
乳酪絲 ………… 依喜好決定用量
切達起司 ………… 依喜好決定用量
粗絞肉香腸 ………… 依喜好決定用量

作法

【1】將切碎的洋蔥倒進平底鍋拌炒後，取出冷卻。

【2】將絞肉、泡過牛奶的麵包粉、肉豆蔻與胡椒鹽倒入裝有【1】的碗中攪拌均勻。

【3】將乳酪絲撕得更細後，倒入【2】揉成的肉團中再捏成漢堡排的形狀。

【4】為煎得酥脆的起司薄片、煎好的粗絞肉香腸撒上大量起司，就可以配飯享用了！

第3話

「貨到付款的
馬鈴薯沙拉」

前男友留下的那些充滿回憶的東西。

像是生日時寫的信、像是情侶馬克杯、像是一起去迪士尼樂園時的票根——你是分手後會馬上丟光的類型嗎?還是認為物品是無辜的,所以能用的會繼續用的類型呢?或者是說……

「從剛才開始就一直在說什麼廢話,不要再說了趕快動手啦。」

黑田先生那絲毫不隱藏煩躁的聲音,將我從逃避現實的世界拉了回來。

「選我選——我,我是生活用品幾乎都是別人給的,所以沒辦法丟掉的類型喔。」

「沒有人在問你喔。」

「討厭!人家沉浸在感傷的時候不要打擾啦!」

「這是妳自己提議的吧,妳說光憑自己會捨不得丟的不是嗎!」

嗚嗚,確實是這樣。因為黑田先生的吐槽太過一針見血,所以我沒有反駁的餘地。我強忍著胸口的苦悶,把手伸進紙箱中繼續進行物品的分類。

我實在沒辦法丟掉恭平留下來的東西。我總覺得把這些東西當作垃圾的話,分手這件事情就成了不可動搖的事實,所以從為他準備的牙刷、髮膠等生活用品,到他送給我的禮物、手機裡的資料,全部都無法下定決心丟掉。或許我內心某處還期望著能夠和恭平復合。

但是隨著「雨宿」的客人慢慢增加、再加上透過週五的埋葬委員會聽過形形色色的故事後,愈來愈覺得我也差不多該徹底斬斷這些留戀了。

儘管如此,像我這種性格拖泥帶水的人,是沒辦法輕易切換模式的,所以就想著至少先丟掉多餘的物品也好，因此展開了家裡的大掃除……但、是……

唉，還是捨不得丟，所以一點進度也沒有。別說恭平送我的禮物了，連我從之前就一直在用的香水都會喚醒過去的記憶：「我將這瓶香水噴在洋裝裙襬的時候，他曾稱讚我『好香喔』……」最後我連看到袖珍包衛生紙，都會忍不住流下眼淚：「這說不定是我們在新宿約會時拿到的……」因此實在無法忍受的我，乾脆把身邊的物品隨便塞進紙箱後扛來了「雨宿」。店長看起來興致高昂，黑田先生則相當傻眼。不過，都是和平常一樣的反應。

「對物品的執著就是對過去的執著，現在的妳正被過去拖住腳步喔。」

黑田先生指出了最重要的關鍵。我緊緊咬住嘴唇，將恭平曾經爆睡過的電影票根丟進垃圾袋裡。「好啦……確實像你說的一樣。」

「好了，趕快動手。」

雖然平常總是忍不住反駁黑田先生，但是這次卻非常慶幸。協助我俐落分類物品的黑田先生，比平常還要可靠。

另一方面，店長就老是天南地北地聊，不如該說……

「雨宮先生，你這是在干擾我吧？」

黑田先生終於忍不住反擊了。

「不是，我只是想說可以用的東西就拿去用，你看這個適合嗎？」

店長把印著I LOVE NY的T恤擺在胸前。這是我去美國玩的伴手禮，恭平都當成家居服在穿。明明是充滿觀光客氣息的超俗氣T恤，為什麼就連這樣的東西搭配店長的臉後，看起來都時髦多了呢。

「我如果有想要的東西可以拿走吧？」

「當然可以，但是別人前男友用過的東西，你竟然會想帶回家啊。」

「畢竟我沒有錢，所以可以跟別人拿的東西，當然就必須拿來用。」

語畢，店長就開心摺好T恤後收進紙袋。

沒錯，我在這裡工作已經將近兩個月了，所以已經慢慢了解店長的狀況了，這個人出乎意料的是個小氣鬼，而且是必須加上「正牌」這個詞的程度。希望可以引進新的調理器具時往往很難取得他的同意，而且他最喜歡兌換券和集點卡，所以錢包總是塞得鼓鼓的。我最近也終於得知，原來他會那麼爽快地發放兌換券就是因為自己喜歡這種東西。

我們就在這樣的日子中，迎來了三月的週五晚上。我們一如往常地在等待埋葬委員會的諮詢者，一邊俐落地分類我的物品。

今天預計來「雨宿」的是常客西野牧子小姐。

牧子小姐在離「雨宿」步行三分鐘的酒吧街，經營著小小的酒吧「如月」，在這一帶小有名氣。她從店長開始經營「雨宿」的時期就時不時來玩，雙方交情算是頗長久了。雖然我還不曉得具體的情況，但是店長收到了「總之我有想抱怨的事情希望你們聽聽」的聯繫，所以等她酒吧打烊後就會過來。到底會是什麼樣的失戀故事呢？

我望向時鐘，離「如月」打烊還有三十分鐘。對了，我也可以問問牧子小姐「和前男友回憶有關的東西要丟掉還是保留的問題」吧——就在我這麼思考的時候……

「雨宮，快點過來！」

突然衝進來的是「雨宿」兌換券三劍客之一——肉店的安達先生，而書店的木村先生、冰果室的高村先生也緊追在後。安達先生與高村先生都才六十多歲且體格健壯，所以看起來沒有那麼累，但是我記得木村先生已經七十四歲了，所以正靠在門邊像快死的山羊一樣發出咻咻的呼吸聲。

「怎……怎麼了？沒事吧？」

店長立刻站起來將三人扶到椅子上坐好，我也連忙想去端出水來，但是木村先生卻制止了我的動作，並且用力拉扯我的手臂。

「小、小桃，不用管我們了，總之先去牧子小姐那邊……」

「對喔，小桃和牧子小姐感情也不錯吧?!」安達先生用襯衫擦拭著臉上的汗水。

這些話語讓我們面面相覷。「牧子小姐發生什麼事情了嗎？」

安達先生按住圓滾滾的肚子大口深呼吸。

「她剛才在『如月』喝酒，但是今天的樣子總覺得有些奇怪，甚至說『不喝酒的話就撐不下去』，即使我們制止她也繼續喝……」

「她平常就很會喝了不是嗎？」

「但是她喝的量多達平常的兩倍吧？」高村先生邊調整呼吸邊說道。

平常的兩倍?!

總是以宏亮的聲音爽快大笑、爽快飲酒，還會像機關槍一樣喋喋不休的牧子小姐，是我人生中遇到酒量最好的人。我總是在她卯起來勸酒（店長會按照自己的步調淡淡地喝，黑田先生不能喝酒，所以就變成由我陪她喝酒了）的情況下在「如月」睡倒，醒來時才發現已經早上了。因此聽到她今天喝的酒是平常的兩倍時，光想就覺得毛骨悚然。

「然後她突然說著『我要向那傢伙報仇！』後就衝出去了喔。」

木村先生那小小的背部又拱得更圓了。

牧子小姐向埋葬委員會提出申請時有提到「復仇」這個字眼，看來在她的愛情當中應該發生了什麼事情吧？她原本應該有什麼想法要在今天的埋葬委員會吐露出來的，所以應該是有什麼事情讓她等不到夜晚就喝過量，總而言之我們得去尋找牧子小姐才行！

「我聽說過……」

店長突然露出有些奇異的表情，並用手抵在下巴。

「毀滅者牧子的傳聞。」

「毀滅者牧子?!」

所有人異口同聲。

「那是什麼？摔角選手的名字嗎？」

我原本以為他在開玩笑，但是店長的表情卻非常認真。

「牧子小姐的專業素養很高，而且也不喜歡讓別人看見自己的弱點不是嗎？她想要常保笑容，和大家一起快樂飲酒，即使疲倦或是受傷也不肯休息，會一如往常地繼續工作。

但是正因如此讓她缺乏宣洩壓力的出口，結果就會在某天突然達到極限，在這種壓力累積到最大程度的情況下卯起來喝酒時，就會出現……」

「毀滅者牧子？」

店長沉默點頭。

聽他這麼一提，我才意識到完全沒看過牧子小姐難受的時候。我只想得起她性感地撥起長劉海，露出雪白牙齒大爆笑的模樣，甚至該說要想像她沒笑的模樣還比較困難。

「那麼，她變成毀滅者牧子之後，會發生什麼事情呢？」

「她會不管三七二十一到處破壞東西……根據傳聞敘述，毀滅者牧子曾經讓一個商店街徹底消失……」

聞言，兌換券三劍客嚇得擠成一團顫抖著。

「天哪，太可怕了……」木村先生的纖細手臂就像遭狂風吹倒的小樹枝一樣，無依無靠地搖晃著。

「不，這應該是謊言吧？」黑田先生冷靜說道。

嗯，大概是這樣吧，我想應該是傳聞被加油添醋之後，逐漸誇張得像都市傳說一樣而已，但是不管怎麼說，牧子小姐已經喝到極限並且醉得不得了是不爭的事實。

店長重振精神後開口：

「首先去牧子小姐可能會去的地方找找看吧，三位看起來也已經喝過酒了，所以請先回家吧，我們幾個會想辦法的。」

結果，我們護送搖搖晃晃的大叔們到商店街後，就分頭開始尋找牧子小姐了。

「找到了，她已經回去酒吧了。」

收到黑田先生如此聯絡的時候，已經是一個小時後了。

不知道她是走到哪裡去了，總之我和店長趕到的時候，牧子小姐正打赤腳癱坐在酒吧前，牛仔褲的臀部處還沾有淡淡的髒汙。

「啊——太好了，黑田先生，幸好你找到人了。」

雖然牧子小姐沒穿鞋子，妝容也已經脫落，但是看起來沒有什麼明顯的受傷。

「因為我想起以前喝得太醉，結果不知不覺回到家裡的事情……」

「出色的推理。」

「不，不過，她確實化身成毀滅者牧子了，你們看。」

看向「如月」的立牌，只見牧子小姐正從邊端慢慢地撕下上面的黑色塗料。就像試圖剝除斗櫃上貼紙的小孩一樣，用指甲喀喀喀地一直摳著。

「幸好破壞方式比預料的還要樸素啊。」店長露出鬆了一口氣的表情。

我們開始試著向她搭話、遞出瓶裝水並搖晃她的背部，但是牧子小姐卻只是軟綿綿地揮舞著發紅的手臂，絲毫不打算離開這裡。店長一副「這下傷腦筋了啊」的樣子聳聳肩。

「我說啊牧子小姐，我可是很期待和妳聊聊戀愛的話題喔。」

我在她旁邊蹲下後，牧子小姐終於像是認出我一樣，如夢初醒地「哇」了一聲後抬起眉毛。「我說，牧子小姐，我們先進店裡吧？」

「桃吉怎麼在這裡！桃吉～」

「好啦好啦，我是桃子不是桃吉喔。」

這是牧子小姐喝醉時為我取的暱稱，話說回來，酒味好重！到底是喝了多少啊。總是靈活轉動的眼珠子，就像用蠟筆塗成一片漆黑般黯淡，儘管我直勾勾地凝視著她的雙眼，卻絲毫沒有眼對眼的感覺。

「男人這種東西呢……這種東西、很過分喔，對吧？妳不覺得很過分嗎？」

牧子小姐揪住我的大學T領口用力搖晃著，我還反應不過來時，她就回去繼續破壞招牌了，看來她無論如何也不想離開那個位置的樣子。要拖走堅守陣地的牧子小姐（更何況她還長得很高）似乎得費九牛二虎之力。

唔唔唔，該怎麼辦了？既然如此只能動用最後的手段了，那就是讓力氣很大的黑田先生抬起她，然後我們再強行把她推進門內而已。我們站在酒吧門前討論各種方案時，蹲著的牧子小姐忽然開口了。

「我說啊，各位失戀專家──請你們告訴我──」

「告訴妳？」

「那孩子到底想怎麼樣呢？」

明明特地去做了漂亮的凝膠指甲，牧子小姐卻毫無顧忌地喀喀喀抓著招牌，被刮下來的塗料撒落在地面上。

「想怎麼樣指的是什麼？」

「我原本以為那個和我同居一年的男孩不會再回來了，沒想到卻突然通知我『幫我把行李寄來，用貨到付款的方式就可以了』。因為收件者是女人的名字，所以……」

我立刻豎起耳朵，咦？她剛才是不是說了女人的名字？

「我用Google搜尋那個名字後，發現就是個年輕可愛的女孩，所以……」

牧子小姐停下了破壞招牌的手。

「也就是說，我和他甚至沒有交往過，事情就是、這樣吧？」

店長彎腰從側邊悄悄遞水給她。

「要把託運單貼在紙箱上時，我該用什麼樣的心情、寫下這個名字、才正確呢？幫喜歡的人把行李寄到別的女人家中，該抱持什麼樣的心情才好？」

牧子小姐的背影微微顫動著。

「啊──抱歉啊，我馬上就回來，你們先去喝吧，好嗎？」

牧子小姐繼續背對著我們並大幅揮舞著雙臂。

牧子小姐在哭嗎？

應該，是在哭吧？她的淚水正滴滴答答地落在地面嗎？

但是牧子小姐的臉一直朝下，我沒辦法確認真實的情況。

看著即使已經醉得一塌糊塗，即使被喜歡的人背叛，仍然不願意被別人看見自己哭泣的牧子小姐，我心臟深處就像被緊緊揪住一樣。真希望至少在這種情況下，她能夠盡情哭出來。到底是什麼原因讓這個人堅持扮演「不在人前哭泣的女人」到這個地步呢？

我們好不容易把快要當場打起瞌睡的牧子小姐送進「如月」後，終於能夠喘口氣了。雖然牧子小姐關在廁所裡一段時間，不過等她出來時已經恢復一如往常的豪爽表情。

「哈——抱歉啊，給你們添麻煩了。我這個人真是的，作為酒保已經失職了呢。」

啊，這個人又試圖恢復成「開朗有精神的牧子小姐」了，或許她剛才待在廁所裡就是在修復碎裂剝落的面具。仔細一看，剛才還亂糟糟的頭髮已經用鯊魚夾好好地固定起來，散落在下眼皮的睫毛膏黑色纖維也清得乾乾淨淨。襯衫衣領與手腕都溼得不太自然，看來她剛才已經洗把臉轉換心情了。

「我已經沒問題了，你們可以回去了喔。唉——讓你們看到我不像話的一面了呢。」

牧子小姐害羞地笑著，同時也開始整理起酒吧的吧台。

「妳剛才提到的事情……」

「啊那個啊，抱歉抱歉，不是什麼重要的事情喔。就好像是我發現在我家住下的流浪貓，其實是有人養的——！這讓原本已經打算把牠當成我家貓咪養起來的自己，簡直就像個笨蛋一樣。」

「妳本來不是想抱怨這件事情嗎？」

牧子小姐清洗杯子的手完全沒停。

「沒事沒事，更何況已經超過十二點了，真的很抱歉呢，都是我害的。」

她至今肯定有過無數次像剛才一樣，洗把臉後就當作什麼事情都沒有，然後頂著爽朗的笑容，以不讓其他人擔心為優先地一路走來吧。

我必須阻止這個人才行。

直覺是這樣告訴我的。我總覺得如果不趁今天讓她傾吐所有鬱悶與憤慨，「大家理想中的牧子小姐」這副外殼就會變得更堅硬。這件事情本身並不是什麼壞事，畢竟我有時也對她那絕對不顯露脆弱的模樣嚮往得不得了。

或許是我多管閒事，但是至少今天，讓她卸下「大家理想中的牧子小姐」這個裝扮比較好。

「牧子小姐。」

我抓住她正在準備擦桌子的手腕。

「只有今天……不，只有今晚也好，別再扮演不麻煩的女人了，好嗎？」

牧子小姐驚訝地看著我。

「有時候也盡情當個、麻煩的女人、丟臉的女人，好嗎？」

「……小桃……」

💔

將牧子小姐的話語簡單整理之後，就是這樣的情況。

大概是一年半前的時候，有位青年來到了「如月」。他穿著一身黑的衣服，又戴著圓形的墨鏡，外表特徵相當明顯，所以牧子小姐一下子就記住他的長相了。他在晚上十點之後來到店裡，坐在吧台邊端的老位置，然後喝著琴通寧邊在素描本上畫了長達一個小時。

他拿給牧子小姐的名片上，用樸素的字型印著「畫家」這個頭銜，以及「NAGAYAMA AKIRA」這個名字。雖然他才二十多歲而已，卻已經有了挺不錯的成績，以新銳藝術家的身分舉辦個展等並備受討論。

AKIRA泡在「如月」的時間愈來愈久，也慢慢進入了牧子小姐的生活。雖然兩人同居了一年左右，但是他某天卻沒再回來了。

擔心他是否出什麼意外的牧子小姐，在他失蹤兩週後終於收到聯絡。

「然後他就說出『幫我把行李寄來，用貨到付款的方式就可以了』這段話嗎？搞什麼？」

我拚命按住因為憤怒而顫抖不已的手。

「連分手都沒有提過就突然說這種話，怎麼可能接受得了！話說回來，這才不是什麼『用貨到付款的方式就可以了』的問題好嗎！在顧慮這種無謂小事之前，還有更需要道歉的事情吧！」

「不過，這也是因為牧子小姐很溫柔的關係吧……我總覺得能明白為什麼會被這種男人盯上。」

店長苦笑說著。

「看來我果然是這樣吧？我看起來是大肥羊吧？」

「嗯，畢竟妳之前不是也被假結婚真詐財還是什麼的騙過嗎？」

「什麼?!是這樣嗎？」

「別提這件事情啦雨宮，都是多久以前的事情了……」

牧子小姐用手蓋住脹紅的臉。

「就是這樣吧……結果對AKIRA來說，我既不是女朋友也不是他的什麼人呢。」

黑田先生邊喝著番茄汁邊問：「說到底，他一開始到底是怎麼提出要交往的？」

「會提、這種事情嗎？」

牧子小姐皺起眉頭，開始發出唔唔唔的呻吟聲。

「……牧、牧子小姐？」

牧子小姐咬著嘴唇動也不動。

「他有說過類似交往吧這種話嗎？」

「……沒有、說過。」

「那妳有提過嗎？」

「……我也……沒有……」

牧子小姐發出了簡直就像被巨人扭成麻花捲似的沙啞聲音。我第一次聽到她發出這種聲音！而且，接下來她又突然起身，並以讓人懷疑根本是忍者的速度衝進吧台裡，從擺在架子上的威士忌中抓住一瓶。

「等一下等一下牧子小姐！妳不可以再喝了！」

「不要啊啊啊！讓我喝！拜託你們！我不喝真的不行了！」

她手法熟練地扭開瓶蓋，將冰塊倒進酒杯後再倒入威士忌，甚至瞬間就連檸檬片都擺好了。真不愧是酒保，不對，現在不是佩服她的時候了！

「停停停！」

店長在緊急時刻抓住了牧子小姐的手臂並拿走酒杯，改從冰箱取出氣泡水代替。

「牧子小姐喝這個，威士忌就由我收下了。」

「雨宮……你總是這麼殘忍呢……」

枯萎的牧子小姐再度回到座位啜飲起氣泡水，然後像世界末日一樣「唉」地嘆了口氣。

「其實……我會不想告訴你們詳情，就是因為我很清楚，問題終究都出在我自己身上，這是我自作自受。」

「問題都出在妳身上是什麼意思呢？」

「因為……」

牧子小姐胡亂地搔抓著長劉海。

「……我太過害怕，不敢向他確認心意，我害怕他當面說我們只是砲友而已。所以我才會想要賭一把，指望我們是不必說出『交往吧』這類話語也能夠心意相通的關係。」

「牧子小姐……」

哎呀，就是說啊，我能夠明白。畢竟確認對方的心意真的是件可怕的事情嘛。

嗯？但是總覺得好像有不對勁的地方，我覺得整個故事聽起來很合理，但是卻有股揮之不去的異樣感。

「但是AKIRA是在沒有支付任何代價的情況下，在牧子小姐的家中住了下來對吧？」

「……是啊。」

「家裡讓自己平白住了一年的女人，不可能對自己沒有任何想法——冷靜思考後至少應該會注意到這種事情不是嗎？還是因為他遲鈍到誇張的地步了？」

沒錯，就算沒有明確說出「交往吧」這類話語，既然住進對方的家裡也該有一定程度的心理準備……

「不，不是這樣的，不能這樣說喔。」

牧子小姐握緊了氣泡水的寶特瓶，塑膠發出了變形的聲音。

「追根究柢，主動問AKIRA『要不要來我家住』的就是我……」

「什麼?!妳主動提出的?!」

「所以不是說了嗎？問題都出在我身上——！」

牧子小姐用手覆蓋臉部發出了呻吟，看來今夜會很漫長了。

💔

「那麼，也就是說……」

店長搖晃著空掉的威士忌酒瓶，逐一整理情況。

「AKIRA是個明顯缺乏生活能力的人，所以與他愈熟悉，牧子小姐就愈擔心這個人了。」

一天只吃一餐（甚至也經常整天都沒吃）、手機關機好幾天也不稀奇、家裡信箱總是塞滿了郵件，即使偶爾打開信箱也完全不打算確認內容，連帳單與公所寄來的重要文件都直接丟掉也是理所當然的，讓人不禁擔心他到底要怎麼生存。

「那孩子肯定把所有能量都耗費在藝術才能上了啊。」牧子小姐嘆息。

「然後，我想一下是怎麼回事？他租賃的公寓契約更新期限快到了，結果卻忘得一乾二淨，於是在絲毫沒有做好搬家準備的情況下被趕了出來。在找到下一間房子之前，他只能輾轉借住親朋好友的家中。他整天泡在『如月』其實也只是為了在找到下一個住處之前爭取點時間而已。應該就是這麼回事吧？」

「既然如此、不然、就那個啊，來我家住吧——是人都會忍不住這樣提議吧！」

「我們都還沒怪妳喔……」

「小桃如果遇到相同情境的話，絕對無法放著他不管的！黑田你也是！」

「不，我沒辦法讓別人待在我家。」

牧子小姐煩躁地用小指指甲抓著額頭。

「明明完全沒有找到落腳處，卻悠哉說著『這也是一種人生體驗吧』，讓我很擔心他會在不知不覺間安安靜靜地死掉啊。」

「然後他就無止境地在妳家住了下來……是這樣嗎？」

黑田先生一問之後，牧子小姐的眉毛就豎成八字形並點了點頭。

「我實在看不下去他這種居無定所的樣子，所以就忍不住說了『找到下個住處之前可以待在我家喔』。所以、後來、那個……我也會在閒暇時幫他處理點雜事或是做飯給他吃……」

不，這真的是該說很有牧子小姐的風格嗎？該怎麼說呢？

我第一次遇到牧子小姐時也是這樣。當時我因為開始負責「雨宿」內場而前去打招呼時，雖然我什麼都沒問，她卻主動告訴了我許多細節，甚至幫我把能夠壓低進貨成本的食材業者、三軒茶屋地區一定要去打聲招呼較好的人列成清單。

總而言之，牧子小姐是個沒辦法放著別人不管的人，每次遇見「只要自己有所行動問題就會迎刃而解」的事情，就沒辦法假裝看不到。「對自己是否有利」並非她判斷事物的標準，因為她無法接受「有能力相助卻沒有出手的自己」。

「總覺得，有點乏味了？我肚子也開始餓了呢……」

「啊，不可以再喝酒囉。」

「我──知道啦。」

牧子小姐活動著頸部與手臂的關節，同時打開了冰箱。「對了，我徹底忘記前男友食譜這件事情了。」

「咦，這次有嗎？」

「要吃嗎？」

牧子小姐拿出來的保鮮盒中放著馬鈴薯沙拉，搭配了煎得酥脆的培根、水煮蛋與黑胡椒。不知道她是不是刻意簡單搗碎而已，裡面還可以看見幾個滿大的馬鈴薯塊狀。

「他的食量真的很小。一旦開始作畫就停下來，然後就這樣虛弱過上幾天對他來說是家常便飯。即使我先做好菜擺在冰箱裡，他也不肯拿去吃，裡面唯一最賞臉的就是這個。」

牧子小姐拿出分裝盤後，用湯匙挖了出來。我開動了——我們合掌這麼說完後就把馬鈴薯沙拉送進口中。雖然口味相當傳統，但是時不時會出現鬆軟綿密的滋味，這是……

「……煙燻起司？」

「真不愧是小桃。沒錯，我會趁馬鈴薯還很燙的時候，把煙燻起司撕成小塊放進去融化。」

原來如此，沒想到還有這種創意，煙燻的香氣和培根真的很搭。似乎是因為牧子小姐非常喜歡馬鈴薯，所以經過層層研究後才想出這個食譜。為了基本上只吃下酒菜的AKIRA著想，牧子小姐也刻意使用偏重的調味。

「確實，拿來配酒的話會讓人一口接著一口……咕嚕！」

店長俐落打開不知何時拿來的海尼根瓶蓋，享受地大口喝下。

「這句話應該不是在諷刺我吧，雨宮？」

「不是不是，我很單純在稱讚妳而已喔。話說回來，牧子小姐……」

店長突然重新調整蹺腳的姿勢，認真盯著牧子小姐的眼睛。

「妳和AKIRA第一次做是什麼時候？」

「……你說的做，是指肉體關係嗎？」

「沒錯，是同居後馬上就做了？還是在同居前就做了？」

兩人的對話讓黑田先生看起來很尷尬地假裝咳嗽。

「大概是……」

牧子小姐抬頭望著天花板探索記憶。

「……應該是一起住之後的、兩個月、左右吧？」

「契機是什麼？妳勾引他的？還是他勾引妳的？」

店長再度一臉認真地追問。怎麼回事？他問這些事情是有什麼打算嗎？

牧子小姐喀啦喀啦地把玩著寶特瓶蓋說道。

「說到底，我因為沒有客用床墊，所以從一開始他就一起睡在我的床上。」

「睡在同一張床?!」

「但是我們一直什麼都沒有做，所以我覺得AKIRA對我沒有那種想法，我們只是單純住在一起而已……就像舍監那樣吧。所以我也是用和朋友躺在一張床上的感覺和他睡在床上，但是那天他卻摸了過來……我也沒什麼抗拒感，所以就順勢而為了。」

「做了之後就喜歡上他了嗎？」店長繼續追問，絲毫不給喘口氣的時間。

牧子小姐終於投降似的點點頭。

「就是、這樣呢……嗯，我喜歡上他了，甚至有不斷加速的時候。」

我嘆了口氣。沒錯沒錯，就是這樣啊。原本應該沒有那麼喜歡，但是做過一次之後不知道為什麼就喜歡上對方的現象，也在我身上發生過。人們都說男人一旦發生肉體關係就會冷卻下來，覺得對方可有可無，但是女人大概是相反的。真是傷腦筋。

「我可以再提一個問題嗎？牧子小姐，妳真的沒有確認過他的心意嗎？就連委婉詢問都沒有嗎？」

這段話讓牧子小姐的手指立刻僵住。

正以為她是需要點時間思考時，她突然發出放棄似的嘆息聲。

「雨宮，你這傢伙真可怕。我從以前就覺得你很可怕了。」

「多謝誇獎。」

「……有喔，嗯，真的就那麼一次。」

牧子小姐懺悔似的嘆了口氣。

「當時他已經在我家住了滿長一段時間了吧。我們完事之後在床上懶洋洋地聊天，那個時候AKIRA看起來有點想睡，正用手指捲著我的頭髮在玩。該怎麼說呢，我們當下的氣氛真的很像一對情侶喔，所以我就覺得『啊，一定要把握這個時機』，所以就盡可能假裝漫不經心地問了出來。」

「妳怎麼問？」

「……我問他：『AKIRA，你是怎麼打算的呢？』」

心臟就像被厚實的手掌用力擠壓一樣地痛了起來。

同住一個屋簷下、相處起來很舒服、待在一起時很開心、還會上床，但是卻無法從對方口中得知代表這段關係的名稱。當時牧子小姐內心的難為情與不知所措，就像我自己的情感一樣湧了上來。

「然後AKIRA呢？他怎麼回答的？」

牧子小姐用中指用力摩擦眼頭後，下定決心般地回視店長。

「他說『當然就是這樣囉』。」

大家不約而同嘆氣出聲。

「……就這樣。他說完這句話就緊緊抱著我，讓我沒辦法繼續追問，只能就這樣睡著。」

「啊——這下子……」店長抱住了頭。

就是這樣。

就是這樣?!

「搞、什麼……啥?!」

我握拳用力敲向膝蓋。

「那傢伙是怎樣！太狡猾了吧！」

他太懂怎麼閃躲了，竟然還有這麼巧妙的說法可以留下後路嗎。真是的，明明就欠缺生活能力，這種地方卻格外機靈，這個人到底是怎麼回事啊？

「……抱歉，我可以抽菸嗎？」

或許是無法承受了，牧子小姐站起來翻找著吧台內側後拿出了菸盒，拍下塑膠包裝上的灰塵後撕開膠帶取出一根菸。「雨宮要來一根嗎？」她朝店長傾斜菸盒，但是店長默默搖了搖頭。

牧子小姐用塑膠製的拋棄式打火機點火，她的手法精準，絲毫沒有半點猶豫。覆盆莓般的甜香，與葉片燃燒般的香氣融合在一起。

「AKIRA他啊，說菸味會讓他無法專注作畫，所以我一直不能抽菸。哈——這下終於解放了呢。」

我不禁思考，為什麼這麼溫柔的人會遇到這種事情呢？

世界上有時候會出現溫柔到離譜的人，有些人會犧牲自己的一切為他人奉獻，這些人應該要有好報才對，我也期望這些人能夠獲得回報，但是為什麼這世界卻有這麼多殘酷的情況呢？

沉默猛然降臨在我們四個人之間，我們各自與這股無能為力感奮戰著，一邊茫然地盯著大拇指的脫皮、掉落在不鏽鋼菸灰缸的菸灰、牆壁上不知道什麼時候沾到的斑點。我總覺得冷靜不下來，所以就決定稍微踏出這扇門。

髮旋一帶的冰涼感讓我不禁抬頭一看，才發現雨水正一滴一滴地落了下來，我連忙躲到酒吧的遮雨棚下。

「前男友食譜埋葬委員會的日子，不知道為什麼總是會下雨……」

這麼說來不知道什麼時候，黑田先生曾經這樣低語過。仔仔細細思考後會發現，確實週五夜晚總是受到這股潮溼雨味包圍著。不過，這種程度的靜謐潮溼，或許正適合埋葬委員會。

看了眼手機，快要兩點了，已經這麼晚了啊。或許是因為剛才為了尋找牧子小姐而東奔西跑，總覺得這個夜晚格外漫長。

AKIRA，你到底是怎麼打算的呢？

牧子小姐是鼓起多大的勇氣才問出這句話的呢？她肯定內心煎熬到覺得是時候搞清楚關係了，否則就無法忍受的程度吧。

她當時肯定認為即使AKIRA回答了「沒打算交往」，至少確定彼此的關係也好。儘管如此，AKIRA卻說出那樣的回答。

「這種作法太過分了啦。」

雖然完全屬於局外人的我根本沒有哭泣的道理，但是愈是深思，鼻頭就愈是刺痛，我抬起臉用手啪噠啪噠地搧著，試圖風乾已經溼潤的眼睛。

突如其來的念頭，讓我拿出手機開啟搜尋引擎，輸入「NAGAYAMA AKIRA」這些文字試著檢索，結果在我輸入「NAGAYAMA A」的時候，就因為預測字詞的功能跑出全名，我想這就證明了他確實是名氣達到一定程度的藝術家，但也更讓我感到火大。

〈NAGAYAMA AKIRA——本名永山輝，二十五歲，畫家，福岡縣出身。大學就學期

間榮獲第五十一屆太陽藝術文化獎，以現代藝術家的身分出道，除了自身的作品展之外，還擔任電視廣告、品牌包裝藝術總監等。〉

我輕而易舉地找到了他的資料。無論是哪一篇報導，他都穿著黑色服裝搭配圓形眼鏡。全身都穿黑色的理由是「沾到顏料也不明顯」，戴墨鏡是因為「我很害羞（笑）」，所以沒辦法與別人眼對眼」，看到都是些令人難以捉摸的回答，就覺得胃部深處的翻騰愈來愈嚴重。

「我可沒看過自稱『害羞』但真的害羞的傢伙呢。」

雨水滲入柏油路的氣味撲鼻而來。

該怎麼辦呢，該怎麼幫牧子小姐埋葬這段戀情呢。我們是前男友食譜埋葬委員會，會在聽完諮詢者的話語後，讓對方吃下與回憶有關的料理，並想辦法埋葬這股苦悶的心情。

但是無論多麼努力、對牧子小姐說了多少安慰的話語，只要仍然搞不清楚AKIRA的心意，這份思念終究無法變得清爽不是嗎？

正當我陷入思緒時，酒吧的門靜靜開啟了，牧子小姐探頭說了聲「喲」。

「我果然還是想在外面抽菸……哎呀，下雨了呢。」

牧子小姐叼著新的菸。她可能看見了手機上的畫面，所以輕輕地從我手上拿起手機瀏覽起AKIRA的報導。

「啊——他說了很帥的話呢。」

「我說啊，牧子小姐。」

「嗯——？」

牧子小姐深深吸了口煙後吐了出來，混濁的煙霧像漩渦般捲起後在雨霧中溶解。

「我覺得太沒道理了。」

「……妳指的是？」

「AKIRA是在完全知道牧子小姐心意的情況下利用妳的吧，『當然就是這樣囉』這句話也是想怎麼解讀都行的表達方式，這就代表他早就準備好退路了，後來什麼也不交代就只說『把行李寄來』也是這麼回事吧。他知道如果正面應對妳的心意，自己就會變成壞人，所以才會逃走的喔。」

牧子小姐什麼話都沒說。

「這種人……做出這種奸詐的事情傷害牧子小姐，等情況變得複雜後又若無其事地尋覓下一個落腳處，這種絲毫不在乎他人心情的人，竟然在檯面上說出像『徹底沉浸於面對孤獨的時間，能夠誕生出下一個藝術』這麼帥氣的話，甚至還開著像樣的個展……」

「……小桃……」

回過神時我已經熱淚盈眶，我明明到剛才都有好好地忍住，但是鼻腔深處的止水閥好像壞掉一樣，淚水一波又一波地湧上，完全停不下來。

牧子小姐回店裡拿了衛生紙來給我，並摩挲著我的背部。真是的，再這樣下去的話就搞不清楚誰才是諮詢者了不是嗎！

「這種傢伙竟然獲得大家認同，得到『NAGAYAMA先生的作品代替我們說出了無法對任何人訴說的心傷』這樣的盛讚實在是太沒道理了啦。不准逃跑啦，在訴說自己的心傷之前，給我立刻面對傷害了他人的事實！」

喔喔，這樣啊。

變得模糊不清的扭曲視野中，浮現了那個寒冬在賓館和恭平分手的景色。

我不是因為被恭平傷害這件事情而生氣。

我刻意想讓妳主動提分手，我的所作所為，都是為了讓妳主動提出。

看著盛怒站起的我，恭平有些尷尬地這麼表示。在看似抱歉的氛圍中，混雜了兩成左右嫌麻煩的氛圍——我實在無法放過這一點。

不對。

不是這樣的。

就算你傷害了我也沒關係。

畢竟這是戀愛，所以我對這點程度的傷害早有心理準備。

我是因為注意到恭平在缺乏受傷以及傷害我的覺悟下，就這樣過了四年才感到難過的。

如果我們彼此都沒有認真磨合、認真互相理解的話，這樣的結果當然可以接受。

偏偏是只有我一個人認真，一直到最後的最後，才發現用這樣的能量談戀愛的只有我一個人……在這之後的我到底該怎麼辦才好？

這種苦悶的心情，到底該怎麼埋葬才好？

「……關於這一點，我也一樣喔。」

喃喃自語般的聲音讓我抬起臉，看見牧子小姐露出帶有抱歉的微笑後，在我旁邊蹲了下來，並將菸頭摩擦地板熄滅。

「我不想被當成麻煩的女人。光是三十六歲還單身的這個身分，就足以讓人將我列入『麻煩』的類別。即使我和別人並沒有什麼不同、沒有特別想結婚、只是想談個普通的戀愛而已，這種別人擅加在我身上的『麻煩』卻愈積愈多，變得非常沉重，肩膀都要僵硬了。」

「牧子小姐……」

「我其實隱約感覺得到，AKIRA追求的是『不麻煩的關係』。正因為明白這件事情，我才刻意扮演著不麻煩的女人、扮演著並非真心交往的女人、扮演著隨時分手都無所謂的女人。」

牧子小姐凝視著我的眼睛，然後微微垂下了從眉頭到眉尾都修整得很漂亮的眉毛，彷彿要掩飾自己情緒般地再度笑了。

「不是AKIRA逃跑了，因為我們從最初就什麼都沒有開始，只是我一直表演著不麻煩、輕鬆的關係而已。……但是，原來如此啊……」

牧子小姐說著話的同時，表情也慢慢扭曲。眼皮與臉頰抽搐似的歪斜，緊繃的嘴角則逐漸下垂。

牧子小姐哭了。

「把受傷這件事情往後推的話，後來的後來就會變得這麼難受呢。」

牧子小姐邊哭邊強行露出笑容，所以變得愈來愈扭曲，所以我立刻緊緊抱住了她。

她只說聲謝謝後便靜靜地哭著，我也再度流下了眼淚。

兩人份的啜泣聲，混在落地的雨聲之間消失了。

接到牧子小姐來電表示已經和對方見面談過了是一週後的事情。「其實我對AKIRA呢……」隔著話筒聽見牧子小姐要開始敘述時，我連忙制止她並邀請她重新參加一次埋葬委員會，所以這次就好好地在「雨宿」舉辦了。

因為想要邊吃飯邊聊這件事情，所以牧子小姐就和我一起在廚房準備，被叫來幫忙的黑田先生則負責剝水煮蛋，店長則被必須在三月底前完成的盤點工作追著跑，正頂著褐色的熊貓眼坐在電腦前。

牧子小姐以熟練的手法將煙燻起司撕成細絲，我今天也請她順便教我這道料理的作法。

「這麼說來，AKIRA放在妳家的行李怎麼處理的呢？結果妳有寄過去嗎？」

聽到提問的牧子小姐「呵呵呵，那個啊」地帶笑說著：

「我交給他了。」

「交給……他了？該不會是親手吧？」

「沒錯，我拿去他的個展了。」

「什麼?!」

牧子小姐神色淡然地說道，同時邊搗碎馬鈴薯邊喝著啤酒。

「啊，對了對了，他的天命真女就站在旁邊喔，好像是業界人士公認的關係，所以當時正在和AKIRA一起招呼賓客。」

我擅自想像起全身釋放出自己人氛圍的新女友模樣後，咬緊了嘴唇。可惡，儘管我得到的新女友資訊只有這一點點，卻覺得超級火大。

「妳把曾經交往過的事情告訴她了嗎？」

「我原本是這麼打算的，但是臨時想到更好的點子，所以就變更作戰計畫了。」

牧子小姐面露得意地哼哼笑出聲，並拿出手機展示給我們看。

「嗚哇，超漂亮耶！」

出現在手機畫面上的，是我認識她以來看過最美的牧子小姐。雖然打扮得相當簡單，上半身是白襯衫搭西裝外套，下半身則穿著牛仔褲，卻反而襯托出她的魅力。

在她身旁的則是——

「這就是AKIRA嗎？」

那是一位笑容僵硬的藝術家。

「這、這是什麼情況？雖然照片中的牧子小姐超級漂亮就是了。」

「對吧？AKIRA的工作人員們也都很稱讚我喔。」

「咦，妳還打招呼了嗎?!」

「當然。我還遞出酒吧的名片，好好地推銷了一番。因為現場也滿多頗有名的人士，所以接下來生意說不定會變好。」

「真是強大呢……」

竟然能夠利用AKIRA無法拒絕的情況宣傳自己的店，真不愧是牧子小姐。一想像起當時的情況，連我都忍不住笑了出來。

「然後呢，行李怎麼辦？」

「我把AKIRA放在我家的東西，都收進千疋屋的特大紙袋裡面，然後在最後呢，直接交給AKIRA並說聲『這個是你交代的東西，事後再開喔』後就離開了。」

牧子小姐像惡作劇的小孩一樣露出壞笑。

「咦，這樣周遭的人不就……」

「誰知道呢，我馬上就離開了所以不知道情況，但是看在他人眼裡，我只不過是送出點心當賀禮而已不是嗎？只是當我看到在『嗚哇！這不是千疋屋嗎！太謝謝妳了！』的喜悅聲當中，只有AKIRA獨自僵硬時，就覺得再怎麼樣好像也做得太過火就是了。」

牧子小姐聳肩之後又立刻搖頭補充道：

「……但是我又沒有說謊，所以彼此彼此吧？」

肉店的安達先生反覆看著菜單的同時說道：
「我說啊，什麼時候才要讓我們吃到牧子小姐的馬鈴薯沙拉啊？」
在「雨宿」窗邊受到舒適暖陽包圍的午後，兌換券三劍客一如往常地上門，三人都穿著T恤，看來大叔們也已經完全換成適合春天的衣服了。
「我們決定把那個放在期間限定菜單，所以請靜候毀滅者最美味的季節。」
「毀滅者？那不是牧子小姐的外號嗎？」
「不是，『毀滅者牧子』其實不是破壞神牧子的意思，而是馬鈴薯的品種名稱。」
我正式向牧子小姐請教食譜的時候，她表示這道馬鈴薯沙拉使用名叫「毀滅者」的馬鈴薯品種是最美味的。一如其名，這是外觀看起來有些危險的馬鈴薯，好像是因為紫色外皮加上紅色斑點看起來就像摔角選手的面罩，所以才會取名為「毀滅者」。比較過多種馬鈴薯的牧子小姐，深深迷上滋味濃醇且口感厚實的毀滅者，有段時期甚至試圖在家裡栽種。
由於毀滅者不是男爵或五月皇后這種主流品種，所以關東地區在初夏之外的季節很少出現在市面上。那個都市傳說之所以會流傳開來，其實最初是喝醉的客人看到在酒吧連聲大喊「好想吃毀滅者」後，開始笑稱她為「毀滅者牧子」，結果不知道什麼時候開始，留下來的卻只有「三軒茶屋的破壞神．牧子」這個外號。

「什麼嘛，那就只好等到夏天了嗎。」安達先生一臉遺憾地說道。
「算了，至少期待的事物又增加了嘛。」
木村先生一如往常地用柳枝般的纖細雙手展開溼紙巾後，擦拭臉部。
「啊，但是我們已經決定好餐點名稱了……」
我邊說著邊端出咖啡時，慵懶的鈴聲響了起來。
「我回來了——成功趕上了喔——！」
是店長。他匆忙出門的時候說要去公所提交熬夜趕製的決算書表，看來是終於完成這項工作了。或許是沒有餘力打理服裝，他身上穿著的是鬆垮垮的「I LOVE NY」T恤，劉海還維持用鴨嘴夾固定起來的模樣。他、他就頂著這副裝扮跑到公所啊。就算有顏值可以撐場，還是有個極限的吧……
我將冰涼的水倒進玻璃杯中，端給癱坐在沙發上的店長。
「辛苦你了，店長。」
店長把水一口飲盡。
「哈——終於復活了……今年因為多了小桃，所以很多東西像社保[3]之類的都有變動……嗯?!」話才剛說完，店長就瞪圓雙眼盯著兌換券三劍客。
「這是怎樣，那個T恤是怎麼回事，和我的一樣?!」

3. 社會保險。

「這是小桃送我的喔，一樣不是很好嗎？」

安達先生驕傲地展現胸口的「ＮＹ」LOGO。

「才不好咧！而且怎麼覺得你們的比我的還要新？」

店長拉過安達先生T恤的衣襬，和自己身上的比較後立即憤慨了起來。

就是這樣。其實我去美國玩的時候一口氣買了很多要當伴手禮的T恤，結果忘記送人了，就這樣一直包在塑膠袋裡面沉睡在衣櫃深處。

我在那之後把恭平的東西都集中之後丟掉了，信紙與相簿丟光了，連存在手機裡的照片與影片都刪除了。恭平的氣息完全消失之後，總覺得好像也失去了自己的一部分。

但是——

「話說回來，有這麼俗氣嗎？我穿的就是這麼俗氣的衣服嗎？」

看到兌換券三劍客後，終於意識到自己有多麼俗氣的店長，可能受到睡眠不足的影響，難得氣呼呼地鬧得不可開交。

但是，如果永遠將恭平深埋在心中的話，就沒辦法讓現在想要珍惜的人、現在想要珍惜的場所進到我的心中了。

我想起前陣子牧子小姐最後說的那段話。

「小桃，謝謝妳。我覺得很慶幸喔，慶幸自己好好地『麻煩了一場』、慶幸自己哇地盡情大哭之後，又幼稚地報仇了。這讓我覺得無論到了幾歲，該『麻煩』的時候就必須好好麻煩一場才行喔。」

未來我肯定會遇到形形色色的人，受到形形色色的傷害吧。

到時候我是否都能夠好好整理心情呢，是否會更擅長假裝沒有感覺呢？

或許遲早會有一天，我會覺得每一次談戀愛都大呼小叫實在很愚蠢，說著「都是當時太年輕呢」。

但是能夠在面對形形色色的事情時都靈活面對，想必是因為曾經在受傷的時候、傷害某個人的時候有確實大呼小叫過、掙扎過、向某人祈求幫助過吧。

斜睨著店長與大叔們的你一言我一語，我拿出筆後開始書寫便利貼。

「新菜單！變身大麻煩的那一天要吃的馬鈴薯沙拉」

然後貼在旁邊的月曆上。

在溫暖的陽光照射下，看著身穿超俗氣T恤的四個人，光是這樣就讓我忍不住笑了出來。

「你好……我要一杯冰淇淋蘇打。」

「啊，等一下，你聽我說啦黑田，小桃好過分……咦咦?!黑田也穿著這件?!喂！小桃妳是故意的吧？」

啊，變成五個人了。

變身大麻煩的那一天要吃的馬鈴薯沙拉

材料

馬鈴薯……中型4顆（約350g）
培根片……40 g
雞蛋……2顆
煙燻起司……（迷你包裝）4～5顆
美乃滋……4大匙
胡椒鹽……少許
鮮味調味料……3下
黑胡椒……看心情決定

作法

【1】馬鈴薯削皮後挖去芽眼，切成適當大小後泡水。浸泡過後用900W的微波爐加熱6分鐘，接著用叉子搗碎後再加熱至全軟為止。

【2】趁馬鈴薯還熱的時候，把煙燻起司撕成細絲後拌入（尺寸約等於小指的指甲）。

【3】將培根切成邊長5mm後，放進平底鍋煎至酥脆。

【4】把培根、美乃滋、胡椒鹽與鮮味調味料倒入【2】中拌勻。

【5】用雞蛋製作好半熟水煮蛋（水沸騰後放進去浸泡7分鐘，泡完後立刻用流動的清水冷卻）。

【6】將水煮蛋概略搗碎後加入【4】，接著概略攪拌。

【7】裝盤後看心情撒上黑胡椒。

第4話

「祖母的秘密飯糰」

「真的能夠還原嗎？畢竟最後一次吃都是三年前了。」

黑田先生熟練俐落地握著飯糰，同時這麼問道。

「這也是沒辦法的不是嗎，畢竟他都說我是最後的堡壘了，所以不覺得會想幫他想想辦法嗎？」

「確實是這樣沒錯……」

黑田先生用海苔包住漂亮的三角形飯糰後，又接著製作起下一個飯糰，沒想到他竟然這麼厲害。

「……怎麼了嗎？」

「不，我真心覺得好漂亮，像專業人士一樣。」

「喔，畢竟我平常都自己做便當。然後呢，下一個要握怎樣？」

「我看一下，要俵型飯糰，然後下一個麻煩握成圓形的。」

今天的「雨宿」廚房的工作檯上擺有各種形狀的飯糰，以及不同種類的梅乾，一想到必須從無限多的搭配中找到正確答案，就不禁有些頭暈。

起因是兩週前的傍晚。

「雨宿」的兌換券三劍客——肉店的安達先生、書店的木村先生、冰果室的高村先生，正一如往常聊著商店街的傳聞、政治家貪汙之類的話題，似乎聊再多也不嫌煩。因為最近急遽變熱，所以三人正享受地吃著霜淇淋，待了兩個小時左右才終於起身——也就是這個時候。

「我說啊，小桃。」

準備回家在等著結帳的木村先生，突然轉頭望向待在廚房的我。

「妳好像……總是在做有些奇特的料理吧，就是聽別人敘述後還原……」

「啊，你是說前男友食譜嗎？」

我這麼回答後，木村先生就邊覷著正在收銀台結帳的安達先生與高村先生，有些匆忙地把嘴巴湊近我的耳邊，看來他希望接下來要說的話只有我們兩個聽到。

「再怎麼說，要還原以前吃過的滋味……很困難吧？」

木村先生有個無論如何都想吃到的東西，那就是三年前過世的妻子——松子女士所做的飯糰。

書店的木村先生——全名是木村康成，在離「雨宿」步行六分鐘左右的「木村書店」店主。他從年輕時就一直經營這間店，而這些年來支撐他的似乎就是松子女士親手製作的便當。

「我最近每晚都會做相同的夢喔。」

木村先生綿長地嘆了口氣後說道：

「夢裡松子說著別忘了這個後就把便當遞給我，我一如往常接下後拿去店裡吃，拆開便當包巾後把飯糰放進嘴裡。但是我卻從來沒有吃出味道，因為我已經想不起來了。那到底是什麼樣的味道呢？我應該一直都記得才對啊……」

真是的，他都這樣說了，我怎麼可能拒絕得了呢。因此回過神時我已經說著「我會想辦法的！」並握住了那瘦弱的肩膀。

如此如此這般這般之後，我在黑田先生幫忙下像這樣製作各式各樣的飯糰，每次都會請木村先生試味道……這樣的情況在這兩週內反覆上演無數次。

「我們做出來的飯糰，真的有愈來愈接近松子女士的口味嗎？」

看來黑田先生對此半信半疑。

「嗯──木村先生最後一次吃到已經是很久以前的事情了，所以記憶似乎也很模糊了……」

「這樣他不是吃不出來嗎？」

「但是你想，不是很常聽說味覺與嗅覺容易直接連結到記憶嗎，所以要是他吃到的話肯定會有感覺的……」

雖然我嘴上逞強，內心卻變得非常不安。以往的埋葬委員會都是請當事人告訴我食譜，或是直接拿實品過來，但是這次卻不是這樣。我們唯一知道的線索，就只有飯糰內餡是梅乾這件事情而已。

「真的沒有食譜嗎？」

「木村先生說他曾經找過卻找不到，不過飯糰這種東西，本來就不可能一一寫出食譜吧……」

今天木村先生一樣預計在打烊後過來吃飯糰。我在網路上訂購了幾種新的梅乾，也嘗試多種飯糰的握法，如果能夠找到類似的口味就好了。

原本一直坐在電腦前的店長，因為想試味道而跑來探頭察看工作檯：「但是吃太多的話反而會混亂不是嗎？或許休息一段時間也——」

「噢，我想起來了！」

大門忽然砰地一聲打開了。

來者是木村先生，喘呼呼的他肩膀上下起伏劇烈，並將身體靠在桌子上。他脫下背心後擦拭頸部一帶的汗水，接著又突然像某處疼痛一樣，彎曲的背部與腰部都顫抖了起來。

「喂喂，沒事吧？」

「我知道了，小桃，是梅乾。」

木村先生喝下店長端來的水，終於調整好呼吸後說道：

「松子飯糰裡放的梅乾超級酸喔，我今天才想起來我在櫃台裡總是皺著臉在吃。」

一問之下，得知木村先生總是邊顧店邊吃妻子做的便當，因為梅乾實在太酸了，甚至會讓他扭動起身體。

「咦，那這個呢？」

我從今天準備的飯糰中，選出使用了最酸梅乾的飯糰後遞給木村先生。

他大口大口地吃了幾口後搖搖頭。

「不，還要更酸。」

「咦，這個已經很酸了喔？你知道她都買哪一牌的嗎？」

梅乾這種東西，全日本要找多少就有多少，如果要和松子女士使用一模一樣的梅乾，恐怕得找到天荒地老。

不，但是等一下，畢竟最近很多人偏好減鹽的類型，所以市場上滋味濃重的梅乾應該沒有想像中的那麼多吧？

既然如此——

「該不會松子女士的梅乾都是自己做的吧？」

木村先生訝異地看著我眨了眨眼，接著用血管凸浮的手摩挲額頭，然後才靈光乍現似的開口：

「……這麼說來，家裡好像每年都會收到黃色的梅子。」

「果、果然！」

我從廚房中把身體探出了吧台。

「不，但是我以為那是釀梅酒用的……」

「梅酒與梅乾都是很多人會自製的東西，肯定是這樣！七月或八月的超熱日子裡，是否會看見松子女士在庭院或陽台……總之就是整天都在戶外忙碌呢?!」

「……確實有，有過！因為她每年都會特地挑這麼熱的日子……我一直覺得很不可思議。」

天哪，真是的！絕對是這樣。

「松子女士是自己製作梅乾後再放進飯糰裡的喔！」

「這樣啊……但是我家已經沒有她做的梅乾了……」

雖然得知酸味的真面目是好事一件，但是木村先生的表情卻再度變得晦暗並嘆了口氣。他摘掉眼鏡，擦拭從眼皮沁出的汗水。

應該有什麼辦法才對。我咬著下唇全力運轉著腦袋時，不經意看了眼手機。

今天是——六月二十四日，既然如此，或許還有機會勉強趕上。

「我來製作梅乾吧！」

我雙手用力握拳說道。

「咦，小桃，妳做得出來嗎？」

「木村先生，沒問題的喔！我以前曾經幫忙過鄉下的祖母，而且至今也還原過許多前男友食譜了，所以梅乾也一定做得出來。」

雖然我深深感受到黑田先生彷彿在問「沒問題嗎？」的質疑視線，但是隨便啦，我不做的話誰做！

木村先生靜靜地站起身後，雙手握緊了我的手。

「拜託妳了，再這樣下去的話我……」

話說到一半就閉上了嘴。

「……不，謝謝妳，那就拜託了。」

木村先生的家是小巧的兩層樓獨棟住宅，玄關前擺放了好幾個尺寸與形狀各異的盆栽，但卻只是塞滿了乾燥的土壤，一朵花也沒有。

行經客廳、鑽過木製珠簾後，就來到松子女士生前度過大把歲月的廚房。

「哇……好厲害，好厲害好厲害！太完美了！」

我整個上臂都豎起了雞皮疙瘩。

「這該說是極富風情嗎……」

「哇──總覺得好像電視劇的場景一樣呢。」

帶有使用痕跡的老舊紅色琺瑯壺，以及密集排列的調味料。冰箱上用磁鐵貼著好幾張手寫的食譜筆記，筆跡相當優美。日期都是四年前，有些還以隨興的字跡寫著「ＮＨＫ看到的」，應該是看著電視匆匆抄下的筆記吧。雖然松子女士善用狹窄的空間，整理得井然有序，但是似乎很會囤積物品，光是橡皮筋與保鮮膜的庫存就有五六組，筷子也多到足以讓一個小家族開派對了。

「我盡可能讓所有東西都保持原樣。」

確實靠近一看，會發現調味料幾乎都已經過期，輕摸會發現掌心沾上了細緻的灰塵。這樣啊，難怪明明是能夠深深感受到松子女士氣息的空間，時間卻彷彿停止在三年前一樣。

「只要是在這棟房子裡的，都可以盡情翻找沒關係。食譜書的話應該放在最裡面，也就是後門前面的書櫃上。我差不多得去顧店了……」

木村先生確認手錶後如此說道。

為了讓木村先生放心，我握拳對著他捶捶自己的胸部。

「沒問題沒問題，交給我吧！我會善用料理人的直覺，迅速找出來給你看的！」

「這、這樣啊……？」

「放心放心！好了，你快點去顧店吧！」

雖然木村先生露出有些（非常？）不安的表情，但是仍在說出「那就先告辭，剩下拜託你們了」後走出家門。

兩個小時後。

找不到。

真的找不到，找不到線索的程度已經誇張到令人驚訝的地步。

「什麼?!為什麼？」

太奇怪了，線索在這個時間點也差不多該出現了吧？

「不行了，我的眼睛已經有點睜不開了。」

店長摘下眼鏡用力揉著右眼，對於雖然才三十多歲而已，卻已經看不清楚細小文字的他來說，要持續搜尋食譜似乎是非常辛苦的一件事情。

松子女士放在廚房的書櫃上，緊密地擺著大量的食譜書，光是隨便掃一眼就覺得應該有三百本左右吧。而且擺在這裡的不只有書籍，她把報紙、料理雜誌剪下來的食譜彙整在資料夾後也收在這裡。

我們姑且已經都看過一輪了，甚至為求謹慎，還請身高較高的黑田先生確認書櫃上方，但是那裡只有布滿灰塵的蔬菜汁罐頭而已。

「看來她果然還是沒有留下梅乾的食譜吧？」店長聳肩表示。

「說的也是呢，可能是因為每年都做，所以早就記下來了，或者是已經丟掉了嗎……」

「我們先去找木村先生吧？小桃。小桃？」

「確實可能是這樣……」

總覺得有什麼不對勁的地方，我似乎漏掉了什麼非常重要的事情。

我再次拿起附近的食譜書快速翻閱。

幾乎所有書都貼著大量的便利貼，書上還會按照自己的方式修改，像是用粉紅色螢光筆畫線的部分、或是用兩條刪除線劃掉分量後，在上方補充「改成兩小匙」等，筆記非常仔細……不如該說，她真的是個熱愛料理的人啊，而且屬於研究者的類型，絲毫不嫌費工，每一次每一次都使盡全力——我腦中不禁浮現了這樣的形象。

這樣的人真的會沒有寫下梅乾的食譜嗎？明明米糠漬、果醬、柚子胡椒、麴味噌的作法都寫得那麼詳細？

木村先生無論颳風下雨都會勤奮前往店面，打開沉重的紙箱後擺放書本，全年無休從事這樣的重度勞力工作。而松子女士每天為這樣的丈夫製作飯糰時，所使用的梅乾應該耗費了不少心力才對。

「這麼特別的料理食譜竟然會到處都找不到，這反而讓人覺得很奇怪不是嗎？」

我背對著開始整理起食譜書的店長與黑田先生這麼說道。

「明明記錄得這麼詳實卻獨缺梅乾的食譜，我果然還是覺得很奇怪，因為梅乾是非常脆弱且……啊，雖然我沒有親手做過，但是祖母說過只要鹽分比例稍微不同，或是曬乾的時間稍微變動，製作出來的口味就完全不一樣了。」

「既然如此……」

店長將手撐在下巴思考著。「……是不是有什麼不想被家人看到的理由？妳想說的是這個嗎？」

我用力地點點頭。

如果是我的話，會將這樣的食譜收在哪裡呢？

——桃子，無論妳多麼喜歡廚房，都必須擁有一個只有自己才會開啟的抽屜。一定要好好地為自己準備一個專為自己存在，沒有任何人可以找到的地方。

「對了……」

不知為何突然想起這件事情，我原本都已經忘得一乾二淨了。這是我剛開始迷上做菜時，祖母突然叮嚀我的話語。

專屬自己的、抽屜？

我的身體自己動了起來，我來到客廳文件櫃前，從上方的抽屜開始逐一開啟，整腸劑、ＯＫ繃、鋼筆、指甲剪、掏耳棒，沒有，不對，不是這裡。

「結城小姐又開始了呢，又突然不知道在做什麼了。」

「小桃，可以先跟我們說明一下再動手嗎？」

聽到黑田先生與店長傻眼詢問，我開啟抽屜的雙手絲毫未停地回答：

「你們有聽說過嗎？孩子出生之後，共享所有生活空間的人就變多了，連臥室都必須和家人分享。就算家裡設有兒童房、為丈夫安排了辦公專用的房間，不知為何就是沒有專屬母親的房間。女人在家中很難打造出私密場所，結果慢慢地就連自己這個人都成為大家共同持有的，『專屬自己的自己』會變得愈來愈渺小。所以即使只有一點點也好，也必須刻意安排專屬自己的空間才行……」

「……確實是這樣呢。反正必須一直陪伴孩子，所以不需要屬於我的房間——確實有人這麼對我說過。」

聽到店長自言自語般的低語，讓我忍不住回過頭。

「什麼？」

「誰知道呢，我們也一起找找看吧。」

但是店長卻若無其事地挽起襯衫的袖子，站在我旁邊重新找起食譜。

可能是因為木村先生經常待在飯桌一帶的關係，桌上散落著很多書本、帳簿，還有彙整了出版社電話號碼的電話簿等。我暗忖應該不會放在這裡吧，但還是打開了放在旁邊的塑膠文件盒，發現裡面塞滿了細長的對折紙張。

「這是什麼……」

每張紙上都印著書名、出版社名稱與金額等，尺寸與書籤差不多。這麼說來我在書店買書的時候，好像很常看到這個……

「這是補書條喔。」黑田先生從背後探出頭來說道：「新書裡通常都有夾這個，不過這只是用來計算書本營業額的東西，類似會計傳票。客人拿書去結帳時，收銀台的人就會把紙抽起來收好，可以用來確認店裡的哪本書賣了多少冊，很方便喔。」

「你這話說得簡直就像書店店員一樣呢。」

「我沒有提過嗎？我大學時一直在書店打工喔。」

「嗚哇……」

「妳嗚哇是什麼意思？」

「不，就覺得……很有你的風格。」

「這是稱讚嗎？」

不過真懷念啊——黑田先生拿起補書條啪啪啪地翻看著。

「我以前很常在上面做筆記喔。如果身旁沒有可以寫字的紙，就會立刻拿補書條來充當便條紙。」

「可以在上面寫字嗎？」

「其實應該是不可以的。但是像是突然接到電話時，人又剛好在收銀台附近的話就會順手……」

「小桃——黑田先生——過來一下——」

突然傳來了店長的聲音，抬起頭卻沒看見他，客廳的門則是敞開的。

「這裡這裡。」

一踏出客廳就立刻看到一扇傳統拉門，店長突然從裡面露臉。

「找到了嗎?!」

「不，我還沒開始找……」

我們依言踏進室內，映入眼簾的是約兩三坪的和室。唔，鼻子有點癢，可能是因為一段時間沒使用了所以帶有霉味。看起來年代久遠的按摩椅，已經蒙上一層薄薄的白色灰塵。這時我忽然與一隻收在玻璃箱的剝製標本鳥四目相交，頓時嚇得我渾身震了一下。

「除了自己以外誰都不能開啟的秘密場所——我想應該就是這裡吧？」

店長所指向的是古色古香的化妝台。僅比我的肩膀稍微寬一點的化妝台，可以說是相當小巧。化妝台擁有能夠完整照出上半身的大鏡子，以及好幾個抽屜。化妝台前擺著一張坐墊是天鵝絨材質的方形椅凳。

「該怎麼說呢，化妝台對女性來說具有特別意義吧？而且要說木村先生絕對不會靠近的地方，我想應該就是這裡了，如何呢？」

「真不愧是店長……」

沒錯，就是這樣，為什麼我會沒想到呢？女性會在這裡面對著鏡子化妝，充滿著打造出「完美自我」的幹勁，等孩子們睡著之後就會在這裡卸下「完美自我」的武裝，放鬆一下。

我將手伸往抽屜，這裡一定有，一定在這裡，我的直覺是這樣告訴我的。

喉嚨乾巴巴的，儘管我試著吞嚥口水，卻覺得喉嚨深處彷彿覆蓋薄膜一樣，什麼感覺也沒有。

「我要開囉。」

我用力把抽屜往外拉。

這裡果然也放了很多東西，幾支轉出式的口紅、粉底、香水、畫眉用的鉛筆等雜亂地塞在裡面，但是完全沒有看起來像食譜的東西。

「這裡呢？」

我試著打開右側的所有小抽屜卻遍尋不著。

「真奇怪呢，我還想說這次的推理非常巧妙說，結果又回到原點了嗎？」

店長唰唰唰地抓著髮旋一帶後，坐到了椅凳上。

「怎麼辦呢？小桃。」

我看著聳肩的店長陷入思考。

我明明覺得一定會在這裡，甚至還覺得好像被松子女士召喚一樣，但是說到底這只是我的直覺，其實根本就不準嗎？這麼說來，這裡還是有可能被孩子打開，稱不上是什麼秘密場所……

秘密場所。

秘密、場所？

「這個……」

「嗯？」

我保持跪姿往店長靠近。

「怎麼了小桃？」

「這個！」

我指向店長坐著的方形椅凳。

「讓開一下，店長。這種椅凳的內部有時候可以當成收納空間……」

我握住上方的坐墊部分，抬起來後果真看見空洞。

「哎呀，果然……裡面有放東西！」

「嗚哇，真的耶。」

「我還以為只是普通的椅子……」

為了看得更清楚，我們把椅子搬到燈光正下方後，再認真窺視這個突然登場的方形空洞。為了讓心情冷靜下來，我將手汗擦在牛仔褲的大腿處。

然後緩緩地將手伸進裡面。

裡面放著一本筆記本。

封面上用同樣優美的筆跡，寫著很像書名的文字。

「康、成、筆記，寫的是康成筆記對吧？」

「說到康成……」我和兩人面面相覷。「那是木村先生的名字吧？」

「……松子女士，非常抱歉擅自偷看了，我們只是想找看看有沒有梅乾食譜而已，請容許我們確認。」

我雙手合十低頭祈禱之後，就不顧一切地翻開了筆記本。

「這、是……」

〈H15・11・5　唐揚雞的專業作法〉

「H15……是指平成十五年嗎?!」

「看來這是很早就開始記錄的筆記本呢。」

原來如此，仔細一看確實可以看出筆記本充滿歲月的痕跡，紙張邊緣都已經變成褐色了。還有一隻小小的蠹蟲在「唐揚」這幾個字上信步走著。

「咦，後面好像有東西。」

我不經意注意到，唐揚雞的食譜頁面後方鼓鼓的，翻開之後就看見剛才在餐廳發現的細長紙條。

「黑田先生，你剛才說這是什麼？」

「是補書條喔，用來計算營業額的補書條。」

不知道為什麼，松子女士用膠帶把這張紙緊緊貼在上面，書名是《中學英語單字・上級篇》。為什麼要這麼珍惜這種東西呢？

「或許是當時有在學英語吧？」

「……請等一下。」

這麼說著的黑田先生把手伸向補書條，掀開了對折的部分。

心臟怦怦跳了起來。

紙張後面用粗麥克筆寫著什麼。

「這是……」

松子

多謝招待

唐揚雞的味道　讓我充滿了精神

今天也謝謝妳

康成　敬上

我立刻用手按住嘴巴。

「騙人，這是情書不是嗎……」

細長的補書條後方寫著的是比松子女士更優美的字跡，錯不了的，這是木村先生寫給松子女士的信。而且松子女士還在筆記本裡，用小小的文字寫著感想。

店長重新戴上眼鏡閱讀這些文字。

「哎呀哎呀……上面寫著『因為今天很冷，所以就準備了康成最喜歡的唐揚雞。看到他說味道讓他充滿了精神真開心，孩子們也很喜歡。今天辛苦了』。」

「真是很棒的一對夫妻呢。」

「真的，你們快看，其他頁也……滿滿都是補書條喔。木村先生平常明明是那個樣子，竟然會做這麼浪漫的事情啊。是吧，小桃……小桃？」

「咦，妳已經在哭了嗎？」

「因為……因為！」

為了不讓眼淚和鼻水滴到重要的筆記本上，我仰頭望向天花板。

真是的，不要用這種意外驚喜讓人家哭出來啦，木村先生！

我們正式地仔細翻閱了這本筆記本後，發現根本是專門記錄木村先生喜歡食物的嚴選食譜集。木村家採取的是完全分工的制度，所以木村先生負責在書店做生意，松子女士負責家事與育兒，夫妻倆鮮少有機會可以坐下來好好聊聊。

或許就是因為這樣，木村先生將便當盒放回廚房時，習慣附上一張寫在補書條後面的信。松子女士似乎也全部都妥善收起，因此椅凳下方還擺了許多一束又一束的補書條，應該是筆記本已經貼不下的關係吧。

而且翻到筆記本最後一頁時，就發現了重要關鍵。

「有了……有了！」
「啊——真是漫長的一條路呢。」
「這次或許是埋葬委員會最艱難的一次任務了。」
「還沒呢，挑戰現在才開始喔！因為還必須做出來才行！」
就這樣，我們終於找到了松子女士的手作梅乾食譜。
沒想到竟然會有被木村先生感動得心跳加速的一天！

💔

七月二十九日，週五，天國的祖母，您過得好嗎？
今天的東京是非常迷人的大晴天，如果在繪畫比賽畫出今天的天空，搞不好還會被罵說「天空的顏色應該要更複雜」。這天的藍天就是這樣，充滿活力到不真實的地步。雖然熱得不得了，但是沒有比這樣的日子更適合曬梅乾了！
好了，距離上次到木村家叨擾已經一個月了。
梅乾自製就是這麼麻煩呢，必須先以鹽巴醃漬後，再添加紅紫蘇進一步醃漬。接著排列在篩子後，擺在「雨宿」所在的大樓屋頂曬。店長或黑田先生也會一起為梅子翻面，過程非常開心。只是黑田先生的光頭在日曬下會變得火紅，這一點倒是很辛苦。
今天終於是最後一天了，只要今晚收起梅乾就大功告成，天哪，真期待，這下終於可以好好埋葬木村先生的心情了。

真希望也能夠讓祖母吃吃看呢。

話說回來，真想找祖母來幫忙啊。

我現在真的很想僱用祖母。

祖母的手腳超級俐落，如果她也在「雨宿」的廚房裡，肯定連這次的訂單都能夠明快完成吧。

我說啊祖母，方便的話要不要考慮從天國換來「雨宿」上班呢——

「……桃！小桃！咖哩和起司漢堡排要追加！還有咖哩搭配馬鈴薯沙拉也要，妳有在聽嗎?!哈囉哈——囉，小桃？桃子小姐！結城桃子！」

啪！——好像有什麼東西裂開的聲音。

啥。

奇怪？

眼前是一臉擔心的店長，以及吧台座位與一般座位都坐滿的店內，窗外則是看不見盡頭的人龍。

啪——店長再度在我臉前拍拍手。

「哈囉小桃，妳沒事吧？中暑了嗎？」

店長非常自然地想用手觸碰我的額頭。

這瞬間讓我立刻恢復神智，我的額頭今天還沒有用吸油面紙擦過，要是被店長碰到的話，我重要的某一部分會死掉！

「抱、抱歉抱歉店長，別擔心！我只是太忙了而已，總覺得我剛才好像穿越時空了一樣。」

我連忙轉過臉開始準備咖哩，這樣可不好，我必須清醒一點。我從早上開始就動得太多，T恤內側悶熱得讓人很不舒服，但是我連換衣服的時間都沒有。算了，相較於店內總是空蕩蕩的半年前，這種哀號是值得慶幸的，只能努力撐過巔峰時段了。

「別這麼說，我能夠明白喔，沒想到店裡會忙成這樣呢。」

店長也打開冰箱以極快的速度，在兩人份的玻璃杯中放入冰塊。

「我說啊，電視的影響力真的很強吧。」

今天的「雨宿」是有史以來最多客人的一天。

原因非常清楚，因為昨天「雨宿」登上了黃金時段的電視節目，那是個專門介紹街上深度景點的綜藝節目，這次來採訪的是一位諧星。當時我們一派輕鬆地表示「如果客人能夠增加就好了～！」，但是沒想到會增加到這個地步，而且今天還是平常日喔？週五的白天喔？如果是六日的話還可以拜託黑田先生來幫忙，但是他表示今天有工作必須處理，只有傍晚能夠過來。所以我只能和店長一起努力度過！

「不過，雖然現在這個時間點真的很慘烈……」

我一邊把漢堡排翻面，一邊對著店長的側臉說道：

「但是應該能夠達到史上最高的營業額吧，而且梅乾也快要曬好了……啊，沒錯沒錯，應該傍晚就可以試味道了，所以今天也可以讓木村先生吃吃看飯糰了呢。所以今天整體來說，是好得不得了的日子不是嗎？今天的啤酒應該會特別好喝！」

「在卯起來工作的現在，還能夠這麼說真是厲害啊。」

店長邊盛裝午間套餐的沙拉與湯品邊苦笑。

「我只是預支了『雖然今天很辛苦，卻是個好日子』的心情喔。」

我剛說完，店長就露出有些訝異的表情，然後立即低笑出聲。

「我一直都覺得很羨慕妳這方面的思維喔。」

其實我只是為了振奮自己所以試著說出口，但是沒想到也刺激到了店長。

「我之前說過這種話嗎？」

「不，妳之前說的是愈辛苦的事情對人生來說，就是愈美味的香料之類的話吧，反正都是這種感覺不是嗎？」

「事實真的是這樣嘛，畢竟料理如果少了苦味或澀味，選項就會少非常多。」

回首至今的人生，會發現我確實總是這樣跨過每一道高牆。嗯，今天也會順利跨過去的，所以使盡全力讓客人離開時能夠說著「好吃！」吧。

總覺得我好像在耍帥呢——我有些害羞地掀開飯鍋的蓋子，雖然顛峰時段好像還沒有要結束的跡象，但是只要把為週末準備的存貨先拿出來用，應該就能夠想辦法撐過今天。我在腦海裡計算著食材，放任身體自動運作。

「對了，是說小桃……」

店長將收回來的玻璃杯與餐具放進流理台的時候，似乎想起了什麼事情。

「黑田先生是不是有說過，埋葬委員會的日子都一定會下雨？」

咦。

正將起司擺在漢堡排上的手戛然而止。

「不、不要說這麼不吉利的事情啦。」

「不，事實上每次都真的有下雨喔。」

住口，快點住口！確實，不知道為什麼埋葬委員會的日子，肯定會至少下一次雨。有時是傾盆大雨、有時是陣雨，讓人有種好像隨便什麼雨都好的感覺，我甚至懷疑這是不是神明為了達成業績所以硬要下的雨。

「現在曬在屋頂上的梅子，如果被雨淋溼是不是就沒救了？」店長又說了更不吉利的事情。

「那、那只是巧合啦、巧合而已！外面可是艷陽高照，今天我也好好確認過天氣預報，再怎麼樣都不可能因為我是雨女就……」

「嗯，說得也是，確實是這樣沒錯呢。」

店長像是被說服般地拋下這句話後，就出去接待下一組客人了。

製作梅乾時有個叫做「土用曬」的習俗，也就是把七月二十日左右至八月六日左右這段名為「夏季土用」的日子，視為曬梅乾最適合的時期。在梅雨帶來的潮溼空氣已經徹底散去的這段期間，天氣總是晴朗乾爽，所以能夠製作出最美味且最利於長期保存的梅乾。松子女士的筆記中也以極為強烈的力道，寫著：「去年梅子產期晚了　太震驚了　我可是要在七月中曬乾的！！」

所以我原本也打算一進入土用期間，就立刻曬乾梅子的，但是不知為什麼連日都是多雲的日子，有時甚至會有小雨滴滴答答落下，結果一直到三天前才能夠自信滿滿說出「今天是晴天」並展開曬乾梅子的工作。

我愈來愈擔心店長提到的事情了，就連在鐵板上逐漸融開，正啵啵啵冒泡的起司，看起來也像落在柏油路上的雨滴。

預防萬一還是先確認一下吧，預防萬一，只是預防萬一！這都是為了讓我自己放心！

我將起司漢堡排端到吧台後，就趁點餐的空檔迅速取出手機開啟天氣預報ＡＰＰ。

「世田谷區的天氣是……」

不可能那樣啦，都說了不可能那樣的，真的不可能那樣對吧?!

「晴朗、偶陣、雨……？」

咦，騙人，我昨天看的時候明明寫著晴朗，當時寫的明明一定是晴朗的！

不不不，但是天氣預報不準也是家常便飯，這次應該也會不準吧……

「不好意——思，可以跟你們借傘嗎？」

就是這個時候。

地獄般的台詞闖進了我的耳朵。

「剛才突然開始滴雨了，所以我們沒有人帶傘……」

騙騙騙騙人的吧?!

我一轉頭就看見剛才踏出門的客人們，正從門後露出臉，對方正以手帕按壓的劉海已經溼答答的。

真的。

下雨了。

而且雨滴還頗巨大的。

我透過窗戶看見外面的雨，看見水針在窗外由上往下滴落。

手機從我的手中滑落，喀噠地掉在廚房地板上。

不、不行，我要冷靜。現在最重要的，就是把梅子收進室內——

「咦，下雨了？」

「哎呀，真的耶，討厭，我出來前還先曬了衣服說。」

最先站起來的，是喝完餐後咖啡仍繼續閒聊著的鄰居歐巴桑們，她們慌張起身後就如機關槍般說著「雨來得真急呢」、「妳看，雨下得滿大的不是嗎」。拜她們所賜，其他已經用餐完畢的客人也爭先恐後地開始起身。

「啊，請稍等一下，我們依序結帳！」

等、等一下啊啊啊啊啊！

拜託你們現在放過我！放我去梅乾那裡啊！

可惜我的願望沒能實現，因為歐巴桑們的聲音讓「雨勢不妙，得快點回家」的氛圍在店內蔓延，導致收銀台開始排起了隊。

歐巴桑們是每週四都會來找店長的重要常客們，但是唯有這一瞬間，我真的討厭她們討厭得不得了。

畢竟我們的梅乾正在淋雨啊！只要給我一點時間，就可以收好……啊啊……不行，即使突然下起了雨，也不可能放著還在外面等叫號的客人不管，畢竟人家都特地過來了。

啊——沒救了！梅乾——！我們的梅乾……

這一個月來的回憶如跑馬燈般在腦中閃回。

像是三個人一起小心翼翼地剔除黃色梅子蒂頭的回憶、因為在屋頂上的作業時間很長，所以向店主借來露營用品後打造了簡易作業空間的回憶、帳篷太難搭了所以熬夜的回憶，還有皮膚曬傷後刺痛的回憶。

天哪，過程真的有夠麻煩啊。在我至今製作的料理當中，可是麻煩得遙遙領先。費盡心思創作好的雕像卻遭到破壞的藝術家，也是這樣的心情嗎？

對不起，木村先生，對不起……

儘管我的腦中正流著大把大把的眼淚，身體卻在店內東奔西跑，並用充滿活力的聲音招呼著客人——我模糊地想著這樣的自己無論去到哪裡，看來都很適合在餐飲店工作。

「我們差不多該去了吧。」

「我不想看。」

「妳不是說人生就是有苦味與澀味才有樂趣嗎？」

「那只是看到客滿讓心情很好，才脫口說出來的……只是得意忘形而已……」

「怎麼回事啊這個空殼……這不是結城小姐嗎，該不會……」

店長悄悄地說了「梅乾被白天的雨淋溼了……但是她還提不起勇氣去看呢」之後，黑田先生便憐憫地看著我。

「像我這種雨女已經沒救了……做什麼都沒救了……」

原本這個時候的我應該要大喊著「快好了呢——！」，然後前去屋頂確認梅乾狀態的，說不定還已經偷吃了一顆。這個時候的我，明明應該要拿著白飯跑去屋頂，當場配著梅乾與紅紫蘇試味道的。

店長不願意再等地嘆了口氣。

「黑田先生，店裡有我顧著，你幫我帶小桃去看一下吧。」

「沒辦法呢，好了，出發了啦。」

「嗚、嗚嗚……」

我在黑田先生的拉扯下，好不容易撐起沉重的身體，步履緩慢地走出門，踏上了門邊的外階梯。

每逼自己把腳步往上抬起一階，就會有更多的回憶復甦。

「之後再做不就好了嗎？」

黑田先生說話時沒有望向我。

「……今年已經辦不到了，更何況梅子的產季也過了。」

「那明年再做不就好了嗎？」

「……木村先生等得了一年嗎？」

「這不是很好嗎，又多了一個長壽的理由了。」

黑田先生的話語讓眼淚又奪眶而出。

我明白，我必須好好接受這個現實才行，難免會發生這種事情，不如該說是至今順利過頭，才會讓我自以為擁有還原所有料理的能力，是我太低估料理了。我以為梅乾這種東西肯定做得出來，卻沒想到得耗費這麼多工夫。

我們終於來到屋頂，生鏽的鐵欄杆還滴著水。

恐懼讓我不由自主地低下頭，我實在不想接受現實，所以停下了腳步。

「……不見了。」

黑田先生這麼說著。

「……你剛才、說什麼？」

「不見了，本來應該放在那裡曬的對吧？」

我驚訝地順著黑田先生的手指望去。

梅乾不見了。我們準備了兩個大型竹篩，各放置了四十顆左右，所以總共應該要有八十顆左右的梅乾。然而本應有這些東西的地方，現在卻空空如也，只剩下被淋溼的塑膠地板。

「咦，被誰偷走了嗎？」

「不是，會有人偷梅乾嗎？而且還連竹篩一起偷？有什麼好處？」

「……這樣說也沒錯呢。」

冷靜點，這可是我的責任。曬梅乾的過程中可能因為過熱或其他原因而失敗，所以說不定是我在工作過程中恍神，搬到和平常不一樣的地方而已。就在我察看雜亂堆放的露營用品陰影處時……

赫然看到肉很厚且看起來非常酸的梅乾。

「找到……了……找到了，找到了！」

八十顆梅乾正靜靜躺在之前處理時為了遮陽而設置的帳篷中。

我顫抖著雙手一顆顆檢視梅乾的狀態，沒事，完全沒有發霉的跡象，也沒有溼掉！

就如同找到被拐走的自家孩子一樣，我全身虛脫地癱坐在地。

「咦……為……但是、為什麼……」

是誰在下雨前就過來幫忙了嗎？既不是店長也不是黑田先生，那又是誰呢？

黑田先生忽然像注意到什麼一樣地伸出手。

「結城小姐，妳看這個。」

仔細一看，竹篩的邊緣貼著一張好像是紙的東西。

那是在木村家看到的，書店的補書條。上面印著很紅的暢銷書名，翻開之後就看見短短的訊息。

〈我聞到雨味了　所以就先收起來　木村〉

他肯定是匆匆趕來，所以這張紙條也是在戶外寫的，因此麥克筆字跡歪七扭八。

「木、木村先生……！」

竟然聞得到雨味！在商店街做生意五十載的大前輩，果然是不容小覷的。

「真是的！這也太帥了吧！難怪松子女士會這麼愛他！」

我哭了，毫無顧忌地哭了。

總覺得這八十個孩子正低聲問著：「媽媽為什麼哭呢？」當然是因為看到你們這些孩子都平安無事，鬆了一口氣所以才哭的呀——！

「好了好了，這下太好了呢。」

在酸酸甜甜的梅香環伺中，我不禁感謝起這世間的一切。

「為什麼會知道……」

我把用藍色包巾裹起的便當擺在桌上時，木村先生彷彿看見不應出現在這世界的東西一樣瞪大了雙眼。

「松子女士的筆記本裡全部都有寫喔，包括你喜歡的顏色、飯糰的握法、便當盒的種類，可以說是鉅細靡遺。」

現在擺在木村先生眼前的一切，都是按照松子女士遺留下來的筆記製成的。多虧松子女士嚴謹的性格，我們才得以忠實還原。

木村先生慢慢地、慢慢地伸出手，然後又彷彿有所顧慮一樣，握緊了削瘦的手。他一臉擔心地望向我後，我帶著「沒問題喲」的意思用力點點頭，木村先生才總算下定決心觸碰了包巾上的結。

布料發起了拆開時那唰唰唰的悅耳聲響，在包巾四角散落在桌面的瞬間，木村先生倒抽了一口氣。

「松、松子……也……」

曲木便當盒上，擺著兩顆用鋁箔紙包起的飯糰。

「松子也是……這樣做的，這個、就是那個、叫什麼的？就是銀色的這個……」

「鋁箔紙？」

「啊啊……對啦，鋁箔紙。」

「沒錯，松子女士也記下了這件事情。我平常都是用保鮮膜包的，但是松子女士提到一定要用鋁箔紙包，否則海苔會無法牢牢黏在上面。」

「原來、是這樣啊……我真的什麼都不知道……」

木村先生就這樣用大拇指從邊端掀起鋁箔紙，可能是有些發麻的關係，他的右手手指行動不太方便。但還是熟練地慢慢剝開了銀色紙張。

終於，白飯頂端從鋁箔紙中稍微露臉了。

飯糰的形狀是三角形，白飯煮好後要先冷卻，然後再用手掌穩穩握出形狀。松子女士對握法也有獨特的規則，所以我盡可能照著做。

雖然木村先生說了「我什麼都不知道」，但我認為與其歸咎於木村先生，不如該說是松子女士很努力隱瞞這些不是嗎？松子女士或許不太想讓人看到自己為了家人所做的努力，想扮演著「本來就很擅長料理」的形象而不是「經過一番努力才做得這麼美味」吧。畢竟她都特地把食譜藏在那種地方了嘛。

「還有一句咒語喔。」

我對著一直維持雙手捧著飯糰的姿勢，還很緊張的木村先生這麼說道。

「咒語？」

「松子女士每天製作飯糰時都會唸的咒語，你有聽過嗎？」

維持相同姿勢的木村先生，輕輕地搖了搖頭。

「她會這樣呢。」

我在半空中做出握飯糰的樣子。

「飯糰之神、飯糰之神……希望您今天也要保佑康成吃飯吃得津津有味。」

「飯糰之神？總覺得很可愛呢。」店長呵呵笑出。

「因為自古以來就傳說每一粒米都有七位神明呢。」

如果這是真的，那麼飯糰裡就像坐滿的小小音樂廳一樣待滿了神明，保佑的力量似乎會很強大。

「松子女士的筆記提到，握飯糰時這麼做的話就會變得非常好吃，所以我今天也是邊唸著咒語邊握的。」

聽完這段話後，木村先生便下定決心般，慢慢將飯糰送到口中。我可以自豪地說，這次已經盡全力去做了。但是製作者的動作與力量只要有輕微的差異，口味變化的程度就會大得令人訝異。所以剩下的只能交給神明了——正因如此，我才只能向飯糰之神祈禱而已。

終於，木村先生輕輕咬下了白飯，他的嘴巴小小咀嚼著，接著一口、兩口地繼續吃進了飯糰。

然後……

他張大嘴巴一口氣咬下了一大口後，整張臉皺成一團。

「這、這個……」

木村先生震驚察看飯糰的斷面，那裡放著染紅的梅乾。嗚哇，再看一次還是覺得顏色非常厲害，光看著唾液就湧現出來，喉嚨深處也微微刺痛。

木村先生每吃下一口，臉部就會皺得像梅乾一樣。

「喔、喔喔、好、好酸……」
我們三人互視一眼後都笑了出來。
他會皺成這張臉一點也不誇張啊，畢竟松子女士的梅乾與超市在賣的不一樣，沒有搭配蜂蜜讓滋味變得更順口，她做的是最傳統那種又鹹又酸的梅乾。我們也曾經試過味道，結果酸到讓人剛吃完時眼睛都睜不開，嘴巴也變得像火男一樣無法恢復。
木村先生現在也露出相同的表情，「喔、喔」地扭著身體，然後大概是為了緩和酸度，他掀開曲木便當盒的蓋子，連忙把煎蛋塞進了嘴巴。
他轉眼間就吃完第一個飯糰，然後開啟第二個飯糰的鋁箔紙後吃了起來。接著又吃了唐揚雞，並以筷子靈活夾起了鹿尾菜煮豆後，再繼續吃著飯糰。
他一口接著一口的豪邁吃相，讓人不禁震驚「原來這麼會吃」。
在第二個飯糰吃到一半時，木村先生終於停下了手。
他右手拿著筷子，左手拿著吃到一半的飯糰，臉部朝下動也不動。
「啊啊，好酸……好酸啊。」
豆大的淚珠落在梅肉上。
「好久沒有吃到這麼酸的東西了。」
他因為酸度而扭曲的臉正邊哭邊笑著，淚水彷彿在他滿是皺紋的臉上尋找水路一樣慢慢地滑落。米飯的碎屑從嘴邊掉出來，墜落在便當包巾上。
「實在是太酸了，酸到我都流眼淚了呢。」

木村先生沒有擦乾眼淚與鼻水，而是繼續吃起了飯糰。
啊——太好了，不用說出口，木村先生不用說出口我也可以明白。
我從廚房端來備用的飯糰擺在桌上。
「我們也一起吃吧。」
「就是說啊。」
「木村先生的吃相太過吸引人，害我也肚子餓了。」
正咬著鬆軟的白飯時，充滿刺激感的強烈味道突然衝了出來。
「哈啊，好酸，真的好酸啊這個。」
「是啊，松子下手可是毫不留情的呢。」
木村先生似乎感到有趣地笑了。

希望你今天也能夠吃得津津有味。
我覺得可以明白松子女士這麼祈禱的心情了。
每天都要吃得津津有味，乍看理所當然，實際上卻不是件簡單的事情。
心情沮喪的日子，難免會食不下嚥。
有時生活會太過困難，甚至讓吃飯如同嚼蠟。
「木村先生，我明年也會製作梅乾，我會一直製作下去的。」

回過神時，我已經說出口了。

「我每年都會製作，還會放在『雨宿』的菜單裡，你想吃的話隨時都可以過來。」

木村先生用那雙淚水滿盈的紅腫眼睛凝視著我。

然後露出了笑紋都往中間聚集的燦爛笑容開口：

「妳這麼說的話，我可是每天都會來的喔。」

「我會再給你兌換券的喔。」

「可以嗎？真不愧是雨宮，行事就是不一樣。」

「等一下、不可以啦！要付錢才可以啦！」

「哎呀哎呀……」

料理很美味。

和喜歡的人們一起享用美味的料理。

或許對我來說，這才是最幸福的形式。

我和大家一起吃著飯糰，一邊想著這樣的事情。

或許是太酸了，讓我胸口變得非常苦悶。

祖母的秘密梅乾

材料

完全成熟的梅子……2kg
粗鹽（梅子重量的18%）……360g
甲類燒酎（35度）……1/4杯

紅紫蘇（梅子重量的20%）……淨重400g
紅紫蘇用的鹽巴（紅紫蘇重量的20%）……80g

大碗、容器、重石（梅子完全成熟時就使用相同的重量，梅子不夠成熟時，重量應為梅子的兩倍）

作法

梅子的前置作業（6月左右）

【1】擦乾梅子的水氣，去除蒂頭後用水清洗。

【2】將梅子放進琺瑯碗裡，然後在表面抹上甲類燒酌。接著將鹽巴撒到容器底部後，以交錯的方式放置梅子與鹽巴（愈上層的鹽巴要愈多，最後再把剩下的鹽巴一口氣撒上），然後擺上小於容器的蓋子與重石，最後覆蓋紙張擺到陰涼不會照到光的地方靜置七天以上，等壓出充足的白梅醋（因為鹽巴溶解而從梅子釋出的汁液）後就可以把重石減成一半，這時要注意別讓梅子從白梅醋中露出來。

紅紫蘇的前置作業

【3】僅摘下紅紫蘇的葉子後，用水清洗並換水約3次，然後確實擦乾水氣。

【4】盡可能準備大一點的碗，放進清洗過的紅紫蘇後，撒上一半的鹽巴，然後搓揉使鹽巴均勻吸附在葉子上。揉至釋出混濁的紫色汁液後，就用雙手將葉中汁液擰出來後倒掉汁液。接著再度放回碗裡，撒上剩下的鹽巴，然後同樣搓揉後倒掉汁液。

醃漬紅紫蘇

【5】打開容器後取出一部分白梅醋，但是保留的液體仍應蓋過梅子。接著將【4】的紅紫蘇放進碗中，淋上白梅醋之後用拆解開的感覺輕揉。這時會有紅色的汁液釋出。

【6】把【5】的紅紫蘇連汁一起擺在梅子上，然後覆蓋上小於容器的蓋子，壓緊至不會有紫蘇從蓋子四周浮出的程度時，再擺上偏輕的重石。接著靜置兩週以上，靜待梅雨季節結束。

在土用時期曬三天三夜後保存（7月20日左右）

【7】找到應該會連續晴天的日子後，就把梅子拿到戶外曬乾。首先將紅紫蘇擰乾取出，接著將梅子擺到竹篩以瀝出紅梅醋。將梅子與紅紫蘇都擺在竹篩上，就可以拿到日照良好的地方曬乾。白天梅子必須翻面一次，讓整顆梅子都曬到太陽。容器裡的紅梅醋也要一起曬太陽。

【8】第1天要趁紅梅醋還溫熱的時候，把梅子放回容器後收好。

【9】第2天就再度把梅子拿出來曬。傍晚時要先把紫蘇放回容器，梅子則要放著沾夜間的露水。第3天起也是一樣。紅梅醋則可另外濾起後，裝進瓶子等容器後收到冰箱保存，平日可以用來做菜。

【10】試著捏開梅子皮，如果柔軟但是不會破掉的話就宣告完成。接著收到瀨戶燒的罐子裡，並存放在陰涼不會照到光的地方。

第5話

「想看見超越友誼景色的胡蘿蔔蛋糕」

第六通電話，店長依舊沒接。

「還是聯絡不上嗎？」

「真是的，偏偏在這個時候……」

我不禁咬起了指甲。該怎麼辦呢，看來還是該報警比較好嗎。我回頭望向坐在沙發上呆望著窗外的少女，嘆了口氣。

我是在幾個小時前遇見這位少女的。

因為老家寄來了大量的蔬菜，我就拜託黑田先生一起幫我搬到「雨宿」。兩人辛辛苦苦地把沉重的紙箱搬到「雨宿」時，就看見陌生的小小身影正縮成一團坐在門口。那是個目測約國小三年級的小女生。

是個隱約散發出神秘氛圍的孩子。

長髮編成三股辮後垂到兩側的腋下，或許是暑假期間到處玩耍的關係，上臂出現了清晰的短袖曬痕，手臂到指尖都曬成一片紅。另一方面，臉蛋卻雪白得猶如用APP加工過一樣，相當淨透。我不禁認為這是降臨的天使為了偽裝成人類，才刻意添上的曬傷痕跡。

少女不知為何雙手緊握著一個雪花球，且反覆上下晃動。閃耀著光芒的亮片，就在圓形的玻璃球裡如雪花般飛舞。

為了和她視線同高，我蹲下向她搭話。但是她雖然瞬間準備開口，卻又立刻閉緊薄唇並別開目光。

我和黑田先生想方設法要誘她說話，但是她卻什麼都不回答，就這樣安靜地坐在原地，直勾勾盯著雪花球。

「這麼熱我擔心她會中暑，總之先讓她進店裡如何呢？至於要不要報警，就等雨宮先生上班後再判斷，畢竟那個人感覺很受小孩歡迎。」

最後我找黑田先生商量後，認為店長終究算是我的主管，所以就決定交給他判斷。因此我從剛才就一直用LINE和電話試圖聯繫他，但是不曉得是他今天剛好有事情還是怎樣，完全聯絡不上。但是他今天應該有打算上班才對……

少女已經去了幾次洗手間，外頭陽光開始傾斜，對面獨棟住宅從圍牆露出頭來的小巧樹木也帶來了陰影。我想已經等得夠久了，正準備拿起手機報警時，就聽見大門伴隨著劇烈的聲響開啟了。

「好熱——！大家一起去海邊吧，去海邊！」

是店長。

真是的，總算現身了！

「真是的，我一直在等你耶，你跑到哪裡去了啦……呃，你的衣服……」

「啊——這個嗎？沒什麼，只是剛好有例行公事要處理，啊——好熱！」

店長邊說著邊鬆開了黑色領帶，並拆開衣領處的鈕扣。

這是我第一次看到店長穿西裝，正式的黑色西裝外套搭配確實上漿的筆挺襯衫，平常總是隨興放下的鬆軟劉海，今天也梳成全部往後的油頭，完全露出線條立體的額頭與鼻梁。

「如何，我今天整個人看起來不錯吧。」店長不知為何對著黑田先生驕傲地拋媚眼，黑田先生則嫌煩似的朝他擺手，像是要叫他滾一樣。

「比起這個，我們現在有件傷腦筋的事情，那就是有個陌生女孩子在這裡。」

懶得聽店長自賣自誇的黑田先生，一秒就進入正題。

「女孩子？」

店長隨手脫下外套後掛在高腳椅的椅背上，然後捲起襯衫的袖子。可能是炎熱讓他的臉顯得燙紅，所以我往杯中倒了滿滿的水後遞給他，他一口氣就喝光並「呼」的吐了一口氣。

我來上班時就看到有個小女孩坐著，向她搭話也得不到任何反應——我和黑田先生向他簡單說明了今天的事情。

「原來如此啊，這樣確實必須做點什麼才行呢。」

「啊，她剛好上完廁所的樣子。」

店的深處時機巧妙地傳來嘩嘩沖水聲，然後便看見少女用優雅的米色手帕擦拭小手，同時正打算回到這裡的身影。

「哎呀哎呀，這位突然現身的漂亮小姑娘……」

店長立刻用開朗的聲音向她搭話，這讓原本低頭的少女立刻抬起臉，然後……

目光一觸及店長的臉，少女就停下了腳步，手上仍緊握著手帕，琥珀色玻璃球般的純淨瞳孔深深凝視著店長。

「怎麼了怎麼了？你們兩個是怎麼回事？」

店長同樣也看著少女的臉，眼睛眨也不眨、身體動也不動，簡直就像只有這兩人的時間凍結了一樣。

「……小雫？」

「妳是小雫，對吧？」

店長突然從椅子站起，慢慢地、慢慢地靠近少女。

看起來非比尋常，所以我用眼神與手勢詢問黑田先生〈這是怎樣，現在是什麼狀況?!〉，結果他回我的是一臉兇狠〈不，別問我啦〉。

圓睜雙眼看著店長的少女，或許是確定了自己沒有認錯，所以終於張開小巧的嘴巴。

「……爸爸。」

「爸爸?!」

我和黑田先生異口同聲。

咦……咦咦咦?!店長是爸爸?!這麼說來，這孩子是店長的女兒？騙人的吧？

話說店長是幾歲來著？我記得他好像說過三十三歲……既然如此的話，有這個年紀的小孩也不奇怪吧。不，但是店長現在應該是住在「雨宿」正上方的房間，那裡同時也是這間店的辦公室，所以我也曾經踏進過幾次，錯不了的。那是間非常單調的房間，完全沒有與誰同居的痕跡。沒錯，馬克杯只有一個、牙刷也只有一支（我沒有漏看！）。

「小雫，妳是怎麼知道這裡的？」

店長配合小雫的視線彎曲膝蓋，輕輕地握住她的手……不，應該說是試圖握住，因為小雫軟軟地甩開他的手，然後去拿來了桌上的雪花球。

「因為媽媽會在意，所以我偷偷來的。」

小雫沒有回答店長的提問，反而說了這樣的話。

「妳自己來的嗎？沒想到妳竟然到得了這裡，很遠吧？」

「這點距離我沒問題。」

「這樣啊，好厲害喔。」

這麼說著的店長拿開了她戴的帽子，溫柔地輕撫她汗溼的劉海。喔——店長肯定曾經像這樣，好幾次好幾次輕撫小雫的頭吧。看著那熟練的動作，我的內心有些動搖。

我所不知道的、沒接觸過的店長的世界就在這裡。

這是理所當然的。我和黑田先生也各有各的世界，各過各的人生，只是偶然在現在這個時間點待在一起而已。

這不是、很正常的嗎？

「這是什麼？要給我的嗎？」

小雫就這樣將一直拿著的雪花球塞進店長的手裡。

「因為你給了我很多，所以我也要給你。」

「……妳的意思是、我……」

「我不喜歡只拿別人的。」

這孩子真是太早熟了啊——我正佩服的時候，小雫就開始快速地把四散在桌上的筆記本與鉛筆盒收進背包。她丟下傻眼的店長，整理完自己的東西後，最後啪啪地拍掉裙子上的灰塵，對我們深深一鞠躬。

「謝謝你們的照顧。」

我和黑田先生都被她影響，跟著簡單點了個頭。謝謝你們的照顧?!這麼懂事的話語，竟然是出自那個大概十歲的小女孩口中。

「Bye-bye。」

小雫最後對著店長揮揮手，就一副事情辦完了的模樣踏出店門，

「啊！等、等一下啊小雫！」

店長連忙追了出去。

「這是怎麼回事啊……」

還以為是我不小心說出內心的想法，結果原來說話的是旁邊的黑田先生。寂靜再度降臨「雨宿」，肩膀的力量瞬間抽乾，我們疲憊地把身體的重量都壓在吧台上。前後不過幾分鐘的事情，不知為何讓人覺得累壞了。

炎熱午後的光線從窗戶照射進來，在地板上描繪出巨大的平行四邊形。

總覺得、總覺——得。

那是看起來無奈嗎，還是該說看起來很煩躁呢……總而言之，我是第一次看到店長露

出那樣的表情。

『傍晚開始到夜間會有低氣壓接近，所以今晚將有機會下雨，各位出門時請別忘記攜帶雨具』

簡直就像算好時機一樣，電視上的雜聞秀突然開始報起了天氣。

「前男友食譜埋葬委員會的夜晚，不知道為何總是會下雨——」

雙手環抱在胸前的黑田先生，就像在誦讀俳句一樣沉穩地說出這段話。

「我沒跟你說嗎?!今天休息，因為沒有人預約諮詢……」

「不，不是有人嗎？不是有個必須把情況問清楚的人在嗎？」

必須把情況問清楚的人……

該不會……

💔

認真思考後才注意到，我們對於雨宮伊織這號人物幾乎可以說是什麼都不知道。

只知道他是個國寶級帥哥，幾年前受僱為咖啡店「雨宿」的店長，店主另有其人的樣子，而他們每個月有幾天開著漫長的會議。但是我們不太清楚他是怎麼成為店長的，從他在埋葬委員會中的言論也看得出來，他應該不曾為愛情苦惱，但是現在大概也沒有特定的女朋友……應該吧。畢竟他總是擺出一副萬人迷的模樣，所以想找他玩玩的人應該不少，但是肯定都拒絕了吧……我那女人特有的直覺（雖然從來沒準過就是了）是這麼告訴我的。

出身，不知道，經歷，不知道。

興趣、是……嗯——咖啡還有蒐集商店街的兌換券？

還有、還有就是……

「不行，我只想得到這些而已。」

快要晚上十點了，也就是埋葬委員會開始的時間。

結果店長在那之後若無其事（一眼看過去是這樣）回來了，當時應該是傍晚六點左右吧。但是無論他多麼努力假裝「不在意」，回店後有好幾個小時都待在小雫坐過的深處沙發座位，拿著她送的雪花球轉來轉去。甚至連送肉過來的安達先生也感到擔心：「他怎麼變得像幽魂一樣，是發生什麼事情了嗎？」

我獨自仰望著「雨宿」的天花板，回想至今的事情。

我想起了店長的那個表情，意識到這裡有個幾乎不認識的人。

隨便、輕浮又好像自由自在的「店長」已經不在這裡了，取而代之的是擔心女兒，無奈輕撫她的頭——沒錯，出現在這裡的是一個作為父親的人。

所以總覺得店長變得好像非常遙遠。

「唉，真是慚愧……」

「妳在消沉什麼？」

「唔、嗚哇──！」

充滿天花板木紋的視野，在我眨眼的瞬間就突然變成黑田先生那張五官深邃的臉，嚇了我一跳，害我差點從沙發跌下去。我趕緊重整了姿勢。

「什麼嘛，原來是黑田先生，請你走路大聲一點啦。」

「不是，我平常就這樣了，而且門推開時咿咿呀呀的，進店鈴聲也有響喔。」黑田先生冷靜反駁後，就重重地在我對面坐下。「看來妳非常專心在思考呢。」

「總覺得……還是不要吧？我們告訴他今天沒有預約，叫他不用來沒關係吧。」

「但是，我覺得他已經發現了喔，畢竟妳什麼都寫在臉上了。」

「真的假的?!」我立刻摸摸自己的臉頰。

「而且，」黑田先生雙臂抱在胸前說道：「小孩可是來找他了喔？我覺得那個人再怎麼樣，不可能什麼都不告訴我們的。」

「但是，我實在是不想……強迫店長說出他不想說的事情，啊，但是相反的搞不好他現在正希望我們聽他抱怨呢？真是的，該怎麼辦呢……」

我抱頭呻吟的時候，黑田先生就緩緩起身前往廚房，正思考他在廚房裡摸些什麼的時候，就看見他端了兩杯裝有大量冰塊的奶茶。他打開糖漿的蓋子，毫不客氣地倒了一堆。

「過度思考的腦袋，最需要的就是糖分。」

他邊說著邊將其中一杯推給我。雖然我還沒口渴，但是接過來後還是湊近了吸管開始吸起奶茶。呼啊，好冰，舌尖好刺。紅茶的香氣與純粹的甘甜，徹底滲進了疲憊的身體。

「我說啊，黑田先生在我之前就已經認識店長很久了吧？」

我是今年一月來到「雨宿」的，當時黑田先生已經坐在老位置——最邊端的吧台座位，和店長的相處模式也很像老朋友。

「那個人的事情我知道的也不多喔。確實我從這間店創立時就來了，但是與其說他一直是那個樣子，不如該說我和雨宮先生也是最近才開始好好交流的。」

「咦，是這樣嗎？」

「在埋葬委員會開始之前，我們對彼此來說只是快倒閉的咖啡店店長，以及住在附近的普通常客而已，平常頂多打招呼或是閒聊一下而已喔。」

黑田先生拿起擺在桌上的菜單隨手翻閱著。

「就連這份菜單原本也很單調，只有咖啡、紅茶和冰淇淋蘇打而已。不過我想找的也不過是能夠放鬆閱讀的地方，所以菜單內容怎麼樣都無所謂就是了……」

我用吸管攪拌著奶茶，滿滿的冰塊已經逐漸溶化，發出喀啦喀啦的冰涼聲響。

「改變這一切的人是妳喔，是妳讓這間店成為大家的避風港。」

「……咦？」

我很難相信黑田先生的這段話，忍不住表現出疑惑。

「因為妳老是按照自己的步調，隨心所欲地哇哇大叫所以不知道吧，世界上有很多人若是缺乏他人的強硬進逼，就沒辦法表現出脆弱的喔。」

「是說黑田先生，你這是在稱讚我嗎？」

黑田先生沒有理我，自顧自的繼續說著。

「妳試著回想看看吧。牧子小姐、凪小姐……大家都是這樣吧？不逼問的話就說不出來，因為根本搞不清楚自己是為什麼而心煩。」

他這麼一說——

埋葬委員會的諮詢者們，都是為了傾吐無法對他人說出的想法而來。隨著心情獲得剖析，就會逐漸明白內心沉睡著某種連自己都不肯承認的情感，並不是單純未受到他人認同而已。

大家都不擅長認同自己的痛、自己的苦。

愈是每天使盡全力、認真生活的人，就愈會假裝沒有受傷，愈會扮演一個成熟的人、愈會表現得一點也不麻煩、愈會假裝自己馬上就能夠適應變化。因為不這麼做的話，就沒辦法好好地活下去。

「長年深藏在內心的悔恨、寂寥與情結所糾纏而成的塊狀物，有時會需要他人來幫忙解開。所以有時候會需要像妳一樣，揮舞著巨大薙刀強行闖入他人內心的人。」

「請、請等一下，我是這種形象嗎？」

「嗯，總而言之算是。」

黑田先生將雙臂交錯於胸前，身體則往後挺直。

「我想說的是，對雨宮先生來說，那個時候或許就是今天，既然如此，妳就得去把事情問清楚。」

這樣啊。

店長也一樣。

他說不定也和至今造訪過的人一樣，扮演著某個模樣而非表現出真實的自我，藉由這樣的扮演好不容易走到今天。

「就是這樣吧，會長。」

這是黑田先生第一次稱我為會長。

💔

「抱歉抱歉我來晚了，哎呀——明明說是陣雨，結果根本就不打算停呢。」

店長已經從白天的西裝，換回平常在穿的襯衫與棉褲了。他拍掉肩膀上雨水的同時，在沙發座位坐了下來。

「然後呢？今天的諮詢者是誰？」

「店長，那個、呃……」

快說，喂，說出來，就像平常一樣。

真是的，店長，沒想到你已經有小孩了啊，我們不是自己人嗎，怎麼這麼見外啊！

差不多也該輪到店長囉！來吧，對著我這個埋葬委員會會長．結城桃子掏心掏肺吧！

不行，我發不出聲音。

不經意低頭，才注意到擺在大腿上的手正微微發抖著。

該不會我平常是因為覺得與自己無關，才能夠毫無顧忌地追問吧？畢竟不是平常都待在一起的人。

但是店長不一樣。

如果……如果店長整理好心情後決定離開「雨宿」，回到家人身邊的話該怎麼辦？

我……我……

我之後該何去何從呢？

「小桃，我知道了，是我對吧。」

店長的聲音讓我抬起頭，看見他一如往常露出什麼都了然於心的微笑。

「畢竟我知道今天沒有人預約，我是明知故問的，抱歉啊。」

店長彷彿想蓋過這尷尬的氛圍一樣，嘴角進一步往上揚。

「……店長，如果你不想談的話……」

「坦白說，我不想談喔。」

雨聲愈來愈大，原本的沙沙的雨聲逐漸增添了混濁感，變成更劇烈的嘩啦嘩啦、嘩啦嘩啦、嘩嘩啦。

「……但是……」

店長頓了一下後又開口。

「在應該說出來的時候，卻沒能說出來的悔恨，一直隱約纏繞在我的內心，彷彿有把火一直在心裡悶燒著，要養著這把火過日子其實滿辛苦的……我一直都覺得苦。」

店長輕聲說著，並將臉轉向窗戶。

「那把由我持續點燃的小小悶火，說不定正好該在今天燃燒殆盡。」

黑田先生和我也受到他的牽引，將目光投向窗外。墜落在柏油路上的豆大雨滴，一次又一次地畫出圓形。

「雖然我不想告訴任何人，也曾打算一輩子都不告訴任何人，但是說出口的最佳時機大概就是今天，說出口的最佳對象大概就是你們。」

店長收回落在窗外的視線，筆直地朝向我們。

「……我會說的，我想說，也希望你們能聽我說。」

店長的臉上已經沒有一絲笑容了。

「首先，小雫不是我的女兒。」

店長的嗓音簡直就像是在坦白什麼罪惡。

「但是我曾在某個時期，代替她的父親照顧她。因為她是我喜歡的人……小春的女兒。」

店長咬著薄薄的下唇，凝視著自己的手掌。或許手掌紋路的某處，刻印著接下來該說的話語吧——他看起來就像這麼期望著。

「要不要喝點什麼？」
「……那，我想來杯熱咖啡可以嗎？」
我用店長最喜歡的深焙咖啡豆煮好咖啡後，與奶茶的續杯一起端到桌上。店長什麼都沒說，只是將整壺咖啡分成三次，一點一滴地慢慢倒入杯中。
「我和小春第一次見面應該是……十七年前。」
「這麼久？」我相當吃驚，這麼說來兩人是在店長高中時期認識的，這讓我靈光乍現，便試著問出口：「該不會……是初戀、之類的？」
店長曖昧微笑後，輕緩地撫摸起咖啡杯的把手。
「這會是有點複雜的故事……」店長說了這樣的前提。「我是在單親家庭長大的，我原本的家人只有父親，但是他在我八歲時因為工作現場的意外而過世，是被堆高機壓死的。因此我就住到了祖母家。」
喉嚨擅自咕嚕地滾動著，我在不知不覺間吞嚥著唾液。
「但是照顧我的祖母在我要上國中時，健忘變得很嚴重，所以我必須邊上學邊照顧祖母。大概是受到這件事情影響吧？我開始感受到該怎麼做能夠獲取他人幫助、該怎麼表達能夠讓別人願意實現我的願望。因為我根本沒有寫作業的閒工夫，所以必須盡可能找到效率比較好的方法……這讓我學到了狡猾的作法，像是讓喜歡我的女孩幫忙抄筆記、寫作業呢。」
「喔喔，難怪……」

「沒錯，我很擅長對吧，我很擅長拜託別人幫忙。」

舉例來說，店長真的很擅長和商店街的人們交涉，安達先生他們也曾經大聊過「被雨宮拜託的話絕對拒絕不了」這件事情，「雨宿」能夠撐到現在，肯定有一部分必須歸功於店長的善於社交吧。

「當時可是滿辛苦的呢。我家基本上就是沒有錢，生活費都只能從爸爸的保險金餘額、祖母的年金等努力擠出來，每天充滿了麻煩事。我甚至有一次撐到受不了了就離家出走呢。」

我完全沒想到店長是在這麼艱辛的環境度過童年的，或許他那有些異常的節省習慣，就是從這個時期延伸下來的。

「當時也差不多該決定方向了呢。」店長把頭輕靠在窗玻璃上。「我決定成為什麼都感覺不到的人。總之就是先從這個社會生存下來，所以我決定扮演某個不是自己的角色。我在家裡與打工的地方，都是祖母帶大的溫柔小孩。在學校則是開朗的班上開心果，在女朋友面前就會變成其實內心很敏感脆弱的人。我會搞清楚他人希望我是什麼樣的人，再決定自己要扮演什麼樣的角色。」

黑田先生開口：「我可以將這個解讀成類似真心話與場面話的感覺嗎？也就是說，你為了隱瞞真心話，打造出了各式各樣的場面話。」

店長雙臂環抱胸前抬起頭，將體重完全交付給沙發椅背後望著天花板。

「硬要說的話，應該像是為了避免被他人看見真心話，所以加了蓋子的感覺吧。總而言之，我實在不想再感受痛苦或煎熬這類情感了，說起來其實很麻煩，我這個人呢，不是長得帥嗎？所以其實異常受到矚目喔，這讓我筋疲力盡、累得不得了，什麼都不想做，也不想被任何人顧慮。我想去一個沒有人認識我的世界。」

店長的眼神非常冰冷。

「畢竟，我明明希望大家說聲『喔——這樣啊』就結束話題，偏偏每次提到家裡的事情時，大家就會聚過來說著『真辛苦呢』、『一直以來過著波瀾壯闊的人生呢』。無論是爸爸過世、我必須做家事還是得照顧祖母，對我來說都只是單純發生的事情而已，一點也不覺得這是什麼『可憐的事件』，我並不覺得這是什麼特別的事情。」

我握著玻璃杯的手忍不住用力著，耳朵深處轟轟作響。玻璃杯的表面冒出的水氣，逐漸匯聚成水滴墜落，淋溼了我的大拇指根部。

「儘管如此，周遭人卻總希望我活出『在絕望的人生體驗中努力求生存，依然活得開朗有精神』的樣子，而以期待的目光看著我。這樣似乎很有趣也令人興奮，就連和我交往的女孩們也是如此。總是用『讓我看見你脆弱的一面吧』、『再多聊一點吧』的臉看著我，然後只要我滿足她們的期盼，她們就會一臉滿意地緊緊握住我的手，摸著我的頭髮說著『好棒好棒，你很努力呢』。她們自認為是被我選中為訴說艱難心事的對象而愉悅，並以這股愉悅為餌料地盡情哭泣。」

我說不出話來。

罪惡感的尖刺狠狠地刺進我的心。

因為就在剛才，我也抱持著相同的高昂情緒。

所以我硬是忍住即將流出的眼淚。我在倔強什麼呢，我在對抗什麼呢，對抗自己的汙穢嗎？我不知道。優越感與罪惡感混雜在一起，就像混濁的顏料黏答答地糾纏著內心深處。

「我當時覺得真噁心啊，甚至都想吐了，但是若把我的心情一五一十說出來的話會怎麼樣？所以我發現，終究還是扮演著為了祖母什麼都願意做的模樣，扮演著為了避免他人擔心而『勉強自己的模樣』才是最輕鬆的。」

黑田先生「嘶」地一聲，狠狠地倒抽了一口氣。

喔——這樣啊，原來是這樣啊。

這就是店長和誰都能夠相處融洽的理由。

「我扮演著即使過著艱困人生，仍積極往前邁進的模樣，並且為了想親近我並追求更親密關係的人，扮演著深受傷害的人。我會依情況戴上各式各樣的面具。」

我的腦海中迅速回顧了至今與店長的回憶。

從相遇時就很不可思議。

他能夠和造訪咖啡店的太太們，開心大聊著資產運用與生病的事情。

去商店街的洗衣店時，還能和顧店的國中生聊上好幾個小時都不回來。

他不僅會和書店的木村先生交換喜歡的書，我還見過他在公園和兒童們一起玩卡牌遊戲。無論去到什麼樣的場所，他都會立刻融入現場，彷彿彼此從很久以前就是好朋友了。

他之所以能夠這麼做——

「這都是因為我搞不清楚自己的心情啊。我這個人呢，很擅長配合對方捏造自己的心情，這並不是什麼困難的事情喔。因為只要解讀眼前人心中『期望的模樣』，再按照期望做出相應行為就好了嘛。」

我瞬間感到毛骨悚然，腰部到背部的雞皮疙瘩都立刻豎起。

如直角三角尺般挺直的鼻型、深邃的雙眼皮、微微翹起的上唇，要說他身上有哪裡比較有人味的話，大概就是隱約可見的鬍碴，以及下巴的兩顆痣而已。

這是我從幾個月前來這裡之後，已經看過幾十遍、幾百遍的臉。

每天一起工作、經常一起笑著或打鬧著的臉。

儘管如此，現在卻懷疑起眼前這個人到底是誰。

是店長。

奇怪？

我怎麼想不起來店長平常都頂著什麼表情？

啵啵——布穀鳥鐘發出了輕巧的聲音，嚇得我肩膀抖了一下，我們同時望向時鐘，已經十一點了。木雕布穀鳥被拉展開的鐵彈簧推出來，一如往常地叫了三聲後，就一副

「好，收工囉」的樣子迅速回到門內。

「我的策略進行得非常順利喔。這不僅讓我比較不容易疲倦，沒必要的煩惱也消失了。畢竟我本來就機靈，從來沒有被看穿過喔……除了小春以外。」

小春。店長說出這個名字的瞬間，冷透的眼瞳似乎晃蕩了一下。

「順便問一下，她是什麼樣的人呢？」

「這個啊。」店長稍微思考了一下。「如果我說她很像寶塚的女性角色，妳能夠明白嗎？」

「喔喔——」

我嘆息般的理解嗓音與黑田先生重疊。

「聽起來應該皮膚很白。」

「確實很白呢。」

「聲音很清澈的感覺。」

「確實很清澈呢。」

「似乎很像妖精。」

「確實是妖精呢……」

店長深感認同地點頭。

「我們高中的制服是白色水手服，她穿起來很適合喔。因為是升學取向的學校，所以有錢人家的孩子特別多。到處都是家教良好、舉止優雅，住在4LDK高級公寓的人，他們會說著『我家一點也不有錢喔』，但是卻一點也不惹人嫌。」

「啊——就是毫無惡意卻傷害到窮人的感覺呢……」

我吸著只剩下溶化冰塊的奶茶，發出了穿插空氣的咻咻聲。

「我是以特招生的身分入學，但是學校裡沒有那種說著『就是你搶走我的女人吧！』然後就突然揍人的粗暴學生，所以待起來反而比國中時更加自在喔。但是只要有人在沒必要的情況下，試圖深入我的隱私時，我就會再度扮演對方期望的角色以矇混過關，只要繼續這麼做就沒問題了——我當時是這麼認為的。」

店長將背部深深靠向沙發。

「我就是在那時候遇見小春的，是高中二年級的春天的學生會呢。我當時是學生會長，她則是加入文書組的一年級學妹。」

難以置信的話語闖入耳中，讓我拿著吸管的手頓時僵住。

「咦……等一下，學生會長？你？」

「怎樣？哪裡奇怪了嗎？」

「不，與其說是奇怪……」

還是該說因為太適合店長，所以反而覺得可怕嗎？

「我呢，可是超級受歡迎的喔。與其說是學生會長，不如該說更像個偶像？」店長用手梳起劉海並笑著耍帥。「我當時很沉迷學生會的活動，因為我原本覺得自己這種無論做什麼都很顯眼的性質很麻煩，但是獲得學生會長這個地位之後，就可以把『顯眼』當成武器使用了。」

店長邊說著邊將空掉的咖啡杯與玻璃杯擺到托盤上，然後端到廚房。我起身想要接過來處理，他卻單手制止了我。他擺上茶壺開火，在等待熱水沸騰的期間，輕輕坐上了吧台旁的高腳椅。

「因此上高中之後的我可以說是狀態絕佳，畢竟我的所有能力中，就屬察覺他人期望的能力特別高呢。聽完我演講或簡報後，大家都會立刻充滿幹勁，雖然必須兼顧讀書、學生會與打工讓我幾乎沒空休息，但是這樣反而輕鬆，因為什麼都不用思考，但是……」

店長頓了一秒，我總覺得有股陰影悄悄爬上他的臉。

「但是，就是那個時期。即將迎來寒假，十二月最忙碌的那段時期。」

「發生、什麼事情了嗎？」

「……祖母過世了。當時是看護聯絡學校的，死因是心肌梗塞。」

彷彿約定好一樣，茶壺在這時發出了嗶——的沸騰聲。

店長「啊……」地回到廚房，關閉瓦斯爐的火。

「雖然祖母健忘非常嚴重，但是她明明還很有精神，而且每次都有好好地回醫院做檢查。所以告別式的時候我忍不住思考，啊——我周遭的人們都會突然死掉呢。」

店長一如往常地將濾紙裝進濾杯，然後伸手摸向擺在架上的咖啡豆包裝袋，斟酌著要從種類豐富的品項中選擇哪一款。

「那麼學校也知道祖母過世的事情……」

「當然，全校都知道了。嗯——這在當時可是大新聞呢，像『學生會長唯一血親離世！這下真的舉目無親了！』這樣的感覺，聽起來是很有趣的八卦吧？但是我當時盡可能避開了這樣的目光，並且一直假裝不在意。我按照排程完成學生會長的工作，在期末考也考了很高的分數，然後轉眼間就來到了下學期的最後一天上課日。我作為學生會長在結業式上台演講，我一往前走，大家就轉頭看向我。」

店長把深焙咖啡豆放進磨豆機後，開始轉動把手，接著用湯匙將磨好的咖啡粉舀到濾紙中，再提起茶壺慢慢注入熱水。

「大量的眼睛看著我，那是全校師生的眼睛，多達幾百個人類就這樣凝視著我。這對我來說應該是司空見慣的景色，畢竟每次有活動的時候，我都會站上這個講台，然後平安無事、毫無障礙地說完漂亮話，享受女生們的一臉陶醉，以及學弟妹們的憧憬視線，還會獲得遠比校長演講更熱烈的掌聲——這是一直以來的固定模式。」

我咕嚕地嚥下口水，然後發現吞嚥聲意外響亮。

「但是當時卻不一樣，總覺得——整間體育館的空氣和以往不同，這讓我的腦袋陷入一片空白，覺得窒息、噁心。我站在講台上，腦袋卯起來轉動著，試圖要找出這股不對勁的真面目，然後我終於注意到了，不一樣的是人們的『眼睛』，因為大家又投以『那樣的目光』了。」

「那樣的目光？」

沉思片刻後，黑田先生才驚覺般的張嘴。

「啊，該不會是……」

看到他的表情，店長點了點頭。

「那是想看見『不幸的我』的目光。『至親剛過世的人類，會露出什麼樣的表情呢？會說什麼樣的話呢？』——我從他們的眼中看見這樣的期待喔。」

店長將茶壺提回瓦斯爐，淺淺吐了一口氣。

「我也想過這會不會是我自己的被害妄想症，但是並非如此。前五排的女生們，在我開始說話前就已經握緊手帕，準備好要哭了喔。她們就是特地來哭的喔。我看到這一幕後忽然就感到恐慌。我試圖不要在意這種事情、忽視大家的期望，一如往常露出笑容，然後以流暢的演講結束這回合，只要這樣就好了不是嗎？但是……」

店長一頓。

「但是我就是因為想控制大家，希望人們照我的想法去做，才會按照大家的期待『扮演帥氣學生會長』的不是嗎？所以我不禁思考，既然這樣的話貫徹到最後才合理不是嗎……」

「店長……」

「回過神時，我已經說出『前陣子，我的祖母過世了』。」

店長的雙手撐在廚房工作檯，低頭繼續說著。偏長的劉海就像門簾一樣，擋住了店長的臉。

「氣氛瞬間騷動了起來。我繼續說著祖母對我來說是唯一的家人，突如其來的變故讓我非常驚訝，又說著祖母是個非常溫柔的人。每當我說出這樣的話語，大家的眼神就會產生動搖。第五排還有女生立刻就紅了雙眼，旁邊的女生則抱住她的肩膀安慰她。大家都用同情的目光看著我，現場滿是『好可憐』與『好噁心』所混合而成的空氣，我非常討厭這樣的目光，真的很想逃走。儘管如此，我卻無法停止，我自己也無法停止扮演『不幸的我』。我注意到的時候，演講已經結束了，雖然我幾乎不記得自己說了什麼，不過肯定是修飾得完善，令人感動的內容。」

怎麼辦，我不知道該說什麼。我和黑田先生都只能沉默著靜待他的下一句話。

「所以我回過神時，大家已經在拍手了。」

冰冷的語氣讓我背脊瞬間發寒。

從劉海之間露出的嘴，像是在嘲諷著什麼一樣淺笑著。

「那些傢伙正哭著拍手，看到這一幕的瞬間，讓我彷彿遭到什麼毆打一樣，視野開始不斷旋轉。我在想『為什麼是你們在哭啊』。為什麼我得讓你們這些傢伙哭才行啊，你們這些人家裡都有錢得不得了，沒經歷過突然沒有瓦斯可用的窘境，想做什麼都可以自由去做，回家後還有等著你們吃飯的人不是嗎？你們不是什麼哭泣的理由都沒有嗎？反過來說，明明我擁有這麼『煎熬』的內心，為什麼我哭不出來啊？我到底想做什麼？我是為什麼而悲傷？為什麼而高興？我到底抱持著什麼樣的心情？我到底是什麼東西啊？我開始反胃，然後僵在現場動彈不得……就是這個時候呢。」

店長的語氣明顯產生了變化。從劉海縫隙露出的眼瞳，終於出現了少許光芒，他就像正看著窗外的某物。

「某個人以像風一樣的速度跑了過來，然後用非常強勁的力道抓住我的手腕。那個人正是小春。小春把我推開後對著麥克風說話，她說了『其實會長現在發燒到三十九度，只是強烈的責任感，驅使他勉強自己站在這裡。考量到他的健康，現在就讓會長回家吧，還請各位理解』。」

那是個步伐大方的凜然少女。

穿著白色水手服的天使。

簡直就像超級英雄般的小春身影，在我腦中清晰地浮現了出來。

「然後小春強行拉著我離開體育館，當時大家可是都愣住了喔。我也因為太過驚訝，完全無法反抗。畢竟我在那之前沒必要時，幾乎沒有和小春認真說過幾句話。她的個性清冷，在學校裡也是有名的千金小姐，人們都將她當成『高嶺之花』。」

「你當時真的發燒了嗎？」

「完全沒有，所以我根本搞不清楚她為什麼要為了帶我離開現場，而不惜說出這樣的謊言。她的手纖細卻強而有力，一直到把我拉出校門，來到學校附近的公園才終於放開手。我的手腕上甚至有明顯的紅色指印喔。我問她『為什麼注意到我的狀況？』時，她理所當然似的說著『因為你跟平常完全不同』。後來又說了這樣的話，她說『而且當時的氛圍真的太噁心了呢』。」

黑田先生歪頭。「噁心，指的是什麼？」

「她真的是這樣說的。她說『總覺得大家一副都很想趕快看到會長哭出來！的樣子，所以覺得噁心』。」

「她很細心呢。」

「我也嚇了一跳喔。」店長露出懷念的笑容，然後拿起裝有咖啡的玻璃壺。「小春筆直地看著我說：『如果我誤會了的話，我為自己的自作主張向你道歉。』所以我就坦白說了：『才沒有這回事，我確實覺得非常噁心，因為我其實不想在大家面前說這些話的。』即使不想這麼做，但是我還是會忍不住做出違背自己心情的事情。我無法在難過的時候坦率感到難過，所以我不知道該怎麼辦才好——我還這麼告訴她了。」

店長在三人份的咖啡杯中倒入新的咖啡後端了過來，咖啡香氣瞬間滿盈整間店，和潮溼的雨味慢慢融合在一起。

「我們在公園長椅上坐了一陣子，彼此沉默地喝著水。過了一會兒，小春突然低聲說了『我之前就一直在想，會長太努力服務身邊的人了。至親過世很難整理好心情是理所當然的，但是只要吐露出自己的難過，心情自然就會真的難過起來。心情還亂七八糟的時候，就讓它亂七八糟沒關係啊』。」

亂七八糟的心情，就讓它亂七八糟。

我覺得這句話好像狠狠地貫穿了我的心臟。

沒錯，就是這樣，這樣就好了喔。

不用全部都修飾得漂漂亮亮無妨，不說出來也無妨。

儘管如此，我們卻想為一切都找到合適的言語，想藉此感到安心。相較於抱持著肉眼看不見、自己也搞不太清楚的苦悶感，總覺得以「這種情感就是這個名稱」的感覺貼上標籤會比較好，就算只是充數用的或是謊言也無所謂。我們總是無法讓亂七八糟的情感維持亂七八糟的模樣，誤以為好好整理之後再從內心驅逐才是「正確答案」。

「聽到她這麼一說，我突然就大哭了出來，眼淚完全停不下來。或許是悲傷，或許是苦悶，其實我也搞不清楚自己為什麼會哭。但是總覺得非常有安全感，因此就在小春的面前哇哇大哭。小春呢，什麼都沒做喔，她只是安靜地待在我身邊，沒有握住我的手、沒有摸我的頭說好棒好棒，也沒有緊緊抱住我，只是安靜地待在那裡。也沒說什麼很辛苦吧、你很努力了之類的話。這讓我第一次注意到，原來有個對自己毫無期待，只是單純陪在身邊的人有多麼值得慶幸。」

到底有多少小孩，對年幼時的店長問出「為什麼你沒有爸爸呢」，又有多少大人對他說出「沒有爸爸很難過吧」這樣的話語呢？

自己都還沒搞清楚的情感，被他人擅自取了名稱，到底讓店長、讓年幼的雨宮伊織感到多麼混亂呢？

我說啊，店長。

你的情感，是屬於你自己的喔。

而第一個告訴店長，拚命想要藏起來的情感「可以藏著沒關係喔」的人，正是允許店長亂七八糟的小春小姐呢。

用來配咖啡的薑餅，啪喀地碎掉後落在桌上。

「什麼?!你沒有告白?!騙人的吧？」

我的手指好像太用力了，但是隨便啦，現在這種事情怎麼樣都好，畢竟店長說他一直到畢業都沒對小春小姐說過「喜歡」。畢竟是店長這個人，所以我還以為兩人轉眼就交往了說。

「不，這也是沒辦法的喔，畢竟小春已經有喜歡的人了。」

店長有些難為情地唰唰抓著後頸一帶。

「那個人該不會就是小雫的爸爸吧？」

「黑田先生真是敏銳呢。」店長嘆了口氣，「你答對了，那是小春的青梅竹馬，上的也是同一所學校，名字叫做太陽，岡田太陽。他是個耿直又開朗的男人，讓人覺得沒有比他更適合『太陽』這個名字的人了。我覺得真正的風雲人物，應該就是這樣的人吧。他沒有什麼私底下與檯面上的差異，凡事都能夠坦率面對。小春也常常說著『想成為這樣的人』喔。」

店長似乎因為太過耀眼而瞇細了眼睛。

「小春似乎從小就一直非常喜歡太陽，看得出其他男人已經進不了她的眼裡了。沒錯沒錯，小春她啊，當時經常烤胡蘿蔔蛋糕帶到學生會辦公室，她會說『是和媽媽一起做的』之類的。」

「胡、胡蘿蔔……蛋糕……？親自烤完之後帶去學校？」沒想到世界上真的有人可以做出這種堪稱優雅女子代名詞的事情。

我的反應讓店長低笑出聲。

「但是，如果真的是和媽媽一起做的話，她又太執著於『如何呢』、『好吃嗎』、『香料會不會太重』這些問題了呢。而且她還會聽取學生會成員們的意見加以改良，這讓我靈光一現——喔～這是為了喜歡的人所做的啊。所以我假裝不經意地問了之後，果然，她臉色漲紅地坦白告訴我這是太陽最喜歡吃的東西。天哪——我至今一直在幫她試吃為其他男人做的蛋糕啊，這實在是太悽慘了啦。」

店長手托著臉頰，目光朝向外頭。彷彿被雨淋溼的窗戶，正投影著過去的記憶。

「只要是小春烤了胡蘿蔔蛋糕帶來的日子，我都一下子就知道了。因為踏進學生會辦公室的瞬間，就會有柔和的胡蘿蔔與香料氣味撲鼻而來呢。」

店長不經意地望向廚房。咦，該不會我每次在調咖哩的香料時，都會讓店長想起小春小姐吧？

「如果是我的話，或許會說出『香料放多一點說不定會更好吃』這種心得，故意將蛋糕引導至不好吃的方向……」我試著說出這樣的話，這是我能想出來的最惡質作法。

「但是面對喜歡的女孩時，怎麼可能說得出『很好吃喔』以外的話不是嗎？」

哈哈苦笑出聲的店長，讓我的心臟愈來愈苦澀。說得也是，說得也是，像我這種惡質的作法，店長是不可能會去做的吧。

裝著薑餅的盤子不知道什麼時候空了，店長端起盤子起身。

「總覺得一聊到蛋糕就肚子餓了呢，小桃，這個餅乾還有嗎？」

「那個啊，放在最裡面的籃子裡喔。」

「謝啦……籃子、籃子……奇怪？」

總覺得店長好像在廚房忙些什麼的時候，他拿著彎成J字型的細長胡蘿蔔走了出來。

「小桃，這是怎麼回事？為什麼廚房有那麼多……」

「啊，我都忘了。」

我和黑田先生同時望向彼此的臉，對了，這是我們兩個一起搬來的紙箱，就擺在廚房深處。

「昨天我爸爸寄了大量的胡蘿蔔過來，他說都是歪七扭八的淘汰品。因為我一個人吃不完，所以今天早上才會搬過來。」

店長就這樣盯著胡蘿蔔動也不動。「店長？」

「我說，你們肚子餓嗎？」

「就空空的……啊……」黑田先生忽然驚覺什麼似的望向我。

我想大家現在想的應該都是同一件事情，那就是還原店長的前女友食譜。

「嗯——很美……」

我不小心把真心話隨著嘆息說了出來。

左邊黑田先生那冰塊般的視線，正讓我感到渾身發涼，但是現在怎麼樣都好。隨興捲起的袖口，隱約透出青筋浮現的手臂、仔細一看會發現意外精實，骨骼形狀分明的手腕，還有正握著菜刀俐落削掉胡蘿蔔皮的修長手指。

我迅速掏出手機對著身穿圍裙的店長一陣連拍。

「這肯定會大賣！會大賣喔！」

或許是因為長按畫面的關係，相簿中出現了數量不得了的照片，但是現在當務之急就是拍照！正在削胡蘿蔔皮的店長，肯定會有市場的吧！

「不要拍了。」店長沒有停下手上的動作。

「我們洗成拍立得做成周邊商品吧！印在馬克杯上吧！」

「什麼樣的馬克杯啊……」

「不，如果要以商店街的太太們為目標客群的話，做成方便帶走的明信片之類的比較好嗎……？不，不如乾脆推出T恤嗎?!然後和『和店長度過每一天！』的標語一起擺在收銀台前面?!不過話說回來，沒想到店長做菜的手法這麼俐落。」

「小桃。」

店長停下了手，削薄的皮啪噠掉落在砧板上。

「不要拍了！」壓低的嗓音，在深夜的店內迴盪著。

「好的……」

不行不行，我有點太興奮了。我老老實實地回到黑田先生的身邊。

「真是的，妳剛才都沒在聽他說話嗎？雨宮先生不是說他從小就要自己做家事了嗎。」

「我有在聽啊，但是單純的說明和親眼所見是不一樣的嘛。」

我辯解道。

但是看到俐落工作的店長，心情覺得有些無力也是不爭的事實。店長老是說著「我不擅長做菜，所以交給妳囉」，因此我也很單純地相信著，但是這肯定也是店長察覺到「我的期望」而扮演出的模樣吧。畢竟第一次見面時，他端出了失敗的咖哩，所以才讓我對此深信不疑，但是他肯定是為了讓我在這裡立足，才會持續「扮演著不擅長做菜」。這讓我不禁思考，或許他還為我做了很多貼心的事情，只是我完全沒有注意到而已，總覺得有些對不起他。

結果，店長和小春小姐雖然感受到彼此契合的部分，所以作為朋友變得親近，卻在沒有進一步發展的情況下畢業，聯絡也就此中斷的樣子。

店長因為經濟的影響放棄了升學，同時也身兼多種打工，不僅當過模特兒，甚至還在牛郎俱樂部爬到紅牌的地位過（我是不是不該佩服，還是說……）。多虧擔任牛郎時的收入，讓他擁有相當多的存款，因此便決定是時候過平靜生活了，所以就考取了保育士的執照，並開始在東京的托兒所工作。他就是在這裡和小春小姐重逢的，距離上次見面已經十年了。

「我很快就認出了小春喔。雖然以前那股千金小姐的氣場已經完全消失了，但是凜然的氛圍與筆直強悍的眼神仍和以前一樣。不如該說，該怎麼說呢，這樣……看起來更加神采奕奕。她表現得更真實、更開朗，以前那個會遮住嘴巴輕笑得優雅小春，會露出白牙盡情笑出來了。就好像無機質的人偶，終於有了靈魂一樣。」店長一邊把胡蘿蔔磨成泥一邊說道。

「你在這之前完全沒有聯絡過小春小姐嗎？一次都沒有？」

「當然，畢竟我覺得她會就這樣和太陽結婚啊，我可不想特別目睹這一切後再粉身碎骨。」

「店長也會像一般人這樣煩惱呢……」

「我當然會煩惱啊，畢竟每個人都希望喜歡的人可以喜歡自己吧。」

看著邊輕嘆邊說話的店長，我的內心突然開始騷動，不禁伸手按住發熱的臉頰。

店長正不太俐落地用刨絲器，把彎得一塌糊塗的胡蘿蔔沙沙磨成泥。

「但是我同時也希望她能夠過得幸福，而且或許這方面的心意還比較強烈。小春應該會和全家人一起過聖誕節，然後在好像會有巨大聖誕樹當裝飾的華麗豪宅裡，過著笑咪咪地吃著胡蘿蔔蛋糕的生活。」

店長叩叩地斜放刨絲器後，把變成軟泥的胡蘿蔔移到碗中。

「正因如此，在托兒所重逢的時候，我打從心底嚇了一跳。因為我工作的那個地方，老實說……那個，不是富裕家庭會來的區域。我一直以為如果小春生了小孩，應該會讓孩子去上知名大學的附設幼稚園才對呢。」

「小春小姐發生了什麼事情呢？」

我提問之後，店長沉默地點點頭。

「太陽過世了。是硬胃癌，好像一下子就走了。」

「怎麼這樣……」

「而且最倒楣的，是太陽的離世與她的生產時間幾乎是重疊的。小春告訴我，儘管她生下小雫後就馬上趕過去，仍來不及見最後一面。」

店長輕輕地左右甩頭。

「就好像突然更換選手一樣，陪在身邊的丈夫消失了，取而代之的是軟綿綿的小嬰兒。這到底會是什麼樣的心情呢？」

懷孕、家庭多了新成員，還會有許多值得期待的事情——小春小姐應該曾對這樣的未來興奮不已。

即使如此——

「……那麼小雫就沒有見過親生父親吧。」

「嗯，她一直獨力扶養著小雫的樣子，好像因為一些事情讓她不太能依靠娘家，結果只能選擇自力更生、獨自育兒的道路。我們是在小雫三歲時重逢的，當時什麼都不知道的我喊了聲『岡田太太』，結果回頭的竟然是小春，實在是嚇了我一大跳。太陽生前似乎曾要小春恢復舊姓，畢竟她還很年輕，所以希望她可以找到新的另一半，過著幸福的日子。但是頑固的小春堅持要當岡田太太，所以就不肯讓步的樣子。」

腦中浮現了太陽先生躺在病床上，小春小姐用力握緊他的手的模樣。

「小春在說這段話時的表情，我怎麼樣也忘不了喔。因為對我來說，小春必須要很幸福才行不是嗎？如果她不能成為最幸福的人，我會很傷腦筋的。但是小春用和十年前一模一樣的率直眼神看著我說了，她說『畢竟我希望把他留在我的戶籍上』。」

店長正在攪拌蛋糕麵糰的手戛然停住。

「你肯定覺得很無聊吧？但是對我來說，這是唯一支撐我的力量，雖然像笨蛋一樣……但是光是在公所填寫資料時，可以寫出岡田太陽這個名字，就是莫大的救贖了——她是這麼告訴我的。」

小春小姐都已經這麼說了……

「這下真的什麼都做不了了不是嗎……」

「如何？這是不輸至今的諮詢者們，相當精采的失戀故事吧，小桃。」

真是的，店長，不要在我們面前這樣勉強露出笑容啦。

💔

昏暗的夜路空蕩蕩的，非常安靜。

雨勢已經比剛才緩和了許多，偶爾才會像想到一樣，突然灑落細緻的雨滴。

把胡蘿蔔蛋糕麵團放進烤箱後，才發現沒有奶油起司的我們，跑去附近的超市採購了。然後搖晃著塑膠袋，走在通往「雨宿」的道路。

「重逢之後的我們聊了許多的事情，帶著小雫三個人一起出去玩的機會也變多了，像是公園、水族館、遊樂園之類的……因為單親媽媽遠行會很辛苦，所以兩人都很開心喔。」

我往前探出身體看著店長的臉。「你沒有變得更喜歡她嗎？」

「嗯——這個嘛……」

我這麼一提，店長就好像想起什麼一樣，立刻紅著臉撇開了視線。

「什麼、什麼！店長在害羞！什麼?!騙人?!」

意料之外的反應讓我壞笑不已。

「喂，不要那麼大聲說出來啦……」

店長害羞地用右臂遮住自己的臉。

「不如該說，我一直都還是很喜歡她喔，就算長大成年了，依然滿腦子都是小春。」

涼鞋摩擦柏油路的喀啦喀啦聲，在深夜的三軒茶屋格外響亮。
「然後呢然後呢？」
「你告白了嗎？」
「這次告白了嗎?!有好好告訴她你喜歡她嗎？」
走在中間的店長，被我和黑田先生左右夾擊。我們毫不留情地追問，讓店長的臉好像……又更紅了一些。
店長突然加快速度，飛快地領先了我們三步之遠。
前進一段路之後又猛然停下，然後……
「……我有說。」
「呀——！！」
我們忍不住緊緊握住彼此的雙手。
「太害羞了……」
店長高高抬著肩膀，以極快的速度繼續往前走。
黑田先生和我團結一致，再度一左一右貼到了店長的兩側。
「這沒什麼好害羞的啦，店長。來吧，繼續說吧……奶油起司會由在下為您好好拿著的。」
「雨宮先生……我好像聽說過『毫無保留的戀愛故事能夠拯救人的靈魂』這個教諭。」

「你這個絕對是瞎掰的！你會遭天譴喔！」

儘管如此，這或許是我們第一次看見這樣徹底展現真實情感的店長。臉色漲紅、大吼大叫，該不會這才是店長的「真面目」吧？

……不。一浮現這樣的念頭，我就小幅度地搖了搖頭。別再思考是不是「真面目」這件事情了吧，畢竟連店長本身恐怕也還沒好好搞清楚自己的輪廓。

「然後呢？你在哪裡說的？怎麼說的？」

「我記得是在井之頭公園。」

店長一副不知所措的模樣搔了搔耳垂。

「井、井之頭公園！」

竟然、在這種、東京首屈一指的約會勝地告白。

「我沒有去過。」

「竟然有人住在東京卻沒去過?!」

「因為我是千葉出身。」

「對鹿兒島縣民來說，千葉也稱得上是東京喔。對了，下次大家一起去吧！那裡很寬敞喔，有水池跟天鵝船，連假時還會舉辦活動。」

「這樣啊……」嗚哇，我都已經這麼認真說明了，黑田先生還是一臉興趣缺缺。

就在這樣的你來我往當中，我們回到了「雨宿」。甩落溼雨傘上的水滴後，就收在外面的傘架。我正準備從包包中拿出鑰匙時，店長忽然像想起什麼似的開口了。

「對了對了，小雫搭天鵝船的時候還大聲笑鬧……當時真的很開心啊。」

轉過頭只見店長將手插在褲子的口袋裡，恍惚地凝視著夜空。任性妄為的雨滴，仍時不時落下。

「我們一起吃冰、請街頭藝人用氣球做成了小狗……像這樣到處玩耍，所以傍晚時小雫就沉沉地睡著了。因為完全叫不起來，所以我和小春就讓她躺在池邊的長椅上，順便讓已經累壞的腳底板休息一下。」

有一滴冰冷的雨水，落在後頸一帶。

「當時真的很開心喔，讓我打從心底覺得『天哪，沒想到世界上還有這麼幸福的事情』。最喜歡的人就在身邊，和我一起到處逛來逛去、一起疲倦、一起大笑，什麼都不想也無所謂。如果不按照對方的期望，對方或許就會消失得無影無蹤——那樣的時光讓我完全不用思考這些事情。」

雨落在店長的鼻頭。

「等我回過神時，已經說出口了喔。」

雨滴順著嘴唇滑落到下顎。

「我喜歡妳，一直都很喜歡。」

店長看起來就像是對著雲的另一端的某人說著。

「雖然我很害怕破壞這樣的關係，但是……」

他的眼睛眨也不眨，直視著前方說道。

「我想看看超越友誼的景色，下次我們能以戀人的身分見面嗎？」

清晰的聲音，在寂靜的夜裡響亮著。

如同繃緊的線突然放鬆一樣，店長吐了口氣。

超越友誼的、景色……唉，店長到底是懷著什麼樣的心情，說出這段話的呢——

「然……然後呢？」

店長輕輕地踢著掉在柏油路上的小石頭。「……她拒絕了，她說『對我來說太陽果然還是最重要的，雖然學長你也很重要，但是我沒辦法思考戀愛方面的可能性』。」

黑田先生嘆了口氣。

受到他的影響，我也嘆出更大的一口氣。

不，我能明白，我莫名能夠明白。因為小春小姐的形象在我心中一點一滴地變得清晰，所以總覺得她就是這樣的人，正因為是這樣的人，店長才會深深喜歡上她吧。

「如果是我的話，恐怕無法振作……」黑田先生垂頭說道。

「我也是，我說不定還會後悔喜歡上對方。」

「唉……」

店長的戀情無法開花結果的事實，對我們兩個造成了出乎意料的打擊。

簡直就像是自己的事情一樣衝擊。

「但是……」

「但是?!」

黑田先生和我都驚訝地抬起臉。

店長繼續背對著我們，低語般訴說著。

「但是聽到你說超越友誼的景色，我也……不禁覺得想和你一起看看新的世界……她又這麼說了。」

這、意味著……

「你剛才說，這是小春小姐說的話，對吧？」

「……沒錯喔。」

以小小的音量含糊說著的店長，耳朵變得比剛才更加燙紅。

「咦……太敬佩了……這回答簡直像和歌一樣不是嗎！」

我快速甩著裝有奶油起司的塑膠袋。店長自己也很清楚臉有多紅，所以打死都不肯面向我們。

「所以……雖然還沒辦法考慮談戀愛的可能性，但是未來能和我一起玩嗎？——她是這麼說的，光是這樣我就心滿意足了喔。畢竟我是小雫最好的玩伴，我也不想放棄這樣的關係了。」

搞不好小春也還沒整理好自己的心情吧。

原本只當成志同道合的朋友，所以在那之前肯定沒有把店長當成戀愛對象吧。

店長彷彿是要掩飾自己的害羞，唰唰地抓著後腦杓說道。

「總而言之，對小雫來說我就成為住在附近、經常會來家裡玩的帥氣大哥哥了。」

儘管說過自己擅長按照對方的期望行動，但是只要是與小春小姐有關的事情，他似乎就會盡情地顯露真正的自己。

💔

製作終於告一段落的店長，擦乾手上的水後在沙發坐下，再來只要等烤箱烤完就行了。

「三個人一起度過的那一年，是我最快樂的時光啊，嗯，真的非常快樂。」

店長鄭重確認般地點點頭。

「對了對了，我們還慶祝聖誕節了喔。那可是聖誕節喔？我從來沒有在家裡慶祝過聖誕節，所以真的非常驚訝。當時小春拜託我去買聖誕樹，但是我實在不知道該買什麼尺寸才好，想說總之挑大的就沒問題了吧，於是就在五金行買了最大的一棵，結果被小春罵慘了。」

「你該不會是覺得小棵能做的，大棵一定能做吧？」

店長像是回到過去一樣，瞇起眼輕輕地笑了。

「但是小雫非常開心，她大喊著『只有我有這麼大棵的樹喔』。對了，而且啊，小春也有送我禮物喔。」

店長站起身，從進門後很快就會看到的裝飾架上，拿來了某種東西。

是雪花球。

玻璃球裡有小小的聖誕老人和馴鹿飛在半空中。

「咦，這是小雫今天拿來的……不，不同嗎，這個該不會是你一直當成裝飾的……」

「沒錯，這個不是今天拿到的那個，而是同住的六年前從小春手中拿到的雪花球。」

也就是說，店長把小春小姐送的禮物，裝飾在隨時都能看見的地方。

「那個聖誕節，毫無疑問的是我人生中最棒的日子。」

店長喃喃低語般的說著，然後輕撫著雪花球的頂端。

「如果那樣的生活能夠一直持續下去就好了呢。但是果然還是不行，在我們同住一年後左右吧？小春突然說出『不能再繼續依賴你了』，她哭著告訴我『再繼續和你待在一起，我好像會變得很沒用』。」

「什麼意思？」

「雖然只是我的猜測。」

店長繼續凝視著微微閃爍著玻璃球內部。

「小春呢，是個想要支撐別人的人喔，她追求的不是支撐自己的人。她出生在成城一棟有地下室的大房子裡，她的父親是製藥公司的董事會成員，生活中沒有任何不滿足的地方。她接受著優質的教育、學著優質的才藝、交著優質的朋友，過著人人欽羨的生活。然而小春的不幸，卻源自於意識到自己生在優渥環境的這個事實。」店長淡淡說著。

「不幸？因為環境優渥？」

「任誰都希望自己是憑著自己的努力與才能走到今日的喔。更不想承認是因為自己幸運、因為父母投資大量金錢、因為環境優渥，是因為多虧這種家裡鋪好的路才成功的。」

黑田先生用力摩挲著自己的光頭，自言自語般地說道。

店長凝視著黑田先生一會兒後，低聲說出「就是這樣」。

「總而言之，小春從很小的時候，就意識到黑田先生說的『家裡鋪路』這件事情的偉大力量。這讓她更想擺脫這件事情，我想就是因為經過一番掙扎，才會迷上像太陽這樣毫不猶豫地勇往直前的人。」

而不是我這樣的人——我彷彿聽見店長在這段話之後，說出了這句話。

「小春一直過著接受他人給予的人生，獲得了形形色色的事物，其中甚至包括許多超出自己實力的類型。我想她已經對這樣的人生非常厭煩了。」

店長單肘靠在桌子上，用手掌支撐著頭部。朝下的睫毛，會隨著每一次眨眼擺動。

「最後，她對我這麼說了喔。」

「說什麼？」

「我很幸福，我是能夠變得幸福的人。並不是你或是誰沒有帶給我幸福，我就無法變得幸福。」

潮溼沉重的空氣，從門縫鑽入纏繞著身體。我毫無意義地摩挲起後頸。

「聽到這段話時，我覺得就像心臟被刨開一樣。這下我不是和大家一樣了嗎？就連我這個已經徹底厭煩過的人，也用『那樣的目光』望向小春了不是嗎？我把自己的理想強壓在她身上，擅自做了各式各樣的妄想，希望她這樣活著、希望她那樣笑著。」

「店長……」

「你們看，我也是一樣的，我也是會對喜歡的人奉獻太多的人。我希望她幸福，所以小春的困擾、小雫的心願，我都想盡力為她們做好。我每週休假都會帶她們去動物園、遊樂園、去海邊兜風……只要發現小雫對哪個地方有些興趣，無論是什麼樣的地方我都願意帶她們去，因為我想讓她們看見各式各樣的事物。我希望她們看見各式各樣的事物，因為我想知道看著各種事物的小春與小雫……會露出什麼樣的表情。」

我注意到店長的肩膀正微微顫抖著。

我什麼事情都做不了，只能凝視著店長放在桌上緊握著的手。

「但也只是這樣而已，真的。我真的一直都想這麼做，也很高興。能夠為喜歡的人做些什麼，真的很開心。完全沒有思考過對方會怎麼看待我，只是單純的，覺得如果有人為我這麼做的話我會很開心吧，光是這麼想心情就很好……」

哎呀。

這個人是明白的，而且牢記到覺得厭惡的程度。他很清楚被某個人期待的痛苦。

曾經自己背負的是「希望你不幸」的期待，即使方向完全相反，即使乍看是正面的心態，對小春來說被迫背負的期待同樣很痛苦。

「超越友誼的景色、成為家人的景色實在太過耀眼，也很開心喔。雖然我們沒辦法在一起……」

為期僅一年的，家人。

畢竟是店長，我相信他一定努力觀察了許多「父親」，徹底運用保育士時期的記憶，以自己的方式打造出「爸爸」的模樣吧，他肯定用盡全力去做吧。雖然「希望妳幸福」這麼強烈的心意，對小春小姐來說或許難以負荷就是了……

「天哪真是的！」

一想像起店長的各種心情就讓我坐立難安，我忍不住哭著吼了起來。

「真想把店長、小春小姐還有小雫都關進這個雪花球裡，讓你們成為永遠的家人！」我感覺到眼尾愈來愈溼，所以努力用圍裙的衣襬按住。

「為什麼是小桃在哭呢？」店長用一如往常的表情笑道。

奇怪，我還以為他剛才在哭，難道是我看錯了嗎？

「因……因為……」

「受不了，結城小姐的淚腺太發達了呢。」

「抱歉呢，你們這些講究邏輯的人類是不懂……」

但是當我因為揶揄而瞪向身旁時，竟然看見黑田先生仰望著天花板，頸部彎曲的角度非常大。

嗯？黑田先生也在哭？

「我沒有哭。」

我站起來想看他的臉時，黑田先生就把身體往後仰了，看來他無論如何都不打算讓我看見他的眼睛。

「你在哭吧？」

「都說了我沒哭了。」

他邊說著邊走到空調的風最強的位置。

「你在爭取時間！你現在正拚命要把眼睛弄乾吧！」

「呵呵……啊哈、哈哈哈！」

我和黑田先生吵吵鬧鬧的時候，店長一臉打從心底覺得好笑似的笑了出來，看到他的模樣，我們也跟著笑了。

黎明的「雨宿」洋溢著胡蘿蔔與香料的甜香，雖然平常在這個時間點通常睡得正熟，現在卻一點睡意也沒有。

用縱長磅蛋糕模具烤成的胡蘿蔔蛋糕，斷面露出了葡萄乾與堅果，奶油上還以粉紅胡椒粒裝飾。

「沒想到店長竟然能夠做出這麼華麗的甜點……」

「畢竟她當初問了我一大堆，分開之後我也想藉此稍微感受小春的存在……」

那張俊美的臉說出了不輸給我的沉重話語。啊——或許就是因為這樣，在我第一次來「雨宿」大哭時，店長才會對我那麼親切吧。

店長又說了，他當初告訴小雫自己要去遙遠的地方工作一段時間。他想在自己在小雫心中變得更重要之前離開，但是重要的人突然不見所帶來的寂寞，店長可以說是熟得不能再熟了，所以他在那之後仍定期寄禮物給她的樣子。他靠著存款實際出國展開漫無目的的旅行，在世界各地買了雪花球、繪本與明信片等，並在每年聖誕節時寄給小雫。店長本來就已經比我預想的還要真摯了，這件事情又再度讓我想哭了。而店長看到這一幕又笑了。

「好了，一起來吃吧。」

等店長也在沙發坐下後，我們就將叉子刺進胡蘿蔔色的海綿蛋糕裡，並與奶油一起送進口中。

「好……好吃！胡蘿蔔蛋糕是這麼好吃的東西嗎?!」

每次去蛋糕店的時候，都會忍不住浮現名為「想吃很有蛋糕感的東西」的需求，這時都會忍不住選擇鮮奶油蛋糕、巧克力蛋糕或是起司蛋糕等比較一般的類型……但是原來如此，沒想到胡蘿蔔蛋糕也這麼有「蛋糕」感啊——我忍不住想著這麼理所當然的事情。

「甜味當中蘊含帶有刺激感的香料氣味，和奶油起司那恰到好處的酸味非常契合，可以說這個……絲毫不輸冰淇淋蘇打嗎？」

屬於甜食派的黑田先生，滔滔不絕地稱讚著。他用難以置信的速度解決了第一塊後，馬上又拿了第二塊。他像機關槍一樣不斷說著「這個食材是關鍵」之類的。不行，我完全無法理解他的話語，聽起來就像外文一樣，拜託你用更好懂的方式說明啦！

「嗯，我的戀愛就這樣結束了，我會忘記小春，多虧你們幫我埋葬了這份心情，謝謝。」靜靜看著又在吵鬧的我們一會兒後，店長喝著咖啡輕輕說出這段話。

「我很高興能夠認真說出自己的故事，這個過程幫助我整理了心情，這下子我總覺得終於能夠忘記小春了喔。」

他突然望向窗外，雨似乎還稀稀落落下著。

「那麼這次就請節哀順……」

我們雙手合十，準備按照慣例說出既定台詞，但是總覺得有些不對勁。覺得好像有極細的裁縫針還是什麼的，卡在心臟內側反覆地勾著。

「……你在說什麼謊？」

我眯細眼睛瞪向店長。

有事情不對勁，絕對有事情不對勁！

「咦？」

「店長。」

我半站起身往前傾，逼近店長的臉。

店長那雙顏色偏淺的眼瞳左右晃動了起來。

「你還是喜歡她吧？你還喜歡小春吧？」

店長看起來明顯動搖，眼睛慌張地連眨好幾下。

「咦，不是……」

「不然你為什麼不吃蛋糕？」

沒錯，讓我覺得奇怪的就是店長那一份蛋糕。

我們都已經吃完了（黑田先生甚至在不知不覺間吃了三片），店長卻一口都沒碰。

「是因為吃下蛋糕的話，可能會想起許多事情嗎？像是『啊──這是小春最常做的味道呢』這樣的記憶會復甦，讓你再度喜歡上她？」

他肯定打算先結束今天的委員會，然後說著「我拿回房間吃」卻一口也不打算吃吧。

店長陷入沉默，他沒想到會被這樣戳破吧，所以視線四處游移著。

「才、才沒有這種事情啦，我當然吃得了……」

店長勉強笑著並拿起叉子，刺向胡蘿蔔蛋糕後，從盤子送到嘴邊──

就在這個節骨眼……

黑田先生用力抓住店長的手腕。

「你今天去了哪裡？」

我這才驚覺般地把頭轉向黑田先生，這麼說來，今天店長很晚才上班，當時他說的是「例行公事」……

「我有聞到線香的味道。」

店長想掩飾尷尬般地把視線從黑田先生身上移開。

「你今天去掃墓了不是嗎？」

面對掌握證據，彷彿說著「束手就擒吧！」的我和黑田先生，店長終於嘆了大大的一口氣。

「唉……你們對我觀察得太仔細了，很恐怖喔，到底有多喜歡我啊？」

店長又試圖開玩笑混過去。

為什麼不能明白我們的心情呢。

我一直覺得不能深入探究店長這個人。

不只是店長。我和恭平分手之後就一直保持這個狀態，因為我開始害怕告訴他人自己的想法。否則要是又被嫌棄「沉重」的話、又被嫌棄「太認真很恐怖」的話怎麼辦。

但是——

儘管如此，就連我也明白。

現在正是揮刀出擊的時刻。

「那當然是……很喜歡啊！」

我的話語讓店長驚訝地抬起頭來。

「咦？」

「啊，不過，當然不是那方面的意思喔！是把你當成一個人去喜歡喔！還是說當成主管……不如該說，是當作這間『雨宿』的成員在喜歡的？」

不小心變得像在最糟糕的時機告白一樣，讓我趕緊解釋清楚。真是的！明明是很重要的時刻，為什麼會變成這樣呢！

「所以那個……店長看起來不對勁時當然會擔心，然後認真觀察，遇到有喊你『爸爸』的小女孩出現時，更是會在意得不得了。」

沒錯，我今天整天都非常不安。

「畢竟我可不希望這間店少了店長嘛！正因為有店長，我才能夠在這裡工作，而且『雨宿』的工作和埋葬委員會的工作都很有趣。要是店長不在的話，這裡就不再是原本的『雨宿』了，所以我真的非常擔心喔。」

空氣一陣靜默。

奇怪，我是不是說了非常令人害羞的話……？

「那個，不好意思，店長你不給點反應的話，我會覺得很丟臉……」

「我去……見了太陽。」

店長保持低頭說著。

「每年都會去嗎？」

「很奇怪吧。明明是喜歡的人的亡夫，我身為一個外人卻持續去掃墓……」

店長輕輕嘆了口氣。

「到底是為什麼呢，只要站在太陽的墓前合掌，藏在心底的心情就會不斷湧現。以太陽的立場來說，應該會覺得你到底是什麼東西啊。和小春之間徹底告吹後，我曾想過別再去掃墓了。所以今天去了之後，我便決定這次是最後一次了，沒想到回來後卻看見小雫……」

哎呀，所以才會變得那麼像幽魂，整個人魂不守舍啊。

他肯定無數次試圖放棄，也努力想封印自己的心情。儘管試圖振作起來，卻還是忘不了對方。

從童年開始瘋狂地「扮演著自己以外的某人」，卻唯獨沒辦法「扮演不喜歡小春小姐的人」，這該多麼煎熬呢？

「你還喜歡她嗎？」

我試著詢問。

店長閉眼沉思了會兒，然後睜開眼睛……

「喜歡喔。非常喜歡、喜歡得不得了，希望她待在我身邊，可以的話希望能夠是永遠。」

他清晰地說出了心聲。

這樣啊。

這樣就簡單了。

我搶過店長的盤子，將蛋糕移到自己這邊。

「這樣不就好了嗎？不必埋葬也無妨，所以你的蛋糕就交給我吧。」

語畢，我就開始吃掉店長那一塊，嗯，果然很好吃。

店長傻眼了。我邊吃著胡蘿蔔蛋糕邊開口：

「亂七八糟的心情，就讓它亂七八糟的沒關係。」

店長一臉驚醒似的看著我。

「小春小姐也這樣說過不是嗎？」

「是這樣、沒錯。」

「那就沒關係不是嗎。反正你的五官長得這麼整齊，內心亂七八糟、到處亂糟糟的也無所謂。」

「而且……佛祖曾經說過……」

黑田先生也豎起了食指。

「……不。」

他抬眼思考了一下，最終還是輕輕搖頭，

「總而言之，我們就在這裡喔。」

黑田先生難得這麼坦率。

「討厭啦黑田先——生！

「我說錯了我說錯了，剛才那是……」

我開心地啪啪拍打黑田先生肩膀後，他立刻慌張修正。

「我剛才只是那個……把新的佛號搞混了。」

「……謝謝。」

店長的聲音聽起來像是放下了心中的大石頭。

「喂，好了嗎？」

「還沒。」

「黑田先生，你放了什麼啊？」

「秘密。」

「不能讓我看一下嗎？」

「不要。」

「啊，這個是不是星星形狀的串珠珠子？好——漂亮，你看，你覺得我做得怎樣？只是我有點迷惘……」

「啊啊煩死了！專心做妳自己的！」

一週後。

開店前聚集在「雨宿」的我們，正努力製作著雪花球。作為店長的埋葬儀式，我們各自製作的雪花球裡，都放了與自己回憶有關的東西。

「我想放的東西太多了，根本放不完啦。」

「可以放進雪花球的東西，哪有那麼多可以選……」

努力穿著和恭平約會的淑女鞋收據、一起去過的迪士尼樂園票根、恭平留下來的鈕扣……我好想把這些放在身邊就會煩躁的東西都塞進去，嗯——怎麼樣都塞不完！

「好沉重！沒有人會把這種東西放在雪花球喔……話說回來，妳之前不是說都丟掉了嗎？」

黑田先生尖銳的吐槽，讓我肩膀一震。

「那個，我不是也花了很多心力幫你處理了嗎？」

「不是啦，只有這些！這些真的是最後一批！這是放在抽屜裡沒拿到的！而且這個DIY雪花球套裝組的說明書裡有寫不是嗎？上面說請自由放入想放的東西！你看！」

我將說明書拿到黑田先生的臉前，但是碎碎念著「不是，就算裡面說著自由放入也……」的黑田先生卻選擇無視我，轉頭望向了店長。

「店長呢？」

「已經完成囉。」

「好快！」

仔細一看，那是已經封好的漂亮雪花球。

話雖如此，裡面卻非常簡單。玻璃球裡只有點綴著胡蘿蔔蛋糕的粉紅胡椒粒，還有……

「那個是……鑰匙？哪裡的？」

有點褪色且生鏽的銀色鑰匙，就漂浮在玻璃球裡。

「這裡的。」

「這裡的?!」

「嗯，這是『雨宿』的鑰匙，一開始店主給我的那把。」

我驚訝過度，什麼都說不出來。真是意外，我還以為他一定會放進小春小姐或小雫送的東西。

「啊，當然另外還有母鑰匙，所以不用擔心喔。」

店長補充道。

「說不定未來小雫會有什麼傷腦筋的事情……所以必須來拜託我幫忙。到時候只要『雨宿』還在，小雫就能夠輕鬆找到我不是嗎？所以我才會這麼做。」

店長再度拿起雪花球的底座，為了避免鬆掉而用力蓋上並轉緊。

「我已經下定決心，絕對不讓『雨宿』倒掉。打破這個雪花球取出鑰匙的那一天，就是『雨宿』即將消失的時候。」

這麼說著的店長微微一笑。

「所以今後也請多指教呢，小桃、黑田先生。」

「彼此彼此。」

盛夏的青空，占滿了整面窗戶。

我站起身大幅度伸了懶腰。我已經完成了沉重的雪花球，這代表我的怨念又離埋葬更近一步了。

「……我也放個蛋白質進去嗎？」

黑田先生不曉得在想些什麼，突然說了這句話。

「放進雪花球?!」

「是的。」

「星星和蛋白質是什麼組合啦！」

「不是說可以自由放入想放的東西嗎？」

真是的，他難道是看了我和店長的雪花球後，就開始羨慕了嗎？

店長將新的雪花球排列在裝飾架上。

也沒有誰提議，我們三人自然而然聚在裝飾架前雙手合十。

「這次還請節哀順變。」

陽光照射在玻璃球上，反射出了彷彿開心搖動著的光芒。

想看見超越友誼景色的胡蘿蔔蛋糕

材料（5人份）

● 麵糊

雞蛋……2顆

太白胡麻油……（和雞蛋加起來共110g）

砂糖……60g

胡蘿蔔……150g

● A

米粉……100g

發粉……6g

肉桂……1.25ml

丁香……1.25ml

黑胡椒……1.25ml

葡萄乾……20g

蘭姆酒……適量

核桃……15g

● 糖霜

奶油起司……80g

蔗糖……20g

小豆蔻……依喜好決定是否添加

百里香……適量

粉紅胡椒粒……適量

作法

【1】葡萄乾浸泡在蘭姆酒中→放進冰箱冷藏1小時以上。

※ 葡萄乾快速過一下沸騰的熱水，接著稍微冷卻後再浸泡會更入味。

【2】將50g的胡蘿蔔磨成泥（也可以用食物調理機），另外100g的胡蘿蔔切成絲。

【3】用打蛋器把雞蛋與蔗糖拌在一起。

【4】用一次淋一點點的方式，把太白胡麻油倒入【3】裡面，且每淋一點就攪拌一次。

【5】將【2】的胡蘿蔔泥倒入【4】中拌勻。

【6】將A（粉類）倒入【5】中拌勻。

【7】將【2】的胡蘿蔔絲以及打碎成喜歡尺寸的核桃、蘭姆葡萄乾倒入後，再用刮刀拌勻。

【8】烤箱以180℃預熱。

【9】把【7】的麵糊倒入15cm的圓形模具。

【10】放進烤箱加熱30～35分鐘。

【11】確實冷卻之後，放進冰箱冷藏1天以上。

【12】將蔗糖、小豆蔻與奶油起司拌在一起後，塗抹在蛋糕上，最後用百里香、粉紅胡椒粒裝飾後就大功告成！

第6話

「工作和我
哪個重要的巧克力」

「……事到如今我連問都覺得麻煩了，不過……你們兩個在做什麼？」
外出採購咖啡豆回來的店長，看到正坐在吧台座位陷入寧靜戰鬥的我們後不禁傻眼。

「哎呀，店長，歡迎回來——結束之後我馬上去處理，再等我一下喔。」
我用雙手抓住黑田先生的大拇指，強迫他按下手機螢幕的同時說著。出現在我們兩個眼前的，正是黑田先生的評論ＡＰＰ。

「你看，店長在等我們喔，拜託你了黑田先生！按下去！用這隻大拇指按下去！」
「我、不、要！我絕對不給五顆星！」
「為什麼啦！新餐點很好吃不是嗎？是值五顆星的味道吧？」
「如果我給自己人特別待遇，做出虛假的評論，那麼我悉心照料的這塊聖域將會化為烏有！最重要的是，我明明說過自己專門評論的是甜點吧！」
「你這個頑固的傢伙！」
「頑固的是誰！」
「……今天真有精神呢。」
店長一如往常地用冰涼的嗓音說著，然後將紙袋重重地放在吧台上。但是這是生存問題，我絕對不能讓步，畢竟我好不容易推出了新餐點！體內的生意人・結城桃子正熱血沸騰。

不，其實，我腦中也很清楚眼前的問題，不是光憑黑田先生一個人的五顆星就能夠解決的。

但是現在的我焦慮到不得不這麼做，因為「魔鬼十月」眼看就要來臨了。

我整個年紀二開頭的時候，幾乎都耗在居酒屋上了，這家居酒屋的營業額會在每年的十月跌到谷底。一般來說，餐飲店營業額特別容易變差的時期是二月與八月，甚至到了造就「二八」這個專有名詞的地步。但是我所負責的分店卻毫無例外地會在十月大衰退，簡直就像魔咒一樣，而且一如預料，「雨宿」的來客量也明顯減少了。我為了力挽狂瀾所苦思出的對策，就是現在黑田先生在吃的「肉定食」。

「嗯，我同意這是好吃的。」

黑田先生強行揮開我的手後，將手機收進口袋的同時說道：

「但這也是理所當然的吧，畢竟妳都那樣拜託安達先生，請他分點高級肉給妳了，當然會好吃。」

肉定食一如其名，主打「想盡情吃肉時的定食」這個概念。基本內容有白飯、味噌湯、淺漬蔬菜、煎蛋、納豆以及每天更換的肉料理。通常都會為了壓低成本，使用極富飽足感的香草口味香煎雞肉。最近「雨宿」有很多午休時隨意踏進來的西裝人士，為了讓這些忙於工作的人們能夠飽餐一頓，我才會想出這道料理。

我環顧空蕩蕩的店內後嘆了口氣。

「我也覺得很好吃啊……到底是哪裡不對呢？」

嗯——在我開始思考的時候，傳來了嘰、嘰嘰的開門聲，秋日的空氣立刻竄進了店內，讓腿部瞬間發冷。

我連忙從椅子站起身，整理圍裙後轉身朝向大門。

「啊，歡迎……歡迎光臨——」我嚇了一跳，所以有點語塞。

那是位高䠷、非常高䠷的女性。

身高一百五十八公分的我不大幅仰頭的話，就沒辦法和她對上眼，所以應該稍微超過一百七十公分吧。她穿著簡約的淺灰色西裝外套與白色錐形褲，中長髮束成往後的馬尾，整體來說是中規中矩的商務休閒風，儘管如此，還是隱約散發出一股引人注目的感覺。

她用一雙大眼睛左顧右盼地環顧了店內一會兒後，

「啊，外面招牌上寫的那個……肉定食，麻煩來一份。」

她小聲點餐之後，就到窗邊的沙發座位坐下。

「啊，好的……馬上就好！」

太好了，肉定食終於有人點了！而且還是第一次上門的客人點的。

我趕緊開始準備香草口味的香煎雞肉。她應該是工作途中順路過來的吧，我邊盛裝味噌湯邊祈禱這碗湯能夠為她帶來能量。

「不好意思，肉定食還沒有來……」

我端出肉定食之後過了約四十分鐘，正在收銀台重新算錢時，剛才那位客人看著我的臉，以非常認真的表情舉手。

什麼?!我已經出餐了吧?

嗯，出餐了，我絕對已經出餐了。就連自己說出「很燙請小心」的聲音，以及燒烤醬在鐵板上啵啵跳動的聲音都記得一清二楚。

「那個，我剛才……應該已經端出這個香草口味的香煎雞肉才對……」

我邊說著邊從口袋拿出菜單，讓她確認上面的照片。

她用修長且骨形明顯的手指接過菜單，出神地看著上面的照片一會兒，才抬頭猛盯著我，打從心底吃驚般開口：

「這個就是肉定食嗎？」

「啥？」

怎麼回事？

我頂著僵硬的笑容呆立當場。回過頭後看見店長一臉擔心地探看這邊——救命啊店長，我不知道到底是哪裡不對！

她就像凍結一樣，用掌心撐住臉頰陷入沉思，然後才終於小聲自言自語：「啊，原來是這樣啊……」

咦，什麼東西原來是這樣？

她就像要消除尷尬一樣，一口氣將招待的水咕嚕咕嚕喝下肚後，再以極強的氣勢站起身。

「不好意思說了奇怪的話，多謝招待。」

我還沒反應過來，她就已經從錢包中掏出鈔票，擺在收銀台的錢盤上，然後瀟灑地大步離開。

「啊，謝謝光臨！話說，這個！」

仔細一看，竟然是一萬圓鈔票。

一萬圓?!才九百八十圓的定食，她給一萬圓！

「等一下這位客人，妳忘記等我找錢了！」

我匆匆跑出店外，已經完全看不到那位高䠷女性的身影。

我回到店後與店長面面相覷，然後盯著手上的一萬圓鈔票。

「到底發生了什麼事情？」

💔

「首先來個韓式烤排骨、鹽味牛舌，還有烤內臟，麻煩了。」

為了吃飽有力氣面對埋葬委員會，今晚我們來到了商店街裡有名的燒肉店，雖然也可以用冰箱裡的多餘食材簡單做點員工餐，但是卻想特地來吃烤肉，大概是內心隱約受到今天那位客人的影響。

不，我當然也可以直接把對方當成單純奇怪的人，然而她說出「這個就是肉定食嗎？」的表情實在是……我總覺得絕望似乎慢慢在她臉上蔓延開來，作為一個廚師，有點、不，可以說是非常衝擊。
所以我想認真研究一下，到底什麼是「好吃的肉」。
不算寬敞的店內幾乎坐滿了客人，放在烤網上的肉已經開始冒煙。啊，好熱，我捲起毛衣袖子的同時喝了口烏龍茶。
「這麼說來，小桃，前陣子的埋葬委員……」
「什麼，怎麼了店長……店長？」
坐在我正對面的店長，單手舉著裝有高球的酒杯定格了。他凝視著右前方的某一點，簡直就像被梅杜莎給石化了一樣。
我和黑田先生也跟著看向旁邊。
只見那裡有一位吃相豪爽到讓人想拍手的女性。
她一口將厚如磚塊的牛腹肉塞進嘴裡，接著扒了一口飯後，再咕嚕咕嚕喝下紫菜湯。同時右手均等排列四片牛舌，接著快速翻面擺上蔥鹽後再繼續烤一下。等肉烤熟的短短時間內，又用分裝盤中沾滿醬料的里肌肉捲飯來吃。即使偏長的劉海垂到臉上都毫不在意，繼續將肉擺在生菜上後爽快地用手塞進口中。雖然左手因此弄髒了，她也沒加以擦拭，而是如真空般繼續吸入白飯。
這一連串的動作恐怕只用了不到一分鐘的極短時間，但是她周遭的時間卻彷彿暫停了一樣。不，應該是相反吧，是這裡的人都停止了，只有她在動而已。
可能是終於嫌煩了，她撥開垂在臉上的長劉海，然後將頭髮梳到後方綁成一束。露出眼尾上揚的大眼睛，以及雪白纖長的脖子。

我和她對上了眼。

「啊。」

「啊——！剛才那位！」

真是的，我怎麼會沒注意到呢？

「肉定食小姐！我要把找零還給妳，啊——要是有帶著的話就好了啊。」

九千零二十圓。我一直想著遲早要還給她，現在遇到真是太好了。

但是當事人卻客氣地搖搖頭。

「不，那個應該算是道歉費吧……因為我有時候都會出包。」

「出包？」

「啊，我平常都很正常過日子喔。別看我這個樣子，我好歹也是出版社的課長，帶領著十個下屬喔。」

「那——道歉費是什麼意思？」

聽我這麼一問，這位小姐就先喝了口啤酒，然後才下定決心般地開口：

「不是……個人覺得那種料理稱為『肉定食』實在是太過分了，不過……實在不該說出口吧。」

唔，果然，當時那個充滿絕望的表情並不是我的錯覺。

「那個……不好吃、嗎……？」

好不容易有客人說出意見，我可不能錯過這個機會。大部分的人就算感到不滿也不會說出口，只會藏在心底或是事後在評論網站寫出來，但往往是「那裡的東西很難吃喔」這種很像在對誰抱怨一樣的表達方式而已。所以認真傾聽吧，桃子！

「不，味道超級好的喔。香草恰到好處，吃起來很清爽。」

怎麼回事？我忍不住看向店長，但是店長對此可能已經毫無興致，所以很快就和黑田先生一起烤起了韓式烤排骨，然後兩個人興高采烈地說著「哇，看起來很好吃喔」之類的。真是的！

「但是這不是調味如何的問題喔，畢竟那個才不是肉呢？」

這位小姐一邊將夾子夾得喀噠喀噠響，一邊說出真心話。

「妳說不是肉……不不不，那可是不折不扣的肉喔！」

「聽好了，雞肉，不是肉。」

「……啥？」

「這個，像這樣的，才是、肉！」

這麼說著的小姐拿起眼前的盤子，用夾子夾起散發黏膩光澤感的肉，就像正高舉著什麼獎盃一樣對我展示。

「所謂的肉，必須像這樣是血紅色的不是嗎？要像這樣。」

小姐一邊說著，一邊讓我看看牛腹肉。牛腹肉確實「肉」感十足，不僅擁有看起來很新鮮的赤紅色，白色的油花還像水路一樣分布在名為肉的「大陸」上。

不，但是，等一下啦。

「……就算不紅，那也是肉吧？」

危險危險，總覺得自己差點敗給她的氣勢。

「畢竟妳剛才說了『雞肉不是肉』，但是妳自己也說了雞肉不是嗎！」

「雞肉，只是準肉。」

ㄓㄨㄣˇ、ㄖㄡˋ。

ㄓㄨㄣˇ、ㄖㄡˋ？

「……什麼意思？」

「準新人的準，準肉。很遺憾的，雞肉並沒有成為真正的肉。」

她一臉惋惜地搖搖頭，說這話的氛圍簡直就像指出運動選手失誤的解說員。呃，我們現在是在聊肉對吧？

「那麼，妳的意思是說，剛才我在午餐時間端出的香煎雞肉也不算肉是嗎？所以妳覺得不應該冠上『肉定食』這個名稱嗎？」

「沒錯，簡單來說，就是這根本不是肉定食。」

「但、但是妳剛才說了好吃不是嗎？這樣還是不滿意嗎？」

「我都說了，這不是好不好吃的問題喔。『吃肉』這個行為本身，以及對於『我正在吃肉』這個實際體感才是最重要的。吃雞肉的時候，這種實際體感就非常不夠。」

這位小姐斬釘截鐵地說完後，就一口氣飲盡了啤酒，然後豪邁地呼哈吐氣。

咦～？可能是她說得太有自信，讓我隱約覺得好像是自己搞錯了。

「我在出版社從事業務工作。」

她用溼紙巾仔細擦拭沾滿脂肪的手後，取出了名片。她熟練地掏出三張名片後遞給了我們。

〈青嵐出版株式會社　業務部　課長　山田菊乃〉

「因為我屬於業務部，嗯——簡單來說，我的職責就是讓公司的書能夠交到更多讀者手上。今天就是在外面跑業務的途中踏進了『雨宿』，但是沒能成功吃到肉才會跑來這裡，這樣妳懂我的意思嗎？」

不，怎麼可能會懂。

「我的座右銘是『日吃一肉』。」

菊乃小姐在我臉前，用力豎起食指。

「日、日吃一肉？」

「竟然說得好像日行一善啊。」

喝著蛋花湯的黑田先生低聲吐槽。

「日行一善，指的是一天要為他人做一件善行的意思對吧？雖然沒到非常的程度，但我是辦不到的。所以我決定一天要為自己吃一餐好吃的肉，對我的人生來說，這件事情才具有壓倒性的重要性。」

「這、這樣啊。」

「所以今天理應藉由『雨宿』的肉定食，完成今天的『一肉』任務，結果竟然出現了雞肉。所以我才會匆匆忙忙踏進這間燒肉店，真是好險——」

「不，我都說了，雞肉也是肉吧！」

「雞肉是準肉，這件事情我絕對不讓步。」

菊乃小姐毫不客氣地說著。什麼嘛，她對這件事情的異常堅持到底是怎樣啦?!

「老師——請問豬肉是肉嗎？還是準肉呢？」

店長胡鬧地舉起手。天哪真是的，店長完全樂在其中……

「好問題。豬肉是肉。」

「不過豬肉加熱之後會變白，這樣沒關係嗎？」

「當然，這一點果然還是遜於牛肉，但是我不介意。」

到底在當然什麼啊……

因為她說得太理所當然，店長與黑田先生也興致盎然地聽著，所以奇怪的應該是我才對。

「羊肉算哪一種呢？」

「比豬肉好，比牛肉差，但還是算肉。」

「咦——那漢堡排呢？」

「比雞肉好，比豬肉差，勉強算是肉。」

「唐揚雞呢？」

「啊──應該算準肉吧。」
果然雞肉不管怎麼處理，好像都無法跨越肉的門檻……
「總覺得我可能有點懂妳的心情。」
店長低笑著說道。
「我對妳的想法有不可思議的同感，不過說到底，妳為什麼會對『吃肉』堅持到這個地步呢？」
「啊──竟然問這種事情。」菊乃小姐皺起眉頭，把手伸向菜單。
她彷彿是為了喘口氣而加點肉之後，我們也跟著這麼做了。
「我的老家是務農的喔。」
菊乃小姐重新捲好襯衫的袖子，用桌邊的開關調節爐火。
「他們在長野種米，我家裡有祖父母、雙親和三個很會發育的弟弟。」
「這麼說來……總共八個人？真是大家庭呢。」
黑田先生扳起手指數完後說道。
「真的，很厲害喔，明明也不是特別有錢的家庭，只是在務農而已，基本上配飯的都是蔬菜。所以偶爾有肉上桌的時候，簡直就是戰爭。首先弟弟們就會哇哇大叫地搶成一團，再來也想讓工作疲憊的爸爸吃到肉，也就是說，我幾乎沒有機會吃肉吃到飽。」
店員來更換了烤網。菊乃小姐的眼睛頓時變得如好奇心旺盛的鳥一樣，開始檢查起嶄新乾淨的烤網。

「所以我從小就非常嚮往吃肉，出社會來到東京時，就決定要用肉塞滿這顆肚子。雖然等我加入出版社後，就因為太忙而徹底忘記這份野心。」

「啊——出版社確實給人忙得不可開交的印象呢，好像還會工作到凌晨三點呢。」

店長這麼一提，菊乃小姐那修長的脖子就大幅縱向擺動。

「正是如此正是如此，就像你說的一樣，排程跟業績目標都很緊，而且還必須同時處理多項任務。但是我很喜歡這份工作，想趕快變得獨當一面，因此清醒的時間幾乎都用來工作，只是……」

或許是判斷出終於來到最剛好的火力，菊乃小姐恭恭敬敬地將厚實的霜降牛肉擺上烤網。

「在我剛滿二十七歲的春天，工作上很照顧我的客戶高層，還帶我去吃了超高級牛排店。當時，該怎麼說呢……已經不是『好吃』之類的級別了，根本就是讓人讚嘆起『我活著——！』的程度。」

菊乃小姐目光熠熠地看著我們。

「撕咬肉的瞬間呢，我全身都有了活著的實感。所以我才開始思考呢，必須好好地犒賞自己『好東西』才行。只要努力工作了，就必須像這樣給自己好東西，因為我是為了自己而工作的。」

「所以才要日吃一肉啊。」

店長為了更加理解菊乃小姐的話語，又吃了一口韓式烤排骨。

「沒錯，這是我絕不動搖的信念喔。我為了肉而工作，也為了工作而吃肉。雖然很簡單，但是這樣就夠了。」

「……妳都特地來吃肉了，我竟然沒有端出真正的肉，對不起……」

我自己也覺得沒道理，但是猛然湧上的情緒，仍讓我回過神時視野已經模糊。因為我沒有想到她來店裡這件事情的背後，竟然還有這樣的理由。

「小桃，現在哭會不會太早了？」

「剛才明明還那麼堅持雞肉也是肉的……」

黑田先生幫我請店員送來新的溼紙巾後，我才好不容易壓抑了眼淚。

確實，我現在的態度和剛才截然不同……但是，我身為一個廚師竟然沒有意識到「吃」與「生存」之間的關係有這麼密切，我不足的地方肯定就在這裡。

「不會不會，請不要道歉。」

看到情緒激動的我，菊乃小姐連忙揮動雙手。

「更何況我本來就打算參加前男友食譜埋葬委員會，所以才會去吃個午餐確認一下環境。」

「埋葬委員會?!」

聽慣的名詞突然闖進耳裡，讓我的眼淚一口氣收乾。

「哇——這樣不是正好嗎？那前男友食譜用了哪一種肉？看來應該是高級松阪牛之類的吧？」

店長邊用溼紙巾擦拭充滿油脂的手邊詢問。

「不，是巧克力。」

「咦咦咦?!」

💔

銳利的冰冷感，忽然落在後頸上。

抬頭望向天空時，又一滴落在眼皮附近。真是的，今天也一樣嗎?

「埋葬委員會的日子，不知為何總是會下雨……」

從燒肉店回「雨宿」的路上，黑田先生低喃。

「總覺得就是因為黑田先生老是這樣講才會下雨的……」

「我只是陳述事實而已喔。」

我們抱著因為大量的肉食而圓滾滾的小腹，快步朝向「雨宿」。走在最前面的不是我也不是店長更不是黑田先生，而是菊乃小姐。她那雙長頸鹿般的長腿正大幅邁進，輕快得讓人不覺得她才是吃最多的人。

讓人不禁想追逐的女性——我的腦中突然冒出這句話。

嗯，菊乃小姐確實是讓人不禁想追逐的人。看著那端正的背影，不知為何會覺得焦急，會為了避免跟丟或是被拋在原地，而跟著快步追上。

我想菊乃小姐就擁有這麼不可思議的魅力，但是她本人大概沒有發現就是了。

坦白說，她看起來不像會為愛情煩惱的類型，所以我完全預想不出她會諮詢什麼樣的內容。

到達「雨宿」後，我將溼掉的外套掛在吊衣架上，然後就帶菊乃小姐到沙發座位。菊乃小姐將毛巾掛在脖子上擦拭著溼淋淋的頭髮，然後重新仔細觀察起整間店。

「我方便問一下這次打算諮詢什麼內容嗎？」我一切入主題，菊乃小姐就有些尷尬地搔著耳垂後面。

「這個……」

「是的。」

「……關於工作和我哪一個比較重要這件事情？」

菊乃小姐給出的答案完全出乎預料，讓我肩膀一顫。

「……妳這樣問過男朋友嗎？」

當然有，跟大家一樣都問過。

雖然我一點也不想回憶，但是腦內影像卻在獲得我許可之前擅自播放了起來。

「……結城小姐，妳問過對吧？」

「拜託現在先不要問我。」

為了逃避黑田先生的視線，我不斷攪拌著咖啡拿鐵。

這可是女性自古以來的經典台詞，甚至到了雜誌、電視或社群網站等都多番討論

「提出這種問題的女性最差勁了」這個議題，次數多到讓人不禁想問到底還要討論幾次才滿意。我明知道說出來之後，兩人的關係就到此為止了，不知為何還是會問出口，我是說真的。

「那麼，妳有被問過嗎？」菊乃小姐換了個問題。

我和黑田先生的視線很自然地集中在店長身上。

「咦，我嗎？」

「店長一定被問過吧！」

「肯定有吧，這個男人鐵定被問過幾百萬遍。」

「啊──這樣啊……與其說有，可能該說我老是被人這麼問。」

「果然……那麼這道究極的二選一題目中，你認為該怎麼答才正確呢？」

雖然我這麼問了，但是我自己也搞不清楚。我到現在仍時不時會覺得奇妙，搞不清楚自己提出那樣的問題時，到底是希望恭平怎麼回答。

「嗯，這時候唯一的答案肯定是『抱歉讓妳感到寂寞了』吧，還有我應該也很常說『我竟然讓妳苦惱到這個地步……抱歉我都沒有注意到』吧。」

能夠很常說這些話真是厲害啊，而且還因為被問太多次，所以連答案的版本都增加了不是嗎？

「啊，不過試圖用話語解決只是業餘人士的想法喔。」

「是是是，那專家會怎麼做呢？」

「靜靜抱緊對方才是最好的作法。」
店長刻意撥開劉海，彷彿要展現那張俊美的臉。
「這種策略要有雨宮先生的長相才能夠成功不是嗎……」
「真了不起，竟然絲毫沒有動搖呢……」
相對於照舊因為店長的滔滔不絕而翻白眼的我們，缺乏免疫力的菊乃小姐震驚得張大嘴巴。她把全身重量都放在沙發椅背後抱住頭。
「果然是這樣嗎？要是我能這麼說就好了嗎……我當時實在沒有想到啊……」
嗯？當時沒有想到?!
「什麼，菊乃小姐妳是被人家問哪一個比較重要的人嗎？」
菊乃小姐飛快點頭。
也就是熱愛卯足全力工作的菊乃小姐，讓對方感到不安嗎？
「我聽到這個問題的瞬間，腦袋瞬間一片空白。」
菊乃小姐仰望著天花板。
「……等我回過神時，已經脫口說出了是工作。」
「咦咦咦?!」
面對這道究極的二選一題目時，沒想到真的有人會明確回答「工作」。
「為什麼？妳不喜歡對方嗎？」
菊乃小姐將雙手交錯在頸後低聲開口：

「……我應該、是喜歡的、才對啊……」

或許是風勢變強了，總覺得雨滴飛濺的聲響逐漸變強、變重了。

可能是店內空氣正慢慢變冷，我不由自主顫抖了起來。

「……為什麼說不出口呢？」

「我是在二十九歲時遇見那個人的喔。」

菊乃小姐雙手裹住杯子，彷彿要溫暖冰冷的指尖。

「所以是六年前的事情吧？當時正好也有結婚潮，周遭的朋友一個接一個結婚生子，爸媽也不斷問我『還沒要結婚嗎』，所以讓我焦急得不得了。」

心臟深處就像被粗糙的棕刷摩擦一樣。

二十九歲，正好是我現在的年紀，而且我也即將三十歲了。

「所以我就想快點結婚，像婚友APP也是看到什麼就註冊什麼，還到處參加聯誼……前男友就是在六本木地方政府舉辦的聯誼中遇見的。」

菊乃小姐用大拇指輕柔地撫著杯緣。

「那是場規模相當大的聯誼，男女各達百人，共計兩百個人參加。對於想要以最佳CP值找到結婚對象的我來說，可以說是好處多多。現場當然有各式各樣的人，但是我在遇見前男友的第一分鐘，他就清楚表達出『我在找結婚對象』這件事情，讓我感受到他不想要只是玩玩的關係。所以就覺得這個人不錯嘛！那就這個人吧！」

真不愧是業務課長，決定好目標之後，就會毫不猶豫踏上最短路徑。

「那麼，他是什麼樣的人呢？第一印象是怎樣呢？」

店長不知道什麼時候，已經拿來了白蘭地酒瓶，並以熟練的手法倒入圓胖的高腳杯，發出好聽的汩汩聲響。簡單點頭後接下酒杯的菊乃小姐，毫不猶豫地喝下了白蘭地，喉嚨咕嚕咕嚕滾動了兩次。

等一下，這個是還滿、不，應該是非常烈的酒……

她「嗯——」地凝視著天花板，彷彿什麼事情都沒發生般地把酒杯放回桌上。

「看起來很沉穩，不是會激動說話的類型，身旁流淌著溫和的空氣，和我完全相反。」

「從事什麼樣的工作呢？」

「在很大間的通訊公司當系統工程師。」

「長相呢？帥嗎？」

「啊——我其實不太在意外表……」

「盡量說明看看嘛！有長得像哪個明星嗎？」

「明星嗎……」

菊乃小姐臉色絲毫未變地再度將酒杯傾至嘴邊，琥珀色的液體轉眼就被吸進喉嚨深處。

「啊，硬要說的話……」

菊乃小姐終於想起可以比喻的對象，以恍然大悟的表情看著我。

「硬要說的話？」

「他應該像奧蘭多布魯吧？」

騙騙騙騙騙人吧?!

完全出乎意料的答案，讓我差點噴出嘴裡的咖啡拿鐵（其實還是噴了一點）。我用溼紙巾擦拭嘴邊後，正式接受了這個事實。

「奧蘭多布魯，指的是那齣《魔戒》裡那個金頭髮的?!」

世界上哪裡有奧蘭多布魯會參加的婚友派對?!這是怎樣?六本木真厲害啊！

「請等一下，這只是硬要比喻的話喔，所以不是本人。」

「那麼奧蘭多布魯降低幾個等級，會變成前男友的臉呢？」

「咦，嗯……降兩個等級左右？」

「這還是很奧蘭多布魯不是嗎！」

我愈來愈搞不懂菊乃小姐了，她依然表情淡然，碎碎唸著「有那麼帥嗎?我覺得湯姆漢克比較帥」之類的，然後又倒了第二杯白蘭地。

我們不小心聊開了。總覺得不太像埋葬委員會，只是單純且愉快的酒會。但是菊乃小姐的內心，其實是有想埋葬的事物吧。

菊乃小姐慎重地將粗鹽醃牛肉，抹在店長拿來的蘇打餅乾上，同時也繼續說著。

「然後，說到哪裡了……啊，對了對了，我們在聯誼之後約會了大概三次吧，正式交往的那一天剛好是聖誕節，是非常寒冷的日子呢。」

聖誕節！這是什麼啦，超級令人心動的！

「是誰告白的呢？」

「是對方。」

「是在什麼樣的場所呢？」

「應該是東京鐵塔吧。」

「討厭，到此為止完全只有好事不是嗎?!在聖誕節的東京鐵塔，對象是擔任系統工程師的奧蘭多布魯，簡直就是理想約會界的同花順不是嗎！」

我按住燙紅的臉說道。

「完全想不出你們會有分手的理由呢。」店長也高亢笑著。

「這樣的起點到底為什麼會演變成『哪一個比較重要』呢?!」

我想辦法壓抑坐立難安的情緒，等待著後續。

「……然後我們還在東京鐵塔看了夜景。」

「咿！在東京鐵塔看夜景?!」

「結城小姐安靜。」

「在往濱松町站的回程……」

「嗚哦哦哦濱松町?!」

「濱松町是值得讓妳這麼震驚的點嗎？」

「啊，對喔。」

糟了，不管聽什麼都很興奮，我把手按在胸前深呼吸，調整自己的氣息。

「牽手了嗎？」

「牽了、牽了，我們牽著手走著，他就是在路上告白的。」

嗚哇……

皇家同花順，來了！

黑田先生停止呼吸，用大手擋住嘴巴。這意想不到的心動故事，已經讓我和黑田先生的言行完全同步了。

不，總覺得心跳快到不行！

我稍微打開了窗戶，用手指觸摸冰涼的雨，好舒服。

「話說回來，奧蘭多布魯喜歡菊乃小姐什麼地方呢？」店長邊拿牙籤插進橄欖邊問。

「我沒有問過耶，我沒有想過主動問這些。」

「咦，我的話會卯起來問呢，妳不好奇嗎？」

「畢竟既然都交往了，就代表他喜歡我吧？不喜歡的話就不會交往了不是嗎？」

這段話很有既視感。是哪裡呢，我是在哪裡聽到的呢？對了，是恭平，他也說過完全相同的話，他說「這麼清楚的事情為什麼還要特別問呢」。因為不安的我問了太多次的「你喜歡我嗎」，所以恭平有些嫌麻煩地嘆了口氣。

「但是說不定這個正是分手的契機呢。」

菊乃小姐進一步打開窗戶，把身體探了出去。

「既然交往了，代表這個人喜歡我，以後也要結婚的意思吧。很好，機會抓住了！未來的丈夫，抓住了！好了，認真工作吧！」

菊乃小姐用雙手做出抓住某個人的手勢。

「……我就像這樣子吧。對我來說呢，我已經完成了『尋找結婚對象』這項任務吧。好的，我有丈夫了！這個社會、這個世間對人生下達的最沉重任務，終於——完成了！這下子我可以專心工作了！我整個人就像這樣的感覺喔。」

仰望著夜空的菊乃小姐，眼中反射著燈光，每次眨眼就像是有火光在搖曳。

「……現在回想起來覺得真過分啊。」

「不，這個……」

不是菊乃小姐的錯，畢竟尋找結婚對象這個任務對二十九歲的女人來說，實在是太過沉重、太逼人了。我自己也是，交往四年卻在二十九歲分手時，就覺得太殘酷了。既然如此為什麼不早兩年甩了我呢？

我自己也懷疑是否應該繼續這樣下去，是否會一輩子孤獨一人呢？

每次看到其他人穿著婚紗的模樣，我就會隱約思考這樣的事情。

總之，如果問我想盡快完成這個任務的心情是否有罪，我實在說不出「是的，沒錯」。

「但是他卻不是這樣，他是想認真交往、一起去各種地方，讓心靈慢慢相通後再結婚的類型，所以肯定覺得很辛苦吧。」

菊乃小姐靠在窗框上，深深凝視著被雨滴打溼的手腕。

「我總是在工作，很難安排時間和他見面，隨著這樣的期間愈來愈長，我發現他開始浮躁了。但是我實在不具有因此就少做一點工作的選擇權，因為當時剛升遷而已啊。在我剛進公司時所描繪的『想成為這樣』，正好在這個時期終於實現了。我還想做更多的工作，要放棄得來不易的機會實在是太痛苦了啊。」

是的，要能夠從事想做的工作，是需要時間的。必須讓周遭人認同自己擁有扛起這個工作的價值，也必須準備好能夠確實應戰的武器。然而不幸的是，好不容易備齊所有讓人同意我們站上前線的武器時，卻遇上了我們最渴望結婚的時期。

「我們的休假也很難排在一起呢。對方詢問『那這天呢？』的時候我總是拒絕，為了約會訂了高級餐廳，卻因為工作導致趕不上只好取消……這樣的事情屢見不鮮。所以結果幾乎都是在家裡約會呢。」

「妳在家裡做飯給他吃嗎？」

菊乃小姐撐起身體，從包包中拿出手機，快速開啟照片給我們看。那是擺盤非常漂亮的燉煮漢堡排，還用酒紅色的法式多蜜醬汁，在有花紋的盤子上畫出圓點，並搭配萵苣與小番茄。

「咦，真的嗎！」

菊乃小姐說出了知名連鎖烹飪教室的名稱，那是我在二十五歲左右的時候，一度試聽過的烹飪教室。這間烹飪教室為尋找結婚對象的女性，設置了專門的課程。

「啊，那個！我上的就是那堂課啊。」

難怪擺盤會那麼上相。菊乃小姐又讓我們看了其他為前男友做的料理照片，燉菜、馬鈴薯燉肉、蛋包飯，每一項的擺盤都很漂亮，色彩也相當均衡，華麗得足以放在食譜書的封面。

「事到如今我才注意到，我做給他的料理，只有烹飪教室教的而已啊……」

她面無表情地滑著手機喃喃低語。

「如果按照自己的喜好做菜，結果不合他的胃口就傷腦筋了。所以我去了烹飪教室，努力做著能夠取悅男人的菜色，一如老師說的『男朋友會很高興喔』。」

菊乃小姐觸碰已經空掉的酒杯，注意到的店長默默倒入白蘭地。

「我第一次做給他吃的，就是這個淋了法式多蜜醬汁的漢堡排，當時他非常喜歡呢，就和老師說得一樣。所以那之後我就只會做能夠簡單製作，又絕對不會失敗、出錯的東西，但是現在想想卻發現都不是自己的味道吧。我只是按照『好媳婦』模板做出來的而已，也只是因為想結婚而已啊。」

菊乃小姐咕嚕地一口氣飲盡。

「妳真的完全沒做過自己喜歡的東西嗎？」

菊乃小姐認真思考了會兒後搖搖頭。

「……做了卻沒能給他。因為我老家在長野，所以獨處的時候經常用家鄉的蔬菜做料理呢。像是我們在煮薑汁燒肉時，會將成熟的蘋果磨成泥之後，和薑、醬油、味醂拌成醃醬後再煮……」

「但是聽起來很好吃啊！」

「我做給他的薑汁燒肉，一直都是在烹飪教室學到的版本，畢竟放入蘋果的醬料糖分很多，所以很容易燒焦喔，看起來很醜不是嗎？所以按照全國都認同的食譜去做比較確實，老家的版本我實在害怕到端不出來。如果當時端出來的話……」

或許會不一樣吧。

我想這就是她未盡的話語吧。

但是菊乃小姐卻好像為了抑制接下來的話語，默默喝了口白蘭地。

大家都認同的「正確答案」，和只有自己認同的「正確答案」。當然，不用他人提醒，大家都知道應該相信自己的「正確答案」，而且是明白得不得了。

但是在人們吶喊著「這才是正確答案喔」的聲浪當中，究竟有多少人能夠與之對抗，堅定採用自己的版本呢。

我自己終究是沒有這種勇氣的。

我的身體似乎喚醒了許多回憶，一股寒意從腳底冷了上來，一直到剛才都還在臉上的燙熱感已經徹底消退。

「那麼……」

「嗯？」

「妳想埋葬的前男友食譜是……」

「哎呀，對喔。我要埋葬的是巧克力。」

菊乃小姐用長長的凝膠美甲喀噠喀噠敲著桌面。

「我們是在情人節的時候分手的。我們約好晚上七點左右在赤坂會合，然後在有點高級的餐酒館吃飯。但是我又搞砸了呢，吃飽之後我們聊到『接下來要做什麼呢』……」

「該不會……」

「我回答了『啊，已經這個時間了，那我得回去工作了──』。」

我的視線被菊乃小姐手持的酒杯吸引了，兩人當時也是像這樣喝著酒吧。畢竟是情人節，對方也應該期待今晚能夠一直待在一起。

「『我和工作，哪一個比較重要呢？』他就是這時提出這個問題的喔。他的臉上完全沒有憤怒，反而有些消沉，寫著滿滿滿滿滿的寂寞。我在這時才終於注意到呢，注意到『啊，我竟然害他說出這樣的話了』。」

菊乃小姐用手指搓了搓鼻下。

「但是我實在說不出當然是你比較重要，所以不去上班了之類的話，畢竟我是真的有工作要做嘛。那個案子快要截止了，而且我不去的話就很難進行。」

她抓著杯腳凝視著半空中，我彷彿看到她的背後清晰浮現了六年前在赤坂餐酒館的景色。

「他問出這段話的瞬間，我的腦中閃過許多想法。我也曾考慮過像店長說的那樣，回答『抱歉讓你這麼想了，今晚還是一起過吧』，結果……」

「妳覺得為什麼會說不出口呢？」店長輕聲詢問。

「為什麼呢……」菊乃小姐用食指抓了抓右眼皮的下方。「就算是我也直覺明白這時要是說了『工作』，那一切就玩完了。要是說出真心話，我們就到此為止。所以即使只是拖延時間也好，我必須採用會讓他放心的表達方式。但是那一瞬間，我又冒出了這樣的想法——會不會他是因為想要分手，才會這樣問出口的呢？」

我的心臟漏跳了一拍。

我和工作，哪一個比較重要呢。刻意問出這種理應不該這麼非黑即白的問題，是秉持著什麼樣的心情呢。這樣啊，我懂了，很清楚這無法定下優劣，卻仍要拿出來問喜歡的人是因為——

「他大概也覺得該有個結果了吧。我想他在這一瞬間，應該是覺得即使參雜多少的哄騙也無妨，但仍必須確認我是否有心要繼續維持這個關係。」

即使參雜多少的哄騙，也無妨。

喔——原來是這樣啊，所以我才會覺得震驚啊。

恭平說出「我一直想讓妳主動提分手」的時候，那完全不打算哄我，直接拋出真心話的感覺，對我來說太痛苦了。坦白說我當時甚至覺得「不是現在喔」。

我的內心有著追求真實的一面，同時又有一個自己希望「再更認真哄我嘛」。再更努力扮演好男人嘛，至少努力扮演個會在生日時說點浪漫台詞的男朋友啊。想作夢的時機與想看見現實的時機能夠完全重合，或許就是所謂的「契合」吧。

「然後呢？」

「然後……」菊乃小姐喘口氣似的輕輕嘆了一口氣。「他說『看來我們不一樣呢，繼續這樣見面也不是件好事，分手吧』，然後我回答『好』之後就結束了。」

彷彿有巨大的毒槍正猛鑽著我的心窩，既無奈又痛苦。

菊乃小姐指甲的喀噠喀噠敲擊聲還在持續著。

店長開口：「妳喜歡他嗎？」

窗戶另一端的白色自動販賣機被雨淋溼，散發著模糊的鈍光。

「老實說我不知道，我到現在還在思考喔，思考著當時的心情到底是什麼呢，只是……」菊乃小姐頓了頓後，儼然像是對自己說話一樣繼續說道：「唯一可以確認的就是，我喜歡工作，我喜歡努力工作的自己，這是絕對不會改變的事實。所以面對著喜歡的不是這個我，而是希望我照著普遍認知談戀愛的男朋友時，我始終無法敞開心胸，結果才做了這麼過分的事情喔。」

「說什麼過分……」

「畢竟是我一直『扮演著能夠按照普遍認知談戀愛的女人』喔。我只端出在烹飪教室學到的好媳婦食譜，藉此哄騙他喜歡我。」

其實完全不是這樣呢——菊乃小姐摩挲著鎖骨一帶乾笑著。

「或許是因為職業、是不是老么、『大家都認為是正確答案的人』才是我的優先條件，我決定喜歡符合這些條件的人，所以才會對自己的心意缺乏自信吧。明明我自己就有很多與周遭人不同的地方，不知為何選擇結婚對象的時候，竟然把『盡量符合大家喜好』當成必備條件，真是不可思議呢。」

啊——我懂啊。

「我懂，我懂喔，菊乃小姐。」

「小桃……咦，妳又哭了嗎？不，算了，這確實挺難過的啊。」

我懂、我懂、我太懂了，懂到胸口好痛。

我想在東京鐵塔看夜景，希望對方準備驚喜的禮物，想要牽著手在第三次約會時被對方告白。也會為了避免對方幻滅，老是做些像是漢堡排或馬鈴薯燉肉這種不會出錯的料理，我的結婚典禮想辦在表參道，婚戒要卡地亞的，至少也要是蒂芙尼的。

儘管這麼追求「和大家一樣」，但是聽到對方喜歡自己這個擬態成「和大家一樣的女人」時，寂寞感卻又會慢慢高漲。明明自己就和大家不一樣，明明就希望別人接受自己不一樣的地方，卻會希望對方是個沒有跳脫常軌，大家都認為是「正確答案」的人。

為什麼會產生這麼矛盾的情感呢。

為了安慰正啜泣著的我，菊乃小姐摸摸我的頭。

「但是呢，妳聽我說，我當時其實是有帶著巧克力的喔。」

「……咦？」

「畢竟我老是覺得很對不起他，再加上是情人節，所以我有好好地製作巧克力後打算送給他。因為我也很喜歡巧克力，所以每年都會為自己而做，還擁有對配方非常講究的生巧克力食譜。我想讓他也嘗嘗這個味道，但是……卻沒能交出去。」

「咦，等一下等一下。」

也就是說——

「不是烹飪教室教的巧克力對嗎?!」

菊乃小姐沉默地點點頭。

「這、這、這……」

這樣的話，不就是在第一次帶著自己覺得是正確答案的東西時，被對方提、提分手、了嗎？

「做了卻沒能給他，原來是這麼回事啊……」

黑田先生抱著光頭趴倒在桌上。

「然後呢？結果妳怎麼處理？自己吃掉嗎？」

「我丟在斬孽緣神社的垃圾桶了喔。」

「斬孽緣神社?!」

「公司附近有間以斬孽緣聞名的神社喔，所以我在那裡祈求彼此都能夠獲得良緣後，就把巧克力丟在那個垃圾桶了。」

「好、好無奈……太過無奈了啦，菊乃小姐！」

奧蘭多布魯肯定到現在都還不知道，菊乃小姐親手製作了巧克力。也不知道她在面對工作與他這個二選一的問題時，並不是真的果斷說出「工作」的。

到底是哪裡不對呢？

如果奧蘭多布魯能夠多給她一點時間的話，如果菊乃小姐能夠更靠近他的話，只要再一天，不，或許只要再多一個小時的話……

「話說，菊乃小姐明天放假對吧？」

我衝動地脫口說出這句話。

「嗯──算吧。」

「那麼來做吧，做完之後大家一起吃掉吧！」

「咦，做什麼？」

「就是那個巧克力啊！我們先熬夜製作巧克力吧，然後等待冷卻的期間就一起開派對，藉此埋葬吧！」

「請、請等一下，我、我沒打算讓你們為我做到這個地步的。」

事情發展似乎超出菊乃小姐的預料，她瞪大了雙眼。

但是我總覺得不可以在這時撤退。

對於六年前沒能讓對方吃到巧克力這件事情，菊乃小姐肯定至今都還一直、一直耿耿於懷吧。沒能向對方展現專屬自己的「正確答案」這件事情，就像仍卡在喉嚨深處的魚刺一樣，遲遲拿不下來。

所以——

「我們吃了之後，會好好告訴妳感想的。」

因為我總覺得不這麼做的話，這段戀情就無法真正落幕。

「……這樣啊，嗯，我明白了，這是為了完成這個任務呢！」

菊乃小姐捲起袖子，露出了微笑。

雨不知道什麼時候停了。

還很昏暗的港區商業區，幾乎沒有人煙。只有小腿肌肉發達的男性慢跑者牽著迷你杜賓犬、正用掃把掃除週五喧鬧殘骸的居酒屋員工，還有大概是打烊後陪客人吃消夜的酒店小姐吧，只見她和醉茫茫的上班族擁抱之後就鑽進了計程車。

還有——

一位頂著清晰黑眼圈，步履蹣跚的帥哥。

「喂，店長，不過就是熬夜而已，會變得這麼破破爛爛嗎？」

「不過是熬夜？小桃妳一直在試吃巧克力，所以才說得出這種話喔……唔嘔！」

「哎呀——沒事吧？」

黑田先生將手臂環至宿醉導致臉色鐵青的店長肩膀上，以支撐他的身體。

算了，我明白店長會這樣的心情，畢竟菊乃小姐真的太厲害了。

巧克力的完成比我們預料中還要快，所以我們就洋洋得意地開起派對。而店長的運氣就在一時興起和菊乃小姐拚酒時到了盡頭。雖然菊乃小姐在埋葬委員會的時候，就已經喝了三杯什麼都沒加的白蘭地，但是她在這之後仍一臉淡然地豪邁喝著，喝到最後店長只能舉白旗說著「我輸了」。

「啊，在那裡在那裡，那間神社！」

菊乃小姐依然邁著大步快速走著。

她雙手插在戰壕風衣的口袋，小跑步地跑了過去，原來如此，有座藏在商業區角落的小小鳥居聳立著。

說是神社，其實只是由小房子般的祠堂與簡單賽錢箱組成的低調空間。入口側邊有一個塑膠垃圾桶，而神社隔壁又有一座小公園。「沒錯，我就是丟在這裡的，真懷念啊。」

我們先在公園的長椅坐下，然後開始吃起巧克力。

一開啟保鮮盒的蓋子，就飄出了柔和的微苦巧克力香氣。用前排牙齒輕輕一咬，柔潤的巧克力甘甜就在口中擴散開來。

「唉……」

我不由自主嘆息出聲。
「果然哪。」
吞下第一顆巧克力之後，菊乃小姐問道：
「這個真的很好吃吧?!」
「嗯，超級好吃的喔。」
「就像店家在賣的巧克力一樣。」
「我果然是天才啊。」
菊乃小姐這麼說著後，又把一顆巧克力放進口中。
「各位，謝謝你們，我已經睽違六年沒吃這個巧克力了呢。」
菊乃小姐肯定真的很喜歡這種巧克力吧，從她瞇起眼睛盡情享受甜味的表情就可以清楚看得出來。
太好了，這份食譜回到菊乃小姐身邊了。
「啊，你們看！」
我突然注意到有光線從大樓與大樓之間逸出。
「是朝陽耶。」
我看了眼手機，五點四十六分，這樣啊，已經是日出的時間了。
我和菊乃小姐就這樣走到最能夠看見朝陽的地方，靜靜看著商業區的天空慢慢染上早晨的顏色。

「我問妳喔，小桃。」
朝陽有些刺眼，菊乃小姐瞇細了眼睛。
「妳想結婚嗎？」
「……嗯，我想，但是……」
「但是？」
「我同時也不喜歡這個想結婚的自己。」
「呵呵。」
「怎麼了？」
「不，只是覺得我懂啊。」
如果可以斬釘截鐵說出沒結婚也可以幸福的話，如果擁有和周遭人不同也說得出沒關係的自信，該有多麼好呢？
「我並不後悔當時的選擇。」
菊乃小姐凝視著朝陽說道。
「對我來說工作真的很重要，所以就算回到六年前的情人節，被問到相同的問題時我肯定還是會回答工作。只是有時候，真的只是有時候而已，我會不經意想……」
她轉向我有些焦慮地笑了。
「如果我是能夠更認真戀愛的人就好了。」
「喂——要不要去參拜了？」

或許是在長椅上休息後，稍微恢復了精神，店長的呼喚聲從遠方傳來。
「走吧。」
菊乃小姐邊把搖曳的頭髮綁成一束，邊朝著店長他們前進。
我的內心深處紛亂不已。
更認真戀愛的話嗎……
當然是喔，確實是這樣喔。
但是，但是……
「但是，菊乃小姐。」
我還沒釐清自己的思緒，嘴巴就自己動了起來。
「菊乃小姐是能夠讓自己幸福的人喔。認真工作、認真努力，然後讓自己有肉可以吃……妳是對自己的正確答案堅信不移的人喔。」
菊乃小姐轉頭盯向我，她的雙手仍插在口袋裡。
「我也很喜歡工作，喜歡在現在這個地方工作的自己。我對於能夠這麼想的自己，還有努力到讓自己能夠這麼想的自己感到驕傲，所以我果然還是不想拋棄這樣的自己喔。」
我是在對菊乃小姐說，還是在對自己說呢？我已經搞不清楚了。
但是昨天遇見菊乃小姐，看見她用自己賺的錢盡情吃著美味的肉，看到她一下子就開始思考工作的模樣，還有大概是因為過度沉迷於工作，才會長得這麼長的指甲。
「最後的最後我想告訴菊乃小姐，對自己熱愛工作這件事情給予認同的妳，是不得了的好女人。」

這些全部、全部都很帥氣，讓我不禁也想這樣活著呢。

「請妳別忘記了。」

希望我的想法，有好好地傳達出去。

天空，染上了藍色。

明明剛才都還灰濛濛的，街景卻在陽光露臉的瞬間徹底不同了。

「沒問題，我知道喔。」

菊乃小姐這麼回答後就露出微笑。

「謝謝妳，小桃。」

確實，選擇和大家不同的道路很恐怖，隨著年紀增長愈來愈焦慮的心情，未來肯定也不會改變吧。

但是我有能夠讓自己幸福的能力。

是這樣對吧。

至少我是這麼相信的喔。

「哈——清爽了。那麼反正剛好來到附近了，我就先去公司囉。」

在神社參拜完後，四個人一起吃完了巧克力，結果菊乃小姐說出了非常不得了的話。

「咦，妳明明整晚沒睡耶?!」

「熬這點夜而已沒什麼喔，我就是為了這樣才吃肉的。」

那我先走囉，謝謝你們——！就這樣在鞋跟答答答的聲音下，菊乃小姐瀟灑走向應該有三十層樓高的玻璃帷幕大樓。

明明她整晚吃吃喝喝又做了巧克力，還跑到神社完成埋葬儀式……

她實在太過厲害，讓我不禁噴笑出聲。

菊乃小姐的背影愈來愈遠，我看見她從包包中取出裝有掛繩的員工識別證，照舊踩著大幅度的步伐，神采奕奕去上班了。

果然是個很棒，讓人不禁想追逐的人。

我打從心底認為，她是個優秀到令人頭皮發麻、優秀到令人流淚的人。

「改天還要再來吃肉定食喔——！」

我對著菊乃小姐的背影大聲呼喊。

下次絕對要做出讓菊乃小姐滿意的定食。

「準肉就先放過我了吧！」

菊乃小姐最後對著我們大幅揮舞右手，然後就踏入那個人造的玻璃巨箱中，彷彿被吸進去一樣。

建築物反射著光線，讓視野中的一切都帶有清澈的藍。

這是個彷彿能夠把拖延的工作完成的，舒適早晨。

工作和我哪一個比較重要的巧克力

材料（5人份）

牛奶巧克力 ········ 100g
可可含量70%的巧克力 ········ 100g
動物性鮮奶油 ········ 100g
櫻桃白蘭地（或利口酒）········ 1小匙
蜂蜜 ········ 1小匙
可可粉 ········ 少量

作法

【1】巧克力切碎。

【2】用鍋子加熱鮮奶油（鍋子邊緣冒出小泡沫時就關火）。

【3】把切碎的巧克力倒入【2】，接著仔細攪拌至整體滑順為止。

【4】倒入櫻桃白蘭地與蜂蜜後拌勻。

【5】在不鏽鋼方盤鋪設保鮮膜後，把【4】倒進去。

【6】放進冰箱冷藏至變硬為止。

【7】取新的方盤鋪上可可粉，擺上巧克力後再從上方撒上可可粉。

【8】切成方形。

※ 刀具上也撒上薄薄一層可可粉，巧克力就比較不容易黏在刀上。

第7話

「期待的星星披薩」

喊出歡迎光臨的瞬間，鮮豔的芥末綠就闖入眼底，將十一月的寒冷一掃而空的華麗感頓時充滿了整間店。

「……一個人，請問有位置嗎？」

「啊，好的，當然，請坐！」

這位穿著芥末綠和服的美麗女性，以毫無破綻的舉止輕輕關上門，然後從容不迫地踏進「雨宿」。

多麼漂亮的人，簡直就像女演員，年紀應該……五十歲左右吧？線條俐落的下巴令人印象深刻，夾雜白髮的頭髮則緊緊地往後梳。

她環顧店內之後，選了最邊緣的吧台座位坐下，也就是黑田先生平常在坐的位置。她點了吉力馬札羅咖啡之後，把原本抱在懷裡的苔綠色羽織細心摺好，然後才坐上高腳椅。

「真難得呢，這一帶很少看見這麼高雅的人。」

店長邊裝著濾杯邊低聲說著。

「這個風格是銀座……不，鎌倉？還是祇園那一帶的呢……」

「不管是哪一種，都很不像會出沒在世田谷區太子堂的人呢。」

這位高貴得讓人覺得稱呼「夫人」才合適的女性，在等待咖啡的期間，興致盎然地觀察整間店，不曉得是不是有什麼在意的地方呢？在這個太過清閒的平日週五午後，店裡正好一個客人都沒有，因此我可以放膽向她搭話。我將咖啡杯擺在吧台上的時候，裝作不經意地與她對上眼，這位夫人也用優雅的微笑回應我。

「妳是第一次來這裡對吧？是看到雜誌還是什麼的才來的嗎？」

她露出眼角滿是笑紋的表情盯了我一會兒後，從包包中取出手帳，翻頁之後拿出一張夾在裡面且折成四折的紙張。「這個是埋葬委員會的傳單！」

毫無疑問的，這是埋葬委員會剛開辦時的傳單。多虧傳出去的口碑，現在時不時就會有諮詢者上門，但是一開始只能像這樣藉由傳單等拚命宣傳。

咦，既然她拿著這個的話，該不會……

「妳是埋葬委員會的諮詢者嗎？什──麼嘛，既然這樣早點說出來嘛！」

原來如此啊，應該是有點羞於啟齒吧。

「今晚正好沒有人預約，我們可以好好聽妳說話喔。啊，但是晚上十點才開始，還要等滿久的，當然妳要在這裡等也沒有問題……」

「不，我並不是有事情要諮詢。」她臉上略帶歉意地微笑。她將杯子連同小碟子一起端到胸前，優雅地喝了口咖啡，簡直就像茶道在品茶前致意的動作。

「……只是朋友告訴我有間咖啡店提供這樣的服務，抱歉呢，我只是來看看的而已……」

「不，不會不會，請別這麼說！」

我連忙用手上的托盤遮住臉，為自己的誤解感到丟臉。

「光是妳對埋葬委員會有興趣，我就很開心了。雖然另外一位成員不在這裡，但是相信他也會很高興。」

她的單側眉毛似乎跳了一下。一瞬間，真的只有一瞬間，但是她的臉上好像蒙上了陰影。但是眨眨眼之後，這道陰影已經消失了，完美的微笑再度回到她的眼睛。

「這麼說來，聽說這裡還有真正的僧侶在？」她輕撫著傳單上的文字說道。

「是的，他就在附近的星山寺修行。」

「哎呀，這樣啊，我聽說這位僧侶是很優秀的人……」

腦中頓時浮現黑田先生那張看起來很難搞的臉。

「是的，確實是這樣呢。我記得他好像是東大畢業的，在成為和尚之前曾經在商社上班的樣子。可能是因為這樣，他的氣質和一般的和尚不太一樣，不過我也不太清楚就是了。」

「哎呀，原來如此。原來是這樣、原來是這樣……呵呵。」

夫人不知為何一臉滿意地嗯嗯點頭，然後就將杯子送到嘴邊。

「他看起來，那個……是什麼樣的感覺呢？看起來會很健康嗎？」

「健康得不得了！健康簡直就像他的代名詞一樣。他非常喜歡鍛鍊肌肉，擁有健壯的體魄喔。畢竟他也經常在『雨宿』的洗手間確認自己的肌肉嘛。」

「肌肉嗎……雖然我不太了解，不過這樣啊，這樣就太好了，真的太好了。」

我心想著到底是什麼東西太好了，一邊打算回廚房的時候，就聽見門被推開的咿呀聲。回過頭就見到當事人黑田先生站在那裡。

「我可以點杯冰淇淋蘇打嗎？」

「這麼冷的天氣還要吃冰淇淋蘇打？你還真的很喜歡吃呢。」店長佩服地說道。

黑田先生邊說著「又沒差」邊打算去坐老位置時，才發現已經有人占用了。大概是怕生的個性又發作了，他立刻垂下眼轉身，挑了最深處的沙發座位入座，然後行雲流水地取出文庫本。這麼說來，他好像提過目標要在今年內讀完《約翰．克利斯朵夫》之類的。

就在這個時候。

「穗積……？」

黑田先生正準備翻頁的手立刻凍結，然後就像開啟慢動作模式一樣，慢慢地、慢慢地把臉轉向夫人。

「你是、穗積對吧？……好久不見呢。」

時間彷彿停止一樣，黑田先生就這樣像石頭般地渾身僵硬。

咦，等一下，這是怎麼回事？

夫人輕輕下了高腳椅走向沙發座位。她小心翼翼詢問「我可以坐下嗎？」之後，黑田先生才小幅度點了頭。

「……好久不見。」

黑田先生這麼說著後，就將翻開的文庫本倒放在桌上，然後拿下眼鏡彷彿在確認眼前的現實一樣，數度摩擦臉頰後再重新戴上。

「因為這裡寫著你的名字。」

夫人在黑田先生對面坐下，翻開剛才那張傳單給他看。

「……這樣啊，是埋葬委員會的傳單。」

「看到你這麼有精神，真是太好了呢。」

「託妳的福。」

「這裡是間很棒的店呢。」

她鄭重地環視整間店。嗯，差不多吧——黑田先生回答得模擬兩可。

「我說啊積穗，你真的不打算回家嗎？」

夫人悄悄望向黑田先生，似乎在看他的臉色。

「我會找時間回去的喔。」

「……你老是這樣講，但是盂蘭盆節跟過年都沒有回來，我做母親的很擔心喔。」

咦，她剛才是自稱母親嗎？也就是說，這個人……

「說什麼擔心……我已經是成年人了。」

「父母無論幾歲都會擔心自己的小孩。」

「而且我也還在修行……」

「說到修行……你好像已經修行滿久的了，到底什麼時候會結束？最重要的是，你最初跟父親約定時是有設下期限的不是嗎？」

設下期限？沒聽慣的話語闖進耳裡後，我幾乎是反射性地望向店長，但是店長似乎也很震驚。

「和父親的約定、啊……」黑田先生低聲複誦。

「別擔心喔，父親和哥哥都已經不在意了。」

夫人這麼說著後，雙手握住了黑田先生的手，黑田先生的肩膀則小幅度震了一下。

「已經、不在意了？」

「你其實也很想回來對吧？我能夠明白喔，因為都已經寫在臉上了，我會陪你一起道歉的。」

一直到剛才為止，親子重逢的氛圍都還是很平和，但是兩人的煩躁感卻隨著每一次對話逐漸溢出。

不記得是什麼時候的事情了，我突然想起黑田先生曾經說過的話。他自言自語似的說著老家在千葉，因為不適合承接家業所以才會選擇出家。所以看來他離開家的過程中，也發生了形形色色的摩擦吧？

夫人更用力握緊他的手。

「和大家懇談一次吧，我已經準備好隨時隨地都能聽你說話了，好不好？一樣去那間義大利餐廳，好嗎？那可是很美味的披薩店耶，你還記得嗎？」

黑田先生的臉色又更晦暗了，簡直就像忘記眨眼一樣，凝視著半空中的一點。現場陷入寂靜的沉默，讓人連呼吸都有點猶豫。

黑田先生陷入沉思一會兒後，終於輕輕甩開夫人的手。

「我明白了……最近會找時間和你們聯絡的，我今天必須回去修行了。」

語畢，他便向夫人深深點頭，然後揹起肩背包。夫人連忙站起身：「穗積。」

但是黑田先生卻頭也不回，迅速踏出了店門。

那之後夫人特地過來花了點時間，為隱瞞身為黑田先生家人一事打聽消息，以及因為自家人的事情打擾而道歉。「不會不會，請別這麼說。」我和店長都慌張不已。

「我知道連這種事情都拜託你們就太厚臉皮了，但是……」

她有些畏縮地遞出紙袋，裡面放著用紫色包巾包裹的東西。

「這個是那孩子喜歡吃的東西，能不能幫我轉交呢？」

「啊，這個……」

該怎麼辦呢，可以擅自幫他收下嗎？

「我很擔心那孩子……但是吃下這個後，應該就會打起精神才對。」

夫人強行把紙袋的提把塞進我手裡，近看才發現那雙手的皺紋與斑點相當明顯，手指乾燥到充滿了泛紅與龜裂。原來如此，儘管她看起來非常年輕，但是既然是黑田先生的母親，或許已經超過六十歲了……

「……我明白了。」

我終究沒有勇氣甩開那雙粗糙的手，因此就這樣收下了紙袋，感受到沉甸甸的重量。

「拜託你們了，還請你們多幫幫他。」

夫人說完，對我們九十度深深鞠躬後便離開了。

拆開便當包巾後，露出了裡面的多層漆器餐盒，盒中裝有壽司捲。每一條壽司捲，都用保鮮膜包得漂漂亮亮。

「唉……」

如果是平常的話，看起來這麼好吃的壽司捲肯定讓我超興奮，但是我卻不由自主地嘆氣了。

——你最初跟父親約定時是有設下期限的不是嗎？

這是真的嗎？天哪，好煩躁，夫人說過的話在腦中不斷盤旋，好像到處破壞著腦內的牆壁一樣。

「算了，晚點再問清楚吧，反正今天是埋葬委員會的日子嘛。」

注意到我的低落情緒，店長便出言安慰。說是這麼說，店長自己的笑容也比平常少了大概百分之六十。

我在那之後為了分散注意力，開始擦拭吊燈的灰塵、重寫立牌上的文字，回過神已經把整間店都打掃過一遍了。門外一陣狂風吹過，我還拿起掃把與畚箕去把落葉掃得一片也不剩，但是胸口的躁動仍舊難以撫平。

抬頭仰望時，就看見雲朵好像在說「一點縫隙都不會留給你們的」，密密麻麻地布滿整個天空。

「黑田先生……」總覺得有不好的預感。

「咦，才八點而已喔？」
「但是他沒接電話，而且通常這個時候都已經來了，所以我還是去看一下好了！」
我無視店長制止我的聲音，用力打開的店門。胸口從白天起就一直莫名騷動著，所以我必須找黑田先生問清楚才行——
「呃，你為什麼會在這裡啦！」
「……我不能來嗎？」
黑田先生就站在店前，奇怪？看起來滿正常的。
他在老位置坐下後，點了白天沒喝到的冰淇淋蘇打，然後一臉平靜地開始享用。為了避免融化的冰淇淋掉出來，他小心翼翼將吸管插進玻璃杯的縫隙中，然後就開始咻嚕嚕地吸起蘇打。
看起來果然和平常的黑田先生沒什麼兩樣。
我這才稍微放下心，然後在旁邊的位置坐下。
「這個。」
看見他喝完冰淇淋蘇打，我就立刻拿出了用紫色包巾包起的餐盒。
黑田先生臉色絲毫未變，說完「謝謝」後就接下了。
「不打開嗎？」

「反正我知道裡面裝的是什麼，肯定是壽司捲吧。」

沒想到他會一擊命中，讓我說不出話來。

「那個人每次來東京都會帶。」好像讀懂了我的表情，黑田先生立刻補充。「不嫌棄的話，你們兩個吃掉吧，畢竟我從小就吃了很多。」

看著又回到我手上的餐盒，說完「謝謝，那等一下大家一起吃吧」之後，我就卯起來思考下一句話該說什麼。

「你母親看起來人很好耶。」

結果脫口而出的，是見到朋友父母時必說的經典台詞。「哎呀，真是嚇了我一跳耶，沒想到黑田先生其實是個超級有錢人嗎？」

面對自己的母親，態度仍恭恭敬敬的黑田先生，以及對此習以為常的夫人。雖說每個家庭的樣貌都不一樣，我卻覺得有些詭異，這種念頭讓我浮現了罪惡感，結果說出的話都不著邊際，彷彿是想消除這股罪惡感似的。天哪，我明明還有更多想問的事情才對。

黑田先生靜靜地凝視著我。

「妳可是結城小姐，想必已經上網瘋狂搜尋過我家了吧。」

他突然用揶揄的語氣說道。

「什、我……我才沒有咧！」

「騙人騙人，她搜尋了，大搜特搜，搜到整個下午都沒有在工作呢。」店長端來咖啡拿鐵後，一屁股在高腳椅坐下。

「店長！我們明明約定好不說的！」

謊言一下子就被戳破，讓我臉紅到連自己都感覺得出來。唉，就是這樣沒錯。其實夫人離開之後，我不管做什麼都冷靜不下來，再加上店長鼓勵我「這麼在意的話，查查看不就好了嗎」，所以我就徹底查詢了黑田家。

結果才發現黑田先生來自於歷史悠久的政治世家，也就是所謂「地區的望族」。點開縣議會官網的「議員一覽」頁面，就看到一張嘴巴緊抿的男性照片，與「黑田耕作」這個名字一起刊載。長相與黑田先生非常相似，讓人一看就認出是他的父親。黑田耕作的前一任議員，果然也是姓「黑田」，那恐怕就是黑田先生的祖父吧。不管怎麼說，可以肯定黑田家從很久以前就固守這一塊的政治地盤了。

黑田一豐先生（也就是哥哥）的名字雖然沒有出現在議員名冊裡，但是卻有好幾個社群網站的帳號。簡介欄寫著「議員秘書」、「守護孩子們的笑容」、「三個孩子的爸爸」，並經常發布地區的活動資訊等。

「對不起，我管不住自己的大拇指……」

我坦白說出自己搜尋到的所有事情後，黑田先生嗤笑一聲。

「沒關係的，畢竟眼前有看起來那麼好吃的誘餌在，結城小姐怎麼可能忍耐得了？」

「怎麼把人家說得好像野生動物一樣！」

「妳不就是嗎？」

「喂?!我揍你喔！」

找回了平常的對話節奏，我才稍微鬆了口氣。

「你的同輩就只有一個哥哥嗎？」

「沒錯，我們是一家四口，以前還和祖父母同住一個屋簷下呢，但是這兩位很久之前就已經過世了。現在應該是和哥哥一家人……也就是嫂子和孩子們同住，不過這也是議員很常見的狀況呢。」

「這麼說來，我也聽說過這種議員常見的狀況耶。」店長開口。「像是幾乎每週都有葬禮要出席是真的嗎？」

「每週出席葬禮？那是怎樣？」

「哎呀，那個啊……每週應該是太誇張了……」

黑田先生苦笑。

「但是我出席過的守靈次數非常多呢，因為當地人會齊聚一堂，所以是曝光的好機會。而且沒出席的話就會有人說話，像是誰誰誰的明明就有出席之類的。」

「這……這是什麼世界。」

「那麼你也會和父親一起前往嗎？」

「當然，父親、母親、哥哥和我，我們肯定四人都出席。」

黑田先生在咖啡拿鐵中加了兩塊方糖後攪拌。

「我還記得很清楚喔，我和哥哥會穿著一樣的黑色背心與短褲。從停車場到會場之間是由母親牽著我們的手，而守靈的日子不知為何幾乎都會下雨，所以我們家也一直備有黑傘。

母親會為我們撐傘，即使自己的和服已經淋得溼答答，仍會全力避免我們兩個人淋到雨。」

我試著想像夫人年輕時的模樣。

「走在我們前面的父親身旁，隨時會有男性議員秘書跟著，所以會由他為父親撐傘。每次看到這樣的景象，我就覺得很不可思議。為什麼父親明明雙手空空的，卻不願意自己撐傘呢？明明母親都已經淋得這麼溼了。」

瀝瀝淅淅的雨聲突然竄進耳裡，我反射性地轉頭望向窗戶，發現窗外已經下起了細雨。

「我總是跟母親說『我要自己撐傘啦』，但是肯定會被拒絕，她總是表示『我不可以讓未來的政治家感冒』。」

「這實在是……讓人不知所措呢。」

黑田先生再度苦笑後摩挲著光頭。

「但是進入會場在櫃台簽到後，父親就會牽起我們的手，因為只要帶著小孩就會很顯眼呢。而且他主打的是『疼愛小孩的父親』形象，所以啊……這是很棒的策略不是嗎？」

我的胃愈來愈悶了，雖然想盡情說出「這是什麼父母，太過分了！」，但是我不能隨便說他人父母的壞話，所以只好用咖啡拿鐵壓下自己的不適。

「啊，提到議員常見的狀況，還有一件有趣的事情喔。」

黑田先生又想起什麼似的猛然抬頭。「我童年時整天都被父親與母親叮嚀的事情，你們猜是什麼？」應該是家訓之類的東西吧？比較常見的有「不可以說謊」或是「溫柔對待他人」之類的，但是政治世家會說些什麼呢？

「他們經常要求我必須與大家和睦相處。」

「咦，比我以為的還要普通……」

「確實是這樣呢，出乎意料的簡單。」

看到我們有些掃興的反應，黑田先生勾起帶有自暴自棄的微笑。

「因為每一個人都代表一張票。」

「咦？」

「每一個人都代表一張票，無論是多麼討厭的人都代表一張票，所以即使被欺負、被嘲笑都必須原諒對方。發生爭執時必須默默低頭，因為你這傢伙的怒氣沒有比那一票更有價值。所以，必須和大家和睦相處。」

我的心臟頓時好像豎起寒毛一樣，紛亂不已。

「學校發生問題時，我很常被當成犯人對待。可能是因為我從小就眼神兇惡的關係，只要發生事情，矛頭肯定都會指向我。鉛筆盒不見的時候，就會說『穗積昨天一直盯著看，肯定是他偷的，我一看就知道。』、『一定是這樣，你們看，他的眼睛就是會做壞事的眼睛。』一旦出現這樣的聲浪，無論我怎麼解釋都是白費工夫。」

黑田先生輕嘆了口氣，交握的雙手大拇指不斷繞著圈。

「沒有人願意相信我……不，不是這樣，與其說相不相信，不如該說大家根本不在意真相。」

「不在意、真相？」

「每當發生問題的時候，就需要一個可以背負罪名的人，至於這個人是誰都無所謂，大家都不在意到底是不是真的是這個人做的。所以只要推給穗積就好，只要製造出犯人是穗積的氛圍就好了。」

「這是怎樣啊……」店長的嗓音微微顫抖著。

「每次發生這種事情時，父親就會說一樣的話喔，他會說『快點道歉』。但是我並沒有做，我真的沒有做，父親，請和我一起去告訴大家不是我，洗清我的冤枉吧——如果我這麼要求的話，父親就會這麼告訴我：『你冷靜想想，你的怒氣有比一票更有價值嗎？如果你在這裡把事情鬧大的話，我們就會失去更多的票喔，儘管如此你還想宣洩自己的怒氣嗎？』」

黑田先生的語氣從頭到尾都很平淡。

「不過說真的，聽他這麼一講確實如此吧。就算繼續解釋也沒有人會相信我，把事情鬧大只會徒增麻煩而已。」

「這種事情太奇怪了吧……」

店長的表情難得扭曲了，他的臉頰抽筋著，無法擺出一如平常的笑容。

「要犧牲到讓完全不重要的傢伙，宣洩那完全不重要的情緒——區區一票哪有這麼高的價值啊。」

「店長。」

「不，但是換個角度思考……或許可以說父母從我五歲的時候，就一直教導我成年人的應對方式，以及原諒他人的心態。」黑田先生有些慌張地解釋。

店長難以忍受地唰唰搔抓著偏長的劉海。

「原諒他人這種事情，是得先抓狂到極限時才做的事情吧。」

店長咒罵似的語氣，讓黑田先生瞠大了雙眼。

「一開始就原諒的話，對這些欠揍傢伙的怒氣該何去何從啊，因為沒有人為自己說話而悔恨的黑田先生該何去何從啊？那個孩子現在在哪啊？」

平常心、平常心──黑田先生像唸咒語一般地不斷反覆說著。

無論發生什麼事情都不會動搖的自己、不會表現出情緒的自己。

該不會這個人就是憑藉這些道理武裝自己的吧。

「啊，糟了。」

黑田先生突然看了眼手錶。

「宅配要來了，糟糕，我怎麼會選擇今天呢？我徹底忘記宅配不能安排在週五了。等一下要到貨的是限定的水果大福喔。」

他自說自話地開始準備離開。

啊，他想逃走。

直覺是這麼告訴我的。就像是不給我和店長插嘴的機會，他刻意繼續說著話。

「今天的埋葬委員會沒人預約，所以應該沒關係吧，如果突然有人說要來的話再聯絡我，我會做好隨時過來的準備的。」

「啊，黑田先……」

「那麼就先失陪了。」

門一打開，潮溼的風就狠狠刺激著腳踝，黑田先生的背影就像要被吸入寒冷的黑暗之中。

啊，不行，總覺得不行，總覺得繼續這樣是不行的。

現在不能放這個人獨處。

——因為妳老是按照自己的步調，隨心所欲地哇哇大叫所以不知道吧，世界上有很多人若是缺乏他人的強硬進逼，就沒辦法表現出脆弱的喔。

——長年深藏在內心的悔恨、寂寥與情結所糾纏而成的塊狀物，有時會需要他人來幫忙解開。所以有時候會需要像妳一樣，揮舞著巨大薙刀強行闖入他人內心的人。

黑田先生說過的這些話……

他之前真正想對我說的話，肯定是——

「——黑田先生！」

我用力抓住正要踏出門的黑田先生手腕。

黑田先生轉頭望向我，雙眼瞪得圓滾滾。

「……店長。」

往旁邊一看，店長也同時抓住了黑田先生的僧服短褂衣襬。

「我說啊，黑田先生，不管怎麼說，你都有我們喔，我們都好好陪在這裡，而且……」

豆大的雨滴正逐漸打溼黑田先生露在店外的一半肩膀。

「今天是埋葬委員會的日子喔，會下雨的。」

現在先讓他獨自靜一靜吧——雖然有些人會這麼說，但是對不起，黑田先生，現在的我們無論如何都不打算放你自己一個人。

畢竟黑田先生肯定在漫長的歲月裡，都像這樣因為「獨自安靜」而痛苦著吧。痛苦所匯聚成的團塊正埋在黑田先生的內心深處，愈是害怕直視就愈會下意識逃跑。而且恐怕這份痛苦在現在這一瞬間，仍舊讓黑田先生持續感到疼痛吧。對某件事物抱持強烈恐懼的人，就連求救都會產生罪惡感。我、或者是說我們如果現在不強行闖入黑田先生的內心，這個人恐怕會永遠都想不出來該怎麼表現出脆弱。不行，絕對不能讓他繼續這樣。

我更用力地握住黑田先生粗壯的手腕。

不知道過了多久。

「那個……」

那是彷彿從喉嚨深處擠出的聲音。

「這和前女友食譜，應該不太一樣就是了……」

黑田先生的胸膛一度大幅度地起伏。

「這也可以幫我埋葬嗎？」

那是非常小的聲音。

啊——他是經過多麼辛苦的糾結，才願意說出這樣的話呢？

埋葬委員會通常會在最裡面的沙發座位進行，但是今天決定要改在黑田先生的老位置。黑田先生坐在最邊端，我坐在旁邊，店長則坐在吧台內，這就是我們平常的配置。因為今天什麼都沒有準備，所以只好拿出店長買來放的披薩口味洋芋片和薯條餅乾。

「我不知道為什麼，老是注意不重要的事情……而且也總思考著這些事情，到現在也一直是這樣。」黑田先生低聲開始訴說。

店長從披薩口味洋芋片的包裝袋正中央撕開後，攤開在桌上方便大家一起享用。撲鼻而來的氣味是由起司與番茄組成，令人充滿罪惡感。

「為什麼人要活著呢，我是從哪裡出生的，死了之後又會變得怎樣呢。我會從人們的動作細節、不明顯的言行舉止，發展出形形色色的想像。例如，那個人雖然嘴上是這麼說的，但是內心到底是怎麼想的呢？總而言之，我總是在意各式各樣的小事。」

「從小一直都這樣嗎？」

「我已經沒什麼記憶了，不過……每次我問為什麼為什麼的時候，父親都會露出嫌麻煩的表情。『有空在意這些無聊小事的話，不如趕快去學習』是父親的口頭禪，所以我很早就意識到這類事情不要問出口比較好。」

黑田先生用手掌摩挲著有稜有角的下顎，或許是因為入夜了，已經長出薄薄的鬍渣碴，顏色變得比平常更深。

「我被帶去社區發展協會時，因為怕生的關係，無論別人問我什麼都緊閉著嘴巴不說話。這時母親就會一臉抱歉地表示：『抱歉啊，這孩子個性比較敏感。』我至今到底被人這麼說了幾次呢？我想父母也對此深思熟慮過，所以後來就只讓活潑開朗的哥哥出現在人前。」

「哥哥……是指一豐先生嗎？」

我想起了社群網站上的簡介。他頂著削邊油頭，兩側頭髮剃掉，往上梳起的劉海充滿躍動感。這種髮型只有充滿自信的人才會梳吧，再加上瀏覽時會一直看見他和孩子們的自拍照，能夠輕易想像得出他和黑田先生之間有多麼處不來。

「哥哥和我是完全相反的人，個性開朗，還會在庭園玩得不亦樂乎，然後玩到一身泥巴，再穿著髒兮兮的衣服去榻榻米上跑來跑去，惹來母親一頓怒吼。他的模樣總是會讓周遭大人捧腹大笑，他就是這樣的人。他對於世界上所有人都喜歡自己喜歡得不得了這件事情深信不疑，是個很好的人就是了。」

是個很好的人就是了——我注意到這句話中蘊含了黑田先生的所有心情，人們在說「是個很好的人就是了」這句話時，後面沒說的通常是「但是我不喜歡」或是「和我合不來」這樣的真心話。

「父親動不動就會對哥哥說著『畢竟你將繼承黑田家的地盤啊』，像是吃飯時、哥哥考高分時、運動會賽跑得第一時……我記得父親總是摸著哥哥的頭這麼說著，而哥哥也會毫不猶豫地以充滿活力的聲音回答『嗯！』。」

「那麼你自己是如何呢？你剛才提到母親是把兄弟倆都當成『未來的政治家』對待的吧？」

店長將一雙長手伸過了吧台，一口氣取了兩根薯條餅乾送進口中。

「他們看到我的樣子，大概很早就覺得這傢伙不行，所以放棄了吧。」

「咦……真是令人火大的父母啊。」

「店、店長！」

「事實就是如此吧。」店長今晚似乎已經放棄阻止大家暴衝的職責了。

「不過，總而言之，」黑田先生模仿店長的動作，把手伸進了薯條餅乾的圓柱體包裝裡。「我升上高中後依然不改陰沉的個性，再加上我是議員的兒子，所以周遭人對待我時都像在對待腫瘤一樣，很不可思議。畢竟大家看待哥哥的時候，都帶著『議員的兒子真的好厲害啊！』這種欽羨的目光，他也很常帶朋友回家玩。在相同的立場下，我被人避而遠之，哥哥卻能夠吸引人們靠近。」

哥哥似乎比黑田先生長了兩歲，年齡相近也比較容易被拿來比較吧。

「這讓我開始思考，即使同為人類還是會有這麼大的差異啊。哥哥簡直就是光憑人望就能夠拿到『一票』的人，但是我不一樣，我和任何人都無法和睦相處。」

黑田先生捏著薯條餅乾，用尖端咚咚咚敲著吧台。

「某天，學校要決定各項目的委員，像是體育委員、文化委員之類的。」

「總覺得黑田先生很有圖書委員的感覺呢。」

「……你怎麼知道？」

我腦中浮現了在圖書館櫃台埋首閱讀，有人要借書時就會以流暢的手法操作電腦，默默辦理著手續，等工作完成後又繼續看書的黑田先生，嗯，很好想像呢。

「如你所說的，因為我能夠安靜閱讀，或許也只能做這件事情了吧，所以我就決定參選圖書委員。當時的幹部是讓大家自願成為候選人後加以選舉的制度，剩下的人會被隨便分配到人數不足的地方。我對這件事情敬謝不敏，否則要是一不小心變成文化祭執行委員的話就糟糕了。」

「會、會很開心喔？文化祭也……」

黑田先生用銳利的目光斜睨向我。

「當時花了一些時間都沒能定案，所以班會的氣氛相當緊繃。錯失舉手機會的同學們開始竊竊私語，我則為了殺時間照舊讀起文庫本，靜待班會結束。這時我的斜後方傳來了男生們的聲音，是在班上一呼百應的人。『圖書委員呢？還有兩個位置喔。』『咦，那剩下那個是誰？』『黑田？那我絕對沒辦法啊，只有圖書委員我絕對不行。』」

高中時代教室裡的景色，就這樣一口氣在腦中甦醒。

黑田先生啜了口烏龍茶稍作休息。

「這是為什麼呢？當時被那麼說的場景，實在是忘不了呢。我到現在還時不時會夢見那個場景，聽見那樣的聲音從右斜後方傳來。」

這麼說著的黑田先生，實際把頭轉向了右後方，那裡只有牆壁而已。但是他卻彷彿看得見某種其他事物一樣，持續凝視著其中一點。

「我聽見了他們的竊笑聲，背後也感受到他們的視線。恐怕這些人說這些話時，就半期待著要讓我聽見吧。看來那個時候在這群人之間，似乎流行著『挑戰可能會被黑田發現的攻擊遊戲』吧。我在這之前就經歷過被人私底下說壞話的事情，所以當時就覺得又來了。」

黑田先生拿下眼鏡，檢查著鏡框是否歪掉。

「我拚命地假裝自己專注於文庫本上，告訴自己什麼都聽不到。但是真的沒辦法。當時讀的是阿嘉莎·克莉絲蒂的推理小說，而且還是犯人即將揭曉這種最有趣的劇情，但是我卻完全無法專注，滿心只擔心自己的冷汗是否已經透出襯衫了。」

黑田先生按住自己的腋下，但這恐怕是無意識的動作。

看到這一幕的瞬間，我不禁想著「原來如此，這樣啊」。這個人肯定現在仍被困在那一天，困在那個被竊笑聲刺激的日子裡。

「我為了避免被發現並沒有專注看書，所以會好好地用一定的速度翻頁，儘管如此，那些竊笑聲仍持續不斷。最後他們各自隨便找了委員會加入，圖書委員則在老師的判斷下，決定首開先例由我一個人當。」

黑田先生重新戴上眼鏡後輕咳了幾聲。

「我當時就在思考，我這個人別說多爭取一票了，全身上下根本只有敗票的要素。」

「才沒有這樣的……」

黑田先生一口喝乾烏龍茶，冰塊碰撞出清脆的聲音。店長立刻從營業用紙盒中，倒出新的烏龍茶。

「我繼續待在這個家的話，就會減少愈來愈多票——我不禁產生這樣的想法，那可是重要的一票。我在這之前完全沒想過要幫家裡多爭取幾張票，我從一開始就明白自己不具有這樣的向心力。但是如果『因為有我』而讓人們決定『不投票給黑田家』的話又另當別論了，什麼都沒有倒還無所謂，還會造成負面影響的話就糟糕了。所以我即使無法像哥哥那樣獲得大眾喜愛，至少還能夠認真讀書吧。哥哥很不擅長讀書，所以只要我想辦法考進好大學的話，就可以掩飾自己不討人喜歡這件事情了吧？如此一來，或許……或許……」

黑田先生停頓了一下。

「或許母親就會更願意多看我一些吧——其實我也是擁有這樣的私心的。」

機車輪胎輾過水窪造成的嘩啦聲，讓我想起剛才還下著雨。事到如今，我才發現冷得不得了，因此便開啟了電暖爐。

「母親有道只在特別的日子會做的料理。」

「只在特別的日子？」

「像是哥哥生日、入學典禮當晚、在網球社團比賽中獲得優勝等，總之，就是這種……值得慶祝的日子。這樣的日子裡，她一定會烤星星披薩。先把披薩的麵團拉開後再劃下切痕，做成五芒星的形狀後再拿去烤。上面會擺著香腸、番茄和起司……」

我知道圓形或方形的披薩，但是沒聽過星形的，所以就拿手機查查看。

「哎呀，是這種啊，看起來好像很好拿，很適合在派對時登場呢。」

「雖然這樣很幼稚，但是我從很久以前就非常想吃這種星星披薩。我想吃的不是為了哥哥而做的，是為我而做的星星披薩。每次肯定都是哥哥第一個拿披薩，再來是父親，最後才是我。分完後多出來的那一塊披薩，我也從來沒有吃過。」

「你生日的時候不會做嗎？」

「都是壽司捲。明明我也沒特別說過自己喜歡吃，到底是為什麼呢？不知道從什麼時候開始，那個人就一直覺得我很喜歡吃壽司捲。」

「會不會是小時候喜歡吃，就一直覺得是你喜歡吃的東西呢……」

這個我很懂，每次返鄉時爸爸都會點外送的壽司，這時一定會加碼幾個軍艦壽司，並說著「桃子喜歡這個吧」。

「你沒要求母親為你做過嗎？」

「不知道為什麼呢，總覺得如果是我主動要求的話就不一樣了。最重要的是，我本來就是無法和家人好好交流的人了，所以突然說出『做星星披薩給我吃』不是很奇怪嗎？」

原來如此，確實很有黑田先生的風格。如果是「炸豬排」或是「烤魚」的話倒還好，但是像星星披薩這麼可愛的料理，他實在是說不出口吧。

「然後就在某個時候，我注意到了。都是我沒打造出『特別的日子』害的，因為哥哥各方面的體育都表現得很好，也學了很多才藝，當然就有很多值得表揚的機會。然而我卻整天窩在房間裡看書，根本沒有什麼顯眼的功績，所以母親才沒辦法做星星披薩給我。」

「然後你怎麼做呢？」

「我考上了東大。」

「什麼?!你就是因為這樣才進東大的嗎?!」

雖然我知道他是東大畢業，但是沒想過會是這樣的理由……

「我本來就很喜歡讀書，所以安排讀書行程後一一完成、分析考古題並推測出題傾向對我來說不算什麼苦差事。」

「好厲害……」

我和店長都只能笑而已。

「然後，你考上東大之後，你的父母有什麼反應呢？」店長拿了新的玻璃杯，放進切片檸檬的同時詢問。

「這下他們真的很高興，父親態度大翻轉，到處說著『我家二兒子考上東大了』喔。鄉下真的很恐怖呢，原本提到黑田家的二兒子時都會說『沉默、敏感且陰沉的傢伙』，但是我一考上東大後評價就變成『文靜沉穩，非常努力的孩子』。儘管我從內到外都還是同一個人，人們看我的目光卻在多了『東大生』這個標籤後，出現這麼大的變化，實在嚇了我一大跳。」

名為東大生的標籤。

名為帥哥的標籤。

名為年近三十的女人的標籤。

我們每個人都背負著各式各樣的標籤生活著，並過著用各式各樣的標籤判斷他人與被判斷的生活。

比如說，我不知道從什麼時候開始，就不再聽到他人說我「因為還很年輕」了。

以前經常有人對我說，因為妳還很年輕，所以必須體驗各式各樣的事情。我覺得言之有理，所以就努力工作了，還去旅行、參加讀書會，甚至去了不同行業的交流會。

但是到底是從什麼時候開始呢？「還很年輕」變成了「差不多了」，就連「差不多該收斂了」這種話也增加了。因為「還很年輕」而被允許的失敗，也逐漸不再被容許了。

我到底是什麼時候跨過了「還很年輕」與「差不多了」之間的界線呢？

「然後你吃到披薩了嗎？」

店長的聲音讓我回過神，看到黑田先生緩緩起身走向沙發座位，靜靜眺望著窗玻璃另一側一會兒。

「母親問我『你想吃什麼慶祝合格？』的時候，我馬上就回答了『披薩』。在我考上東大的現在，當然能夠堂堂正正吃到那個星星披薩了。當時，我是這麼想的……」

黑田先生苦笑道。

「結果那天他們帶我去了當地有名的義大利餐廳。」

「很厲害的店嗎？」

「我想那應該是間很好的店，我們開了包廂四個人一起吃飯。當時的瑪格麗特披薩確實非常好吃，餅皮也很鬆軟。但是……」

黑田先生靜靜地將手指貼在玻璃上，雨滴撞擊在玻璃上，形成了扭曲的圓點花紋。

「但是，這不一樣。我想吃的不是這個，我想要的不是在高級義大利餐廳吃全餐。我要的不是這樣，我只要在家裡的客廳，坐在哥哥平常會坐的位置，吃著母親做的……」

我看見他在玻璃上的手指緊握成拳頭。

「我想吃母親做的星星披薩。」

心臟深處不斷刺痛著，彷彿有尖銳的針扎在裡面。

黑田先生望向我們，笑容中帶有自嘲。

「很蠢對吧，竟然這麼執著這種事情。」

才不蠢，一點也不蠢喔。任誰都有權說出「想吃」自己想吃的東西，這一點問題也沒有喔。

但是黑田先生肯定一直一直害怕著人們、害怕著這個社會，害怕到即使只是小小的心願，都猶豫著不知道能不能說出口，真要說出口時還必須加上「很蠢」這句話以防萬一。

或許是因為不想再光吃甜點了，也或是想轉換一下心情，店長把威士忌淋在香草冰淇淋上吃了起來，沒錯，店長雖然很瘦卻很會吃。這麼單薄的肚子，到底是把那些酒和食物藏到哪裡去了呢——我總是覺得很神奇。我們也跟著移到沙發座位，然後裹著毛毯，用湯匙小口小口挖著堅硬的冰淇淋表面。

「之前說過黑田先生在商社上班過七年吧？」

我突然想起他曾說過二十多歲的人生幾乎都泡在工作裡，所以就試著問出口。

「總覺得商社好像競爭很激烈，我還以為不太適合黑田先生……」

「不，是真的不適合喔。」

「果然？那你算撐很久呢。」

我之前的公司也經常把店鋪成績排名後公告，光是這樣就令人心煩了，商社肯定不止這樣吧。

「不過，這也是因為……和父親約定好的關係。」

「約定？」

「自從我進了東大之後，黑田家的風向就稍微出現了變化。以前是只有哥哥能夠繼承家業的感覺，但是該怎麼說呢，這樣的情況……好像讓父親開始認為『還有穗積不是嗎』。」

「什麼？這是怎樣？」

「我猜是周遭人建議的吧，大家認為明明是東大生，不加以栽培就太浪費了，所以我連公司都是父親指定的。他說『無論是國家公務員、商社還是銀行，憑你的頭腦應該都進得了，既然你有這份實力，就從中選一個累積實力吧』。我沒想到父親會對我說這些話，所以立刻看向旁邊的母親，母親握住我的手表示『這是父親為了你著想所選的喔』。」

我想起今天夫人也握住了黑田先生的手，對了，正好也是在這個沙發座位上。

「父親列出了多達二十間的公司，都是只要是日本人都聽過的老牌企業。」

「請等一下，這裡談的不是你的事情嗎？為什麼是父母在決定的！那你自己的人生該怎麼辦？」

我忍不住站起來吼道。

「黑田先生，你都沒有反駁嗎？像是『我會自己決定未來的路，不要干涉我』之類的。」

「小桃。」

店長輕輕拉住我的手臂要我坐下。

「但是，店長……」

「坐下，他話才說到一半而已。」

他這麼一提醒，我才注意到。

說得、也是呢。如果黑田先生能夠反駁的話，就不會露出現在這種表情了，我忍不住對自己語帶責備感到後悔，因此便坐回了沙發。

「……我說不出口。」

雖然冰淇淋才吃到一半，黑田先生仍面無表情地把湯匙放回容器裡。

「我很想反駁。我的內心無數次叫喊著妳剛才說的那些話，憤怒、悲傷、寂寞這些各式各樣的情緒混在一起，在我的體內不斷翻湧著。但是不知為何我卻說不出口，只要父親站在眼前，只要母親握住我的手，我就說不出口。因為非常可怕。」

他的嗓音淡淡的，彷彿不保持毫無起伏的語氣，情緒就會潰堤。他看起來就是為了避免這種事情發生，而刻意控制著自己的表達方式。

「畢竟，我一直都在為黑田家敗票，坦白說如果家裡只有哥哥的話，投給黑田家的票就會一直增加下去吧。但是卻因為多了我這個人，導致票數一直減少，我很懷疑自己是否有資格不贖罪就踏出這個家門。」

店長一口飲盡威士忌。杯中的冰塊融化，發出了神經質的哐啷聲。

「我終究沒有勇氣違逆父親，只好進了錄取我的綜合商社。我想父親對此非常開心，所以又帶著我走訪鄰里。父親把我的頭往下壓的同時，驕傲地笑稱『小犬終於也有貢獻社會的機會了，雖然小時候是個不知道在想些什麼，不怎麼可愛的孩子，但是播下的種會在哪裡發芽都不曉得呢』。」

「他都說到這個地步了，為什麼……」

他很害怕父母。

我無法理解這份心情，也為自己的無法理解感到悔恨。

「到底是為什麼呢，其實我也不知道喔。冷靜思考就知道我父親的作法毫無道理，不合時宜也該有個限度。我也因為想確認父親說的話是錯誤的，而閱讀了大量的書籍，包括兒童教育、心靈創傷、社會學、心理學與哲學類的書籍。但是無論讀了什麼樣的書，最後都會導向一個結論，那就是『奇怪的不是我，是父親』。所以我很清楚，對此非常清楚，清楚得不得了，但是……」

黑田先生握拳用力捶了幾次自己的膝蓋。

「但是只要在父親面前，心臟就會像放進冰箱一樣緊緊縮起，甚至無法呼吸。會忍不住覺得父親說的話才是絕對，錯的都是我自己，對父親造成困擾的自己非常差勁。」

我想人的煩惱必須透過對誰訴說、獲得同理才能夠消除。先是宣洩情緒、放任情緒大爆發，然後再由某個人說著「我懂我懂」、「很辛苦吧」、「你很努力了喔」並在背後推一把。自此才稍微能夠思考「或許我是沒問題的」。

只是現在的我無法成為這個人，因為我說不出「我懂」，畢竟我是真的不懂嘛。如果我有更豐富的人生歷練就好了，如果我曾經在求職的時候錄取過商社就好了。如果我曾經在商社上班的話，或許就能夠更加理解黑田先生一些了。

連續幾輛汽車經過巷子，彷彿巨大鯨魚竄出海面般的聲響接連不斷，所以我們有一段時間就聆聽著那樣的聲響。

「我終於決定離開這個家，是在出社會第七年的秋天。」黑田先生說道：「那天是哥哥的小孩一歲生日，因為是長孫，所以父親和母親都很開心地做準備。牆壁上用紙摺成的圈圈裝飾著，還放了寫著數字『1』的巨大氣球。然後母親說著『今天是特別的日子』後端上了大量的菜餚，沒想到裡面竟然包括了那個。」
他從口袋中掏出摺得很整齊的手帕擦拭後頸，也順道吸走了掌心上的汗水。
「該不會……」店長驚訝地屏住呼吸。
「星星、披薩？」
黑田先生沉重且安靜地點了點頭。
「我當時想著『為什麼』，是因為哥哥喜歡吃這個，所以覺得哥哥的兒子當然也會喜歡的關係嗎？但是在我眼前的，是還在吃副食品的一歲幼兒喔。這麼說來，是為了哥哥而做的嗎？我已經搞不懂意義了，就在這時哥哥說話了。」
黑田先生終於想起來似的喝起了熱咖啡。雖然裡面沒加牛奶也沒加糖，但是他卻似乎完全沒注意到咖啡的苦澀。
「『拜託妳別再這麼做了啦，媽，妳老是這樣子，我已經不是小孩子了喔。』然後哥哥還指向我，有些沮喪地說著『那傢伙的時候明明就吃了高級義大利餐廳不是嗎』。」
啊。
他的、表情……
黑田先生的表情，慢慢扭曲了。
「母親說著『你在說什麼啊，長男就是要吃這個喔，因為你們背負著期待的星星！』，然後就輕戳哥哥那年幼兒子的膨軟臉頰……看起來、非常開心。」
期待的、星星。

也就是說……

「這時我終於注意到了，哎呀，原來是這樣啊，原來那是蘊含著期待的星星披薩，只有背負著黑田家期待的人才可以得到。」

黑田先生嘲笑般地吐了口氣，然後躺倒在沙發椅背上。

「我已經搞不清楚自己當下是什麼心情了。我是為了什麼才努力至今的呢？不就是區區一塊披薩嗎？……但是我很想要那塊披薩，想成為受到期待的星星……只有一點點也好，我想要擁有繼續待在這裡的理由。」

彷彿要遮擋自己的臉色一樣，他再度喝了口黑咖啡，拿著杯子的手顫抖著。

「只要認真讀書，只要成為父親心目中的理想模樣，這種不知道該怎麼應對才好的寂寞就會消失——我一直是這麼相信著，但是當我看到引頸期盼那麼久的星星披薩，竟出現在剛出生不過一年的人面前時，突然覺得一切都無所謂了。如果最初就已經決定好結果的話，無論我做了什麼都是白費工夫的不是嗎？反正我是贏不了的，沒錯，我贏不了的喔，再怎麼努力也贏不了。」

窗外開始傳來豆大雨珠墜落在地面後彈起的聲音，子彈般的雨勢好像永不停歇，劇烈持續著。哎呀，還好我傍晚就已經把落葉掃乾淨了，明天也會下雨嗎？儘管我深深明白現在不適合想這些有的沒有的事情，但是不知為什麼，這些無所謂的小事卻總是在腦中浮現後又消失。

我想開口說話，卻發現舌頭深處彷彿麻痺一樣動彈不得。

哎呀，原來是這樣啊。

「不要害人家這樣想啦……」

我在生氣。

就算努力也贏不了，如果最初就已經決定好結果的話，無論做了什麼都是白費工夫。別讓總是那麼自制、努力的人說這種話。

「不要害肌肉鍛鍊、三溫暖、甜點、修行！一切的一切都這麼自制，根本是把努力當成興趣的人說出這種話！不要害這種人出現這種想法啦！」

我的聲音顫抖到連自己都感受得到，然後眼淚和鼻水就像終於追上一樣地衝了出來，眼皮裡面充滿熱意。

「結城小姐……」

我自己也完全搞不清楚在氣什麼。

但是就覺得很討厭，很討厭啊。

我也根本不清楚黑田先生的事情，我們認識至今也還不滿一年。但是我知道黑田先生無論多麼認真修行都滿心煩惱，卻也努力和自己的煩惱奮戰著。正因為是這麼卯足全力的黑田先生，說出貼心的話語時才更能夠傳進人們的心裡。

「不管是在意小細節的你、還是在痛苦中掙扎的你，或者是努力變得不麻煩的你，全部都是一體的，全部都是黑田先生喔。」我說道：「我說啊佛祖，祢真的有在看著黑田先生嗎？祢眼睛是不是有問題啊？」

「妳、妳突然間是在說些什麼？」

「畢竟！」我用力擦拭著止不住鼻水的鼻子，對著窗外大叫。「黑田先生可是這麼努力喔，他可以在祢那裡每天拚命修行著喔。祢有必要懲罰這種人到這種地步嗎！」

別說找佛祖吵架了，我現在根本想衝到極樂淨土去揍佛。實在是太過坐立難安，我把自己的香草冰淇淋挪到黑田先生的容器裡，我覺得這是我唯一能做的事情了。

「真是的，快吃！我的份也給你吃！」

「不……我才不需要這種東西咧，更何況還融化了。」

冰淇淋從玻璃杯中滿了出來，掉在黑田先生的手指上。我邊吸著不斷流出的鼻水，邊用溼紙巾幫他擦乾淨。就連黑田先生的手掌，都沾到冰淇淋變得黏答答。

「好了，我自己擦……」

「因為我很不甘心喔。」

我就這樣更加用力，用力握住黑田先生的手，厚實的掌心和我不同，像岩石一樣僵硬又粗糙。

「我雖然很想跟你說『我懂我懂』，但是我並沒受過和你一樣的傷害，所以我對於沒能理解你的苦悶覺得不甘心喔。」

我想幫他覆蓋過去。

既然我無法理解他的苦悶，那麼就想把他討厭的回憶全部、全部都覆蓋掉。用我們之間的快樂色彩、繽紛色彩，沾染所有討厭的回憶。

「如果你被母親握住手後就無法拒絕他們的話，這次就換我握住你的手。只要你回想起那些可怕的回憶，就再想想手被我握住時的回憶吧。你可以馬上過來『雨宿』，我會立刻握住你的手的。如果你會害羞的話，再多的理由我都幫你想。對了，我們在『雨宿』辦個握手會不就好了嗎？」

另一人的手掌也疊在我的手上，店長比我更用力地握住。

「我們去屋頂跳環繞世界找朋友之類的不就好了嗎？」

「好耶，就這麼做吧！」

黑田先生眼鏡後方的瞳孔左搖右晃。

說這種話真的安慰得了人嗎——我的腦袋一角，有個冷靜吐槽的我。但是除此之外，我找不到更好的方法了。

所以我盡全力重新握好黑田先生的手。

吧台那邊的崁燈，像是在傳輸某種訊號一樣啪嚓啪嚓閃爍著。

「他們都說那傢伙就是這種人……」

終於，低喃的小小聲音從他口中洩了出來。

「他們還說只要看臉就知道了，又說他的眼神就是那種人——我總是在不知不覺間就被決定好評價，然後人們就擅自把我當成某個不是我的人對待。」

黑田先生低著頭說道。

「即使我想解釋自己不是那種人，卻毫無自信。畢竟我自己也搞不清楚我自己，不知道該成為什麼樣的人才好？不知道該成為什麼樣的人，大家才會接納我？我……該怎麼辦才好？」

我的眼對上了那雙寂寥的眼，黑田先生的臉就像求助般扭曲了。

「我到底該怎麼辦啊，我該怎麼做人們才會接納我？我該怎麼做才能夠成為不會造成負面影響的人？我不奢望什麼，只是……只是希望大家可以接納我而已。希望有誰可以告訴我，我可以繼續待在這個世界、可以繼續當這個誰都搞不清楚的我……」

「你當然可以待著！」

我喊出了今天最大的音量，豆大的淚珠不斷滑落至臉頰，也知道鼻水已經流出來了。但是誰在乎這種事情啊！

「你可以繼續待著喔，可以繼續待在這裡、可以繼續害怕父親、可以繼續不敢反駁、可以繼續搞不清楚自己、可以繼續一一思考不重要的小事，可以繼續當個麻煩的人、可以繼續喜歡甜點，也可以繼續用『雨宿』的鏡子確認自己的肌肉。」

「咦，妳看到了？」

「我都跟你說可以繼續了喔！」

我大吼。

「你曾經說過吧，第一次見面的那天，你說了四苦八苦。你說努力『活著』很厲害，不必那麼卑微，認為自己像個笨蛋一樣在白費工夫。」

才剛說完，黑田先生那顏色深濃的眼睛正中央就迅速縮起。

「一起痛苦吧。和我們一起經歷更多的生命旅程吧。如果對你來說，下雨天會連結到痛苦的回憶，那麼我們製造更多雨天的回憶蓋過去不就好了。我們再繼續舉辦埋葬委員會好幾次、好幾十次、好幾百次吧。」

我說啊，黑田先生。

「你說過埋葬委員會的日子，不知道為何總是會下雨，理由就是這個對吧？」

那肯定是為了今天這樣的日子而存在的。

他人總在我們不知不覺間，擅自定義「自己」這個人，我們也會照著「這樣的定義」去生存。於是到了最後，連自己都會漸漸搞不清楚是自己想成為這個樣子，還是配合著「大家打造出的那個自己」變形。

「……是啊、是啊……」

這樣就很麻煩了對吧，但是「搞不清楚」也沒關係對吧。

別擔心喔，我們三個人就一直維持搞不清楚的狀態吧。

黑田先生將巨大的手掌往上翻，輕輕地回握我們的手。

「謝謝你們。」

不知道是誰的眼淚，一滴又一滴地落在三雙交疊的手上。

鏘、鏘、鏘，每往上走一階，鞋跟就會撞到金屬，發出格外明顯的聲響。

雖然已經超過深夜兩點，腦袋卻清醒得不得了。我把溫熱的籃子放在雨衣裡，拿到了屋頂上。

我轉頭望向東邊的天空，雖然還在下雨，但是雲在不知不覺間移動了，所以缺角缺得不是很漂亮的月亮清晰可見。

「打──擾了。」

「哦──小桃歡迎光臨，黑田先生過來一點。」

「已經擠不下了！真的要在這裡進行嗎？」

我強行把身體塞進帳篷裡，確實空間非常狹窄，但我卻覺得恰到好處。這是在製作梅乾時也幫了大忙的帳篷，這麼小的空間更有秘密基地的感覺，所以讓我興奮得不得了。

「那麼──究竟有沒有烤成功呢？」

我展示般地掀開了籃子的蓋子，香噴噴的烤餅味，以及番茄、多汁義式臘腸的香氣立刻在帳篷中擴散開來。

「哇──看起來好好吃！」

「黑田先生，如何呢？」

黑田先生一時之間，好像無法相信眼前的景象。他重新戴好眼鏡，輕輕接過了籃子後，認真看著裡面開口：

「……是星星、披薩。」

用披薩麵團折成的星星角，烤出了微焦的顏色。由於披薩麵團發酵的時間很短，所以我有點擔心能不能順利做好，但是從結果來看是塊漂亮的成品。

「好了，黑田先生，吃吃看吧。」

他小心翼翼地伸出手，並且很客氣地想拿五角中最小的一片。我立刻轉動盤子，用眼神示意他「拿這片」。於是他才下定決心似的，盡情拿走了最大片的那一角。融化的起司相當重，配料看起來快要掉下來。

「啊，要掉了要掉了！」

黑田先生連忙用嘴巴從下方接住的感覺，咬下了披薩。

「哦哦，很棒的吃相。」店長一臉佩服地打開玻璃瓶的啤酒（這次換喝啤酒嗎！）。

黑田先生終於大口吞下，然後睜圓了一雙眼。

「真好吃，超級好吃，嗯……」

「啊，抱歉啊，我想應該是沒辦法和你母親的味道完全相同……」

這次的線索真的太少，所以幾乎是按照我自己的方式去做。我只是想像著黑田先生的喜好，試著做成他可能會喜歡的樣子而已。

黑田先生憨笑地搖搖頭。

「總覺得吃了這個之後，就想不起來以前的味道了。」

「……這樣啊。」

我們都用不太舒適的姿勢吃著披薩，莫札瑞拉和切達這兩種起司在口中合而為一、逐漸融化。深夜吃到的披薩，格外美味。

我一時興起拉下了帳篷的拉鍊，露出了清晰的星空。

「咦，雨該不會停了吧？」

我高興得連忙想衝出去，結果……

「好冰！」

一滴雨落在了右邊眉毛的上方一帶。

「妳看，誰叫妳得意忘形啊。」

「沒辦法嘛，誰叫雨看起來好像已經停了嘛，別這麼白目啦，天空——！」

「妳跟天空抱怨是想怎樣啦。」

話說回來，只是小雨而已，不到需要撐傘的地步。我戴上雨衣的帽子後，就靠在屋頂欄杆邊吃披薩邊仰望夜空。

「咦，那不是獵戶座嗎？」「什麼，哪裡哪裡？」我和店長一陣喧鬧後，黑田先生突然開口了。

「我明天會打電話給母親，我想告訴她『抱歉，我很忙，所以暫時回不了家』。」

仰望著星空的側臉，吐出了白色的空氣。

「因為現在回去的話，要是父親命令我『加入政壇』我恐怕拒絕不了，雖然這樣很丟臉……」

「才沒有這回事，可怕的東西就是可怕，這是理所當然的喔。」我也和黑田先生仰望相同方向。「你可以不回家，也可以當個不孝兒子喔。」

「……好的。」

黑田先生搓著可能是因為寒冷而變紅的鼻子，輕輕地笑了。

這樣啊，這麼說來，新年時黑田先生也會待在東京嗎？

既然如此，在「雨宿」跨年好像會非常有趣不是嗎？

「對了，我會做年菜過來，一起吃吧！店長也很閒吧！我們一起在這裡跨年吧。」

我的腦海立刻被紅白歌唱大賽的熱鬧氛圍填滿了。

「為什麼妳直接覺得我很閒？」

「你真的很閒不是嗎？」

「我想看長跑接力賽耶。」

「這樣就是很閒不是嗎？」

「我已經排好『絕對不踏出暖桌』這個行程了喔。」

「是說三連休時，要是店長你穿上和服待客的話，營業額絕對會提升喔！」

「什麼……」

雖然店長一臉打從心底的嫌棄，但是我一點也不在意。因為今天「雨宿」也空蕩蕩的，營業額非常悽慘。每個月光是付房租就非常吃力了，相信店長對此有深刻理解才對。

確實能夠賺到錢的機會就在眼前，怎麼可能這樣放過。

「好啦……我知道了啦，我知道了知道了，我會穿啦。」

「黑田先生，你應該也會幫忙吧？」

結果黑田先生突然笑了。

「好吧，一起賣出一百杯的冰淇淋蘇打吧。」

他一臉堅定地說著。

「啊，雨勢又變強了。」

「撤退撤退！」

我連忙鑽進帳篷，脫下了雨衣。「話說回來，雨男不是我，是黑田先生才對吧？」「不要再找藉口了！」「好啦好啦，不要在這麼狹窄的地方吵架啦。」我們就這樣在喧鬧之中吃掉了剩下的披薩。

未來的某一天，

在未來某一個即將迎來死亡的日子，肯定會想起今天這一天吧——我不禁浮現這樣的念頭。

蘊含期待的星星披薩

材料（4人份）

● 麵團

低筋麵粉、高筋麵粉……各75g

發粉、鹽巴……各1/2小匙

砂糖……1小匙

原味優格……6～7大匙

橄欖油……1+1/2大匙

● 番茄醬

整粒去皮番茄罐頭（400g裝）……1罐

蒜末……1瓣

橄欖油……2大匙

鹽巴……1/2小匙

粗粒黑胡椒……適量

莫札瑞拉起司……1袋（80g）

羅勒葉……4片

切達起司……大量

肉豆蔻……少許

義式臘腸……少許

日曬番茄乾……3顆

鹽巴……少許

作法

【1】把橄欖油與蒜末倒入平底鍋中，開啟弱火拌炒。炒出香味後，就以邊搗碎的方式放入整粒去皮番茄，然後轉至中火煮約5分鐘。接著撒上鹽巴、粗粒黑胡椒調味。

【2】低筋與高筋麵粉、發粉過篩後，添加鹽巴與砂糖後拌勻。接著在中間挖出凹洞後，慢慢倒入橄欖油與原味優格，然後用橡膠刮刀拌勻。

【3】整體拌勻之後，再用手進一步混合麵團。等麵團完全均勻，不帶任何的粉感時，就可以拿到工作檯上。

【4】用手掌把麵團從近端推往遠端的感覺，把麵團拉展開來，接著再從遠端折回近端。這一連串的作業必須重複多次，等麵團變得滑順之後，就切成兩等份，然後分別整理成漂亮的圓形後，就用保鮮膜包起來放進冰箱靜置15～20分鐘。同時烤箱預熱至220℃。

【5】在工作檯灑一些麵粉後，擺上其中一個麵團，用手拉展成直徑約15㎝的圓形。然後在麵團底下墊一張烘焙紙，再用擀麵棍擀成直徑24～26㎝，讓麵團更薄。

【6】在麵團邊緣撒上莫札瑞拉起司、擺上對半切的日曬番茄乾後，再用剪刀剪出五道切痕。接著從切痕把兩端餅皮往內捲以包住配料，餅皮的接縫也要確實捏緊。

【7】在麵團中央抹上【1】的番茄醬（約2大匙），撒上莫札瑞拉起司（50g）、切達起司、鹽巴少許，擺上義式臘腸、肉豆蔻與羅勒葉，接著淋上1大匙（分量另計）的橄欖油。

【8】放進預熱至220℃的烤箱裡烤約10分鐘。

第8話

「超級桃花女的
眞心年菜」

我說，神哪，不要在值得紀念的三十歲生日，特地告訴我這麼絕望的事情不好嗎？好不好？我覺得我至今算是滿努力的，每天拚命工作，還幫「雨宿」增加了客人，所以這次的生日理應更美好才對。

儘管如此……儘管如此！

恭平竟然結婚了，為什麼非得在今天讓我知道啊！

我不幸撞上這個殘酷事實的，就是在剛才參加和女性朋友們一起舉辦的年底聚餐上。「啊——他真的很過分，妳們一定要聽我說！」我和恭平分手的故事就起始於這句話，並讓聚會氣氛進入今天最熱烈的時刻。「這個男的是怎樣啊！」「太差勁了！」我在大家的附和下愈講愈起勁，便說了「讓我們看看那傢伙現在在做什麼！」，並終於開啟了這陣子設成黑名單的恭平社群網站帳號。

結果我一時之間，根本無法相信眼前的那張照片就是現實。

照片上的恭平，穿著銀色的燕尾服。

我們分手之後應該還沒滿一年，結果不知道什麼時候他竟然……？為什麼？

每次我聊到透露結婚意願的話題時，他明明都混過去了！

和他交往四年，仍完全無法讓他興起結婚念頭的我，和這個只交往幾個月就決定結婚的女人。

儘管我知道不要這麼做比較好，儘管我知道這麼做只會讓自己看起來更悲慘，但是我還是忍不住拿那個穿著婚紗的人和自己做比較。

站在恭平身邊的女人，最明顯的特徵是圓潤臉頰與白皙細緻的上臂，整個人讓人聯想到草莓大福，簡直就是幸福的代名詞，看起來個性非常好。坦白說，這令我感到訝異，因為恭平從以前就都說自己喜歡眼睛很大、五官深邃的類型。

為了符合這個「類型」，我戴了會讓眼睛看起來更大的角膜變色片、燙了睫毛，就連讓鼻梁更細的鼻影畫法都非常熟練。

但是她的臉卻像狸貓一樣缺乏起伏，臉上僅有淡妝，根本沒戴角膜變色片（我和朋友們一起放大檢查過了，所以非常肯定）。結婚典禮這種場合所拍的照片，是會保留一輩子的，就連這種場合都可以表現得「不用力」——光憑這個事實，就能夠感受到我們之間有著壓倒性的差異。

「唉——不管怎麼樣，這種女孩還是最受歡迎的呢。」

朋友隨口的一句話，以及從婚紗中伸出的纖細上臂，在我腦海裡不斷翻湧著。

我努力拖著冷冰冰的腿，一步又一步往前邁進。儘管腦中已經陷入模糊，身體仍像機器般自動朝著「雨宿」前進。因為這幾天連續下雪，所以堅硬的舊雪裡混了帶有水感的新雪，灰色雪酪般的冰雪填埋了整個步道。

已經備受打擊的我，又遭受了最沉重的一擊。

我原本以為自己已經看開了。在「雨宿」聽了各式各樣的故事，親眼見證了許多人跨越失戀的瞬間。也見過許多儘管心底有傷，仍堅強生活著的人們。我甚至一路以來都鼓勵著他們「你沒問題的」。

但是——

咖哩的氣味忽然隱約鑽入鼻腔，那是使用了咖哩塊做成的普通咖哩，應該吧。我走在住宅區裡，想著有某個家庭今天吃咖哩呢。

「前男友喜歡的咖哩、嗎？」

我把手插進口袋裡喃喃自語，吐出的飄渺白煙不斷被黑暗吸走。

這一年來我已經很努力了。

抱持著恭平或許有一天會注意到我的事情而後悔的想法，想著他或許會在意識到「這是桃子的味道」，然後一臉後悔想著「那傢伙，果然是好女人啊，要是沒分手就好了」。只要能夠看一眼他後悔的表情，我的心情就能夠稍微獲得救贖了吧。

在我滿腦子都是希望讓他後悔的念頭時，恭平已經把我拋在腦後，邂逅了其他女孩子，墜入愛河、約會，甚至向對方求婚了。

我並不是希望要回到過去，也完全不認為復合後就能夠順利走下去。

那麼我到底是為什麼，會受到這麼大的打擊呢？

我轉彎踏進巷弄裡，空氣一口氣靜了下來。我拿掉耳機，聆聽空氣的聲音。總覺得風好像在耳朵深處，發出了輕微「嘰——」的聲音。

細雪不斷墜落，小小的雪塊從羊毛大衣滑落後消失。

我停下腳步，仰望深沉的冬季夜空。

「果然是這樣呢……」
今天輪到妳囉——我覺得自己似乎被天空直接指名了。
尚未埋葬完畢的「某種心情」，肯定還藏在內心的最深處。
「好！」
去埋葬委員會再聊一次吧。
這次一定要讓這場戀情徹底落幕。

「哇，哈囉——我要打擾了！」
我用踢館的方式，以石破天驚的動靜推開「雨宿」大門後，站在我眼前的是一位眼瞳顏色偏淡的女孩。
奇、奇怪？我還以為今天應該沒有預約，而且應該沒有諮詢者會在新年前夕衝過來吧。
「咦——桃子小姐好可愛捏，果然看起來很棒啊！」
她用那像在蜂蜜瓶中攪拌過一般甜美黏膩的聲音說著，然後迅速逼近我。應該是關西人吧？因為她的身高比我矮了一些，所以是用稍微往上的目光看我。
「嗚哇，妳全身都溼答答了捏，這樣會感冒的喔。店長先——生，毛巾借一下咩？」
這麼說著的她還沒等到店長回答，就鑽進吧台內拿來毛巾，試圖幫我把被雪淋溼的頭髮擦乾。

什麼，這是怎樣，從剛才就一直有「把這裡當成自己家」的感覺，理所當然地在店裡東奔西跑，幾乎要讓我懷疑起「雨宿」有這樣的員工嗎。

「哦哦小桃，歡迎回來，今天有好好放鬆一下嗎？」

「啊，店長……」

看到店長從吧台裡探出來的臉，讓我稍微鬆了口氣。

「對了，我剛才聽說了捏，祝妳生日快樂。如果我事前就知道的話，就可以帶更像樣的東西過來了。」

她有些懊惱地搔抓額際，同時邊覷了眼一般座位。只見黑田先生已經在那裡準備著筷子，有三個多層餐盒正漂漂亮亮擺在桌上。

「年、年菜……？」

從必備的黑豆、栗金團[4]、鯡魚子等，到英式烤牛肉、豬肉角煮[5]都有。裝飾用的胡蘿蔔雕工甚至很有專家的感覺，每一片花瓣都表現得非常立體。

「這都是……親手製作的嗎？」

「嘿嘿嘿，這個就是我的前男友食譜。」

她有些害羞地露牙笑著。

她的名字是深見詩織，和那一頭與下巴線條切齊的鮑伯頭非常合適。她似乎是自由接案的攝影師，所以頸部掛著看起來很重的單眼相機。慵懶的針織開襟外套，搭配著可能是在古著店之類買的復古花紋印花洋裝，腳下踩著 Dr. Martens 的鞋子。笑起來會露出長得偏高的虎牙，讓整個人看起來更加天真無邪。雖然她只比我小兩歲，今年二十八歲的樣子，但是老實說看起來就像個大學生。

她家就在不遠處，位在車站的另一邊，似乎之前就知道埋葬委員會了。

「因為我今天很閒咩，必須一個人打發時間捏，所以就覺得剛好可以來這裡。」

她的標準語中夾雜著關西腔，說話有點模糊不清，是能夠順利打破藩籬的說話方式，可以說是掌握了絕妙的距離感。所以在我踏進「雨宿」的時間點，就已經製造出那種氛圍了。現在也是一樣，簡直就像和店長、黑田先生認識很久了一樣，正熱絡歡笑著，甚至能夠互相開點小玩笑了。

我也很清楚自己的笑容很僵硬。

「這可不是什麼殺時間用的聚會呢……」

「嗯？結城小姐，妳剛才說了什麼？」

幾乎是在無意識下脫口說出這句話後我才驚醒，不行不行，今天的心情實在是太煩悶了，不多注意的話很容易惹人嫌。

4. 日本岐阜縣的傳統和菓子。將生栗子蒸熟製成栗子泥，加入砂糖，再用茶巾輕輕絞成栗子形狀。因形狀似金元寶，而有財源廣進的涵意。

5. 東坡肉在日本的變體，取其形狀方正命名「角煮」。

「這是今年最後的埋葬委員會，那就喝杯酒吧？」

在你來我往之中，店長已經從廚房抱來一堆飲品和食物。今天冷到連骨子裡都結凍一般，所以他沒事不想再站起來了吧。因為他為了減少往返廚房的次數，連整套下酒菜都搬來的關係，桌子滿得不得了。

「哇，好棒——人家也很會喝捏，看你們要喝多少我都奉陪到底喔！」

她俐落地拿著筷子把食物盛到分裝盤，也迅速為我的杯子斟滿了啤酒。

哎呀，難怪她不坐窗邊，原來是因為不方便行動。

「抱歉讓妳這麼忙。」

「才不會——怎麼可以讓壽星做這些咧。」

她分發筷子與溼紙巾、倒水、炒熱氣氛，這一切明明該由我來做的，但是今天卻全部都讓這女孩做了。

總覺得……總覺得我超級像個局外人！

而且最糟糕的是，這女孩好死不死很像恭平的結婚對象。狸貓般的臉相當白皙，臉頰也很圓潤，只化著淡妝，所以現在的樣貌與素顏時也差不多吧。我這輩子終究是贏不了這樣的女孩……

天哪，完蛋了，我已經沮喪到連我自己都很清楚有多明顯了。

冷靜下來，冷靜點，趕快轉換心情，眼前這位明明是特地前來諮詢的重要客人。

反正我就是這種容易嫉妒的人……

「那個，桃子小姐？」
正在思考該喝什麼的詩織小姐，忽然放下酒杯轉向我。
她朝著我坐直身體，以極近的距離凝視著我。
「妳今天該不會遇到什麼難過的事情了吧？」
糟糕，都寫在臉上了嗎？
「才、才沒有……」
抬起臉頰的肌肉吧、抬起嘴角吧。我的腦部拚命下著指令，臉部肌肉卻不聽使喚。即使我試圖擺出笑臉，仍感受得到牙齦一帶非常緊繃。
「人家總覺得妳看起來好像有點難過？啊，如果是錯覺的話，我向妳道歉揑。」
為什麼她會注意到呢？
為什麼最先注意到的不是店長也不是黑田先生，而是妳呢？這下子不就又進一步證明妳有多「美好」了嗎，我不就變得更悲慘了嗎？
不對，我好得很喔。
趕快讓詩織小姐說說自己的心事吧！
儘管我在腦中這麼說著，嘴巴就擅自說出了完全不同的話語。
「我喜歡的人、曾經喜歡過的人……結、結婚了……」
鼻頭好刺痛。
「明明已經過了一年……但是、我不知道、為什麼會這麼難過……」

我的聲音在顫抖，一直強忍著的煩躁情緒糾結成了塊狀物，現在就像要一口氣吐出來一樣。

「對不、起，妳都跑一趟了……應該、要聽妳、說話的……」

「這樣啊這樣啊，這樣確實很難過呢，乖喔乖喔。」

詩織小姐毫不猶豫地抱住哭出來的我，混合著玫瑰與牛奶的柔順香氣，溫柔包裹住我。這樣啊，詩織小姐能夠立刻抱緊哭出來的人呢。

這股溫暖纏繞著我全身，我恍惚地這麼想著。

天哪，我也好像活在那一邊的世界喔。

能夠立刻和人打成一片、擅長打造出熱鬧的氣氛、乍看什麼都沒在想，實際上卻認真觀察著周遭人。

如果可以重生成這樣的人，我……

「哎呀，真的很對不起，身為會長卻突然哭出來，嚇了妳一跳吧……？」我把臉退離她的身上，一邊按住鼻水一邊低下頭。詩織小姐把衛生紙遞了過來。

「任誰聽到前男友結婚都會很震驚喔，人家昨天也痛哭了一場捏，所以對妳的心情深有同感。」

「咦，昨天……？」

「人家昨天和喜歡五年的人分手，不過，我一直都覺得分手比較好吧，但是卻一直拖著，結果到昨天才正式分手。」

「什麼……那妳現在不是非常痛苦嗎？」

「這份年菜原本也是打算跨年時和前男友一起吃才準備的，但是卻在拿出來吃之前分手了，我覺得自己一個人吃不完才會乾脆拿過來。」

原、原、原來是這樣啊？

這麼說來她說的「很閒」，其實是因為原本打算與男朋友一起過，卻分手了才突然空下來的意思？

她內心肯定有許多痛苦吧，原本應該要兩個人一起過新年，還費盡心思去做了年菜，卻沒能讓對方吃到。儘管她內心這麼煎熬，卻還是表現得相當開朗，最後還得照顧第一次見面就哭出來的女人……

「不行不行不行！對不起！真的對不起！請妳先說妳的事情吧！真的很對不起！」

我竟然對這麼好的女孩，產生那些負面情緒！

「對不起！原諒我！我這下不是很不得了了嗎！」

「妳一直都很不得了喔。」

「啊哈哈，桃子小姐真有趣捏，都說了別擔心，今天我們就互相安慰吧？」

她微笑著拉開了罐裝啤酒的拉環。

也因為這樣，我們在比平常還要晚上許多的時間點乾杯了。

小詩（她要我們這麼稱呼的，好像是詩織小姐這個稱呼讓她有些害羞）交往的對象好像叫做藤本。兩人在五年前進入同一家攝影師事務所當實習生，所以才會認識的。

她拿出了藤本的照片，長得頗為帥氣，留著一頭長又蓬鬆的頭髮，嘴巴周邊都蓄鬍也相當適合，氣質上有些神秘、性感。

「人家很想結婚，但是藤本好像沒這個意思。該怎麼說呢，我好像是會讓男人變廢材的類型。」

真令人意外，溝通能力這麼好的人，愛情路應該也會順利才對啊。

「像小詩這樣的人，面對愛情時也會變得笨拙呢……我懂、我懂喔。」

我用力握緊了小詩的手，這次不一樣的眼淚又浮了出來，大家都各自抱持著各式各樣的困難努力生存著呢。

「會擔心對方是不是喜歡自己，所以忍不住一直追問對吧，我懂。」

「啊——……？嗯，真的真的，真的會這樣捏。」

「回過神時才發現自己一直被當成沉重的女人，對方還會說什麼『有點窒息呢』對吧！」

嗚……只要一想起這些事情，眼淚就會再度奪眶而出。

「我、我懂～嗯，我懂！」

「然後呢然後呢，還會在他的房間偷偷——」

「等一下！」

忽然傳來了高亢的鏘鏘鏘聲，正思考是什麼的時候，就看見店長正用筷子敲著伏特加的酒瓶，黑田先生則嫌吵似的塞住耳朵。

「小桃，妳先暫停一下。」

「咦？」

「小詩啊，妳不用客氣喔。」

客氣？是指什麼事情？

「妳其實非常受歡迎對吧？」

小詩明顯倒抽了一口氣。

店長與小詩彷彿正在互相探究一樣，兩人之間的氣氛格外緊繃。

「哎呀哪有，沒有這種事情啦，人家一點都不受歡迎喔。」

看著把手擺在臉前不斷搖著的小詩，店長輕嘆了口氣。

「或許妳是看小桃很沮喪所以才配合她，但是妳真正想談的其實是別的吧？」

店長眼睛眨也不眨，筆直凝視著小詩後說道：

「如果不把這些都坦白說出來，是無法埋葬的喔。因為這可不是什麼修補心傷的聚會，而是把努力修補至今的自己完全捨棄的聚會。」

我不由自主看著小詩，只見她維持相同的姿勢渾身僵硬。

「小、小詩？妳沒事吧……」

我把手搭到小詩肩膀的瞬間，她就啪地在沙發上低下頭。

「桃子小姐，對不起！人家，其實是超級受歡迎的女人！」

「……咦，咦咦咦咦?!」

那麼，真的被店長說中了嗎？

「其實我男朋友一個換過一個，從學生時代就一──直和班上最帥的人交往，被我盯上的男人絕對會落在我手中，坦白說人家桃花運好得不得了，對不起！」

「不，這是什麼道歉方式啦！」

「人家受歡迎到被在外商公司擔任顧問的超高級男子求婚還拒絕他的程度，別說擔心到追問別人了，我才是被追問的那個人。和人家交往過的男人都因為太迷戀我了才會變成廢材，我是個不折不扣的桃花女。對不起！」

「請等一下，妳真的有心要道歉嗎?!」

話說回來，讓男人變成廢材竟然是這個意思嗎？

「我就覺得妳散發出和我一樣的氣味呢，簡單來說，妳因為剛失戀所以來『雨宿』療傷是沒關係，但是妳又覺得要是埋葬委員會的會長小桃不喜歡妳就糟了，所以才卯起來努力的對吧？也因此才會老是說些謙虛的話語，牽著小桃的鼻子走吧。」

小詩不高興地鼓起臉頰瞪向店長。

「這、這個人是怎樣啊……你才狡猾呢，還假裝被人家騙到了！醜話先說在前面，人家可不是像你一樣靠臉決勝負的喔！我可是好好磨練過才來這裡的捏！」

「喔？既然妳都說到這個地步，想必妳有什麼過人的受歡迎理論是吧？」

看來分屬桃花男女代表的店長與小詩之間，似乎有同性相斥的問題存在。被兩人夾在中間的黑田先生，一臉求助地看著我。

「原來雙方都很受歡迎的人交手起來是這種感覺呢，我現在非常明白這是件危險的事情了。」

「……就是說啊，但是不知為何，眼淚一口氣乾掉了呢，總覺得剛才那麼苦惱的自己簡直像個笨蛋一樣喔。」

「那真是太好了。」

夜晚漸深，雪也愈來愈大了。灰色的雪地上，明天又會增加一層新雪吧？

我拿起伏特加的酒瓶與筷子。桃花男與桃花女之間愈演愈烈的戰爭，這次得由我來負責喊停了。

「來吧，既然都這樣了就讓人家全部說出來吧。」

我將啤酒嘩啦啦地倒入空掉的酒杯後，擺在小詩的面前。

「請告訴我該怎麼做才可以受歡迎！請妳教教我！」

既然那個店長都認證是「非常受歡迎的人」，那麼這女孩肯定就是道地的桃花女了。只要一想到她運用了撩男技巧，就可以理解黑田先生為什麼會這麼不怕生了。

但是我內心其實還有一個疑問。

簡單來說，就是小詩看起來並不是「桃花女」的樣子，畢竟她穿的是古著風的衣服喔？鞋子也不是淑女鞋而是馬丁鞋喔？看起來甚至與「受男性歡迎」這件事情的方向完全相反。

「該怎麼做才能夠受歡迎、呢……嗯，說起來其實挺複雜的……」

小詩咕嚕咕嚕喝光啤酒，喝酒的模樣非常豪爽。她像小貓一樣伸出小巧的舌頭，舔掉了沾在上唇的薄薄泡沫。

「像我這種外表很普通的女孩子，想要確實拿下盯上的男人時，老實說，方法只有一個喔！」

「咦……什、什麼?!快告訴我！」

「什……什麼？」

小詩在臉前筆直豎起食指說道：

「不要刻意、展現出女人味，而且必須貫徹到底！」

「總而言之，不能當個會被同性討厭的女人，和女人為敵的人絕對不會受歡迎的。」

「……真的假的？」

「真的喔，真的不能再真了。無論是多麼美的人，無論胸部多麼大，只要是會讓同性警戒的女人，就絕對不會獲得男人的真心。男人愈是受歡迎，在選擇結婚對象時，就愈是傾向能夠自己處理自己的情緒、惹人憐愛，而且大家都異口同聲稱讚的女人吧？」

我的心臟緊縮了一下。剛才看到的婚紗照再度復甦。她說得確實合理，但是不想相信的心情超過了理智，讓我不禁卯起來尋找反駁的理由。

「但、但是，妳說，聯誼之類的時候該怎麼做呢？不用特別展現自我也能獲得喜愛的人，都只有特別出色的美人不是嗎？」

裝在碗裡的凱薩沙拉突然闖入視野，那是店長的下酒菜之一。對了，就是這個。

我把裝著沙拉的碗推到小詩面前。

「妳在聯誼時是會幫大家分裝沙拉的人嗎？想要吸引男方注意的話該怎麼做？」

讓我領教一下吧。我把夾子與分裝盤一起交給小詩。

桃花女代表選手靜默觀察沙拉一會兒後，突然就像打開開關一樣，

「哇——來了來了，看起來好好吃喔——！你們要不要吃啊？哇——好餓捏——」

她邊說著邊迅速分裝起沙拉。

這一瞬間，就像帶著櫻花花瓣的春風，以絕佳的氣勢迎面吹來一樣，讓我不由自主望向窗外。不過當然，窗玻璃的另一端只有符合十二月夜晚的黑白景色。好厲害，剛才這招、是怎麼回事？我的心臟好像被大力抓住一樣，注意力都被拉往小詩身上。

小詩轉眼間就將盛有萵苣與麵包丁的小盤子遞給我們三個人，然後說著「我開動囉」後自己也吃了一口後，輕輕歪頭對著黑田先生微笑道：「好好吃捏。」

「唔……」黑田先生立刻按住胸口彎下身體。

「等一下你還好吧?!你中招了嗎?!中招了對吧？」

「是啊……突然就、呼吸困難……」

哎呀，我懂啊，黑田先生。畢竟剛才那個「好好吃捏」的威力太強勁了，根本到了令

人感動的等級。自然不造作的關西腔聽了很舒服，不會有心機很重的感覺，肯定能夠促進有益人類精神的荷爾蒙之類的東西分泌，厲害到我希望可以從科學的角度去分析「好好」與「吃捏」的音程。

然後小詩就呼地喘口氣後，把夾子擺回容器。

「……如何？可愛嗎？」

她已經恢復原本的模樣了。

我無話可說，回過神時我的手已經自動拍了起來，簡直就像剛欣賞完一齣舞台劇，內心有著不可思議的暢快感。

「太厲害了，完全沒有『我來幫大家分裝！』這種做作感，但也不會覺得是個粗枝大葉的女人，我已經呢，甘拜下風了。」

在我的盛讚之下，小詩自豪地呵呵笑出聲，然後又拿了瓶新的啤酒。

「請讓我為您倒酒，師父！」我連忙從她手中搶走酒瓶，為她打開了拉環。

「但是具體來說，該如何走到交往這一步呢？」

都已經這個地步了，我滿心都希望這位真正的桃花女徹底告訴我該怎麼拿下心儀的對象。

「嗯——關於這個捏……」

小詩用大拇指迅速擦掉杯緣的口紅，儘管動作看起來隨意，卻仍確實保有優雅感。看來她並不是完全捨棄了女人味，唉，為什麼我就辦不到呢？我只能在「徹底宣揚女人味結果引來警戒」與「粗枝大葉毫無女人味」之間來回奔波，完全不知道該怎麼前往恰到好處的中間點。為什麼我沒辦法停在「乍看隨興且很好聊，仔細一看卻很有女人味且優雅」這個地方呢！

「首先，看上某個人的時候就要成為他最好的朋友，雖然是異性，但是卻是最聊得來的朋友，並發展成讓對方覺得『雖然是麻煩的酒會，但是有這女孩的話我也想參加』的關係。總而言之，就是要深入對方的精神層面。」小詩熱烈地述說自己的理論。

深入對方的、精神、層面。我取來旁邊的便利貼，努力記下小詩語錄。

「這時最重要的是絕對不可以捨棄女人味。當然，藉由突然的肢體接觸徹底釋放女人味這種事情是不行的，但也不能因為這樣就啊哈哈地張大嘴笑，或是放任手指毛叢生，這樣是絕對不行的捏。既不要釋放女人味，但是也不能捨棄女人味，這個其實很難找到平衡的呢。」

我幾乎是反射性藏起自己的手指，糟糕了，我最近都沒有好好處理，所以手指毛已經冒出來一些了。

「真的想展現自我的時候，第一步就做到把身體朝向對方這樣就夠了捏。再來就是舉止要維持格調，說話方式也要保持溫柔。」

「但是但是，看到女性朋友突然表現得像淑女，不會覺得很倒胃口嗎？」

「正因為妳硬要從超級淑女跟完全不淑女之中二選一，所以才會倒胃口喔。如果只是稍微保持格調與優雅的話，怎麼可能會覺得倒胃口捏。」

「我就是找不到中間點才困擾啊——！畢竟我又不是美人！」

小詩雙手抓起下酒菜的魷魚乾，豪爽地撕咬了起來。

「還有，妳從剛才就一直強調美人怎樣美人怎樣的，其實男人沒有妳想像中那麼重視外貌喔。」

「……騙、騙人，這是騙人的吧，再怎麼樣都會重視的吧！」

小詩在說什麼呢？男人不僅重視外貌，還可以光憑外貌不合口味就排除在戀愛對象之外，這不是常識中的常識嗎……

「不，她說的未必是錯的。」

這次，一直沉默聆聽的另一位桃花人士插嘴了。

「當然男人會有所謂的『我喜歡這種類型』之類的喔，也沒有到什麼『只要個性好就好』的程度。但是，該怎麼說呢……如果女性看待女性時的視力是一．〇的話，男性看待女性的視力大概只有〇．一吧。」

「啊——沒錯！就是這個咩！這個這個！」

……咦？

「所以說呢，男人在意外貌這件事情雖然沒有錯，但是女性在意的很多細節，男人其實是看不見的喔。」

「看不、見？」

「也就是男人看待可愛時的視力極差喔，因為全部都是模糊的。所以別說髮型了，就算妳們換了妝容也注意不到，甚至穿什麼洋裝都搞不清楚。頂多覺得不知為何看起來很可愛、總覺得很漂亮之類的，除非是本身就很時髦的人，或者是像我這種很有眼力的人。」

騙、騙人的吧？

「黑田先生，沒有這種事情吧？你們有在注意細節的吧？我今天早上剪了頭髮，你有注意到吧？」

我把最後一絲希望寄託在黑田先生身上。

「……啊、有喔，這麼說來妳後面的頭髮好像短了一些……？」

「劉海啦！劉海！我都已經剪了齊劉海了！」

「小桃，我有好好地注意到喔！」

「不是都說了嗎，這是因為店長先生很有眼力咩。」

誰來告訴我這是假的。我本來以為變化都這麼大了，應該會有形象大改的感覺吧，沒想到黑田先生根本就沒有注意到。

「所以，回到正題。」

傻眼的我彷彿靈魂出竅一般，小詩便啪啪啪地輕拍我的臉頰。

「因為他們視力只有〇．一，所以只要把頭髮、皮膚這些大面積的地方打理得漂亮就沒問題。只要進入總覺得很可愛的範圍內就ＯＫ了，剩下就靠相處起來是否舒服決勝負了捏。」

「但是等一下，我有一個問題。」我終於驚醒，重新振作舉起了手。「一旦成為真正的朋友，感覺不就像是已經不被當成戀愛對象看待了嗎？如果是我的話，對方通常還會說著『我最近喜歡上一個女孩了呢』之類的向我諮詢戀愛的事情。」

「咦，桃子小姐妳在這個階段就放棄了嗎？太浪費了啦。」

還以為小詩會有同感，沒想到她的反應卻出乎我的預料。

「這樣當然會放棄吧？畢竟對方都有喜歡的人了。」

「不是喔，不如該說對方找妳諮詢戀愛時更有苗頭，根據我的統計，有80％的機率都會成功！」

小詩豪氣干雲地拍向大腿。

「……不，再怎麼樣都沒戲唱吧。」

「有。」

「沒有。」

「我說──有！聽好了，桃子小姐。」

小詩緊緊握住我的手，用淺褐色的瞳孔深深凝視著我。

「要對人說出『請和我交往』是件很重大的事情對吧？因為會擔心被拒絕咩。所以捏，男生們都會觀察諮詢戀愛時的反應。也就是說，『我最近喜歡上一個女孩了呢』這句話，等同於『我不知道該不該向妳告白，妳對我是怎麼想的呢？』的意思。」

怎、怎麼可能，怎麼可能有這麼誇張的事情？

彷彿有巨大的鐵鎚往頭上重重敲下一樣，我的內心受到了極大的衝擊。

「就是因為妳在對方來找自己諮詢戀愛的瞬間，就捨棄女人味、莫名變得粗魯，甚至因為無法如願而採取與以往不同的行動，才會『沒戲唱』咩。決定勝負的不是對方來找自己諮詢戀愛的瞬間，後面的言行才會決定一切喔。」

我、好像要窒息了。

每次聽到對方找自己諮詢戀愛時，我都做了些什麼呢？很簡單，不用想也知道，肯定是說著「這樣啊，可以順利就好了呢！」並全力支持對方。因為再繼續喜歡對方會難過，所以就刻意在對方面前封印起女人味。都已經被對方列入「朋友的範圍」，卻還試圖鑽進「戀愛對象的範圍」，實在是太不像話、太丟臉了，所以和對方見面時穿的衣服品牌就從SNIDEL換成UNIQLO，喝的酒也從黑醋栗香橙換成啤酒。

但是其中該不會真的有沒放棄就能成功的戀愛吧？丟出「好人卡」的其實不是單戀的對方，而是我、才對嗎？

「小、小詩……不，如果是詩織老師的話，妳會怎麼回答呢？」

我擠出最後的力氣詢問後，小詩的眼睛靈活地轉動了。

「你喜歡的那個人當然也不錯，但是這裡也有一個不錯的人喔？這時只要再露出微笑，幾乎都會成功喔。」她愉快地指向自己。

「唔……」

這次我比黑田先生還要更早中招了。天哪，我徹底輸了。

「既然妳都這麼了解男人心了，為什麼和藤本的戀愛就沒辦法順利走下去呢？」

我這麼詢問從微波爐拿出復熱好的筑前煮後擺上桌的小詩。這件事情真是充滿謎團，畢竟她的撩男技巧都這麼好了卻還是不順利，到底是什麼狀況呢？

「到底是為什麼捏？追根究柢是因為人家最初根本沒打算和藤本發展戀愛關係喔，畢竟他完全不是我喜歡的類型。我基本上都只跟條件很好的男生交往，所以二十七歲才剛脫離上班族生活，目標成為攝影師的人根本就不放在眼裡嘛。」

藤本屬於完美主義，每次拍攝時從器材使用方式、和模特兒的溝通，到構圖、燈光都會一一挑錯。

「受不了，我真的很討厭他捏。不是嫌人家一成不變，要不就是叫人家要對姿勢下達指示之類的，我真的覺得『煩死了！』。『我也有我的作法，不要管那麼多啦！』因為我也會這樣反駁，所以我們總是在吵架捏。」

「這樣妳還能喜歡上他啊……」

「完全沒用到撩男技巧嗎？」

「那個對他完全沒效啦！」

小詩邊把年菜分裝到四個人的盤子邊說道：

「人家第一次遇到這種銅牆鐵壁。不過，我事後才知道就是了……藤本和家人因為複雜的理由幾乎斷了聯繫，所以他一直都在不依靠任何人的情況下獨自活到現在。正因如此，他好像也搞不清楚該怎麼和他人保持適度的距離。啊，不要客氣，儘管吃捏。」

不知不覺間，手邊已經放著擺盤擺得很漂亮的年菜。栗金團、伊達卷[6]、鯡魚子，然後還有獨立裝盛的豬肉角煮。這些應該耗費相當多的時間吧。

燉煮得相當綿軟的角煮入口即化，散發出淡淡的薑味。雖然肉塊相當厚，卻連裡面都徹底入味。

「但是妳是怎麼從這麼討厭他演變成喜歡呢？」

「因為實習的師父舉辦攝影展，負責營運的就是我們兩個，所以不得不互助合作。我們在整個展期中幾乎每天都朝夕相處，所以也慢慢培養出工作上的默契。」

小詩正用筷子將鯡魚子分切小塊後吃掉，她的手法相當優美。

「人家住的地方離事務所很遠，所以東西都借放在藤本家。因為我們會帶很多攝影器材，所以漸漸地在藤本家處理工作變成日常，後來就經常一起自主練習，就這樣……持續了半年左右吧。」

小詩的話語讓我心跳愈來愈快，所以我喝了口啤酒讓心情冷靜下來。

「該不會，就這樣發展成砲友了嗎？」

我小心翼翼問出後，小詩一臉煩躁地嘆了口氣。

「相反，和這個相反。」

「相反？」

「我們什麼都沒發生捏！這半年期間，我一直睡在他家，但是卻什麼事情都沒發生！」

6. 將雞蛋、魚漿或蝦漿、糖、味醂、醬油等調味料攪拌混合之後，下鍋煎烤，再捲成螺旋狀的料理，是日本新年年菜常見菜色，有「智慧增長」的祝福之意。

「什麼?!二十多歲的男女獨處在一個空間耶?不過說得也是,畢竟一個睡床一個睡地上之類的話,這倒是有可能的……」

「不,我們睡在同一張單人床上。」

「什麼?!」

真是的,我從剛才就一直張大嘴巴闔不起來,臉頰的肌肉開始痠痛了。

「我們會在工作結束之後一起吃飯、修圖、整理檔案之類的,然後就鑽進被窩裡爆睡,隔天再去事務所上班。每天反覆著這樣的行程。」

小詩大口咀嚼著用來當裝飾的切花香菇。

「這個人到底想怎樣呢?我腦中開始浮現這個念頭,已經搞不清楚現在是什麼狀況了。我們與其說是職場同事……不如該說是以戰友的關係相處非常融洽,而且待在一起時的感覺也很舒服,這都是無庸置疑的。我想藤本應該也很信賴人家吧──就是這樣的感覺,但是至今什麼事情都沒發生,讓我莫名覺得火大:『這傢伙該不會完全沒把人家當成女人看待吧。』畢竟他可是和堂堂深見詩織全天候黏在一起喔?!」

「真希望妳可以分一半的自信給我啊……」

我的話肯定立刻感到錯覺……不,說到底我根本就不會做出和男性朋友半同居的事情,我絕對辦不到的。

「所以我就決定和他一決勝負。」

她咕嚕吞下香菇後,像個惡作劇的孩子一樣露出壞笑。

「一決……勝負？什麼啦，妳做了什麼啦。」

「我全裸撲到床上。」

「嘔咳嘔咳、咳咳！」

看到黑田先生以驚人的勁道噎到，我連忙把水端給他。「你還好吧？」

「我沒事……咳咳，不好意思，因為我原本以為會是更偏向鬥智的方式。」

「沒——辦法嘛，這好歹也是人家絞盡腦汁才想出的辦法捏。至今桃花朵朵開的人生中，所有好用的方法都對他沒效果，所以我已經束手無策了咩。這已經是最後的方法了，如果還是不行的話我就放棄！人家是抱持著這樣的心情，用赤裸裸的肉體衝上去的。」

黑田先生又咳了起來。

「然後呢，結果妳的肉體衝撞策略有成功嗎？」

店長搖了搖已經喝空的啤酒罐。

「算是……有吧？」小詩態度曖昧地扭著脖子。

「有吧是什麼意思？」

「你們做了嗎？」

面對問得很直接的店長，小詩有些尷尬地點點頭。

「但是，那之後卻什麼變化都沒有，沒有什麼互相喜歡或交往的感覺，還是一如往常一起工作、確認彼此的拍攝狀況，大概三天左右會一起吃一次飯，生活上完全沒變，似乎只有做不做愛的差異。」

「這、是……」
戀人？還是只有肉體關係？不，畢竟是整天處在一起，融洽得像好朋友一樣，所以應該不能說是只有肉體關係吧？
在桌上擺開的豪華年菜忽然映入眼簾。
「但是，你們每次都是一起過年的吧？」
「沒錯呢。這兩三年每年都是一樣的，為了拍攝新年第一道曙光，我們會熬夜爬山後拍照，然後回家大睡一場。睡到中午左右起床後，一起在暖桌吃著暖呼呼的年菜……每次節日也都是這種感覺捏。春天會去拍新宿御苑的櫻花、夏天要拍被夕陽染紅的海洋、秋天要去京都拍攝楓紅。每次都還要揹著器材捏，真的是……有腳架有閃光燈有傘之類的，真的很重捏這些。所以老實說，完全沒有約會的感覺……」
小詩面露些許寂寞，眺望著窗外靜靜落下、堆積的雪。
「真的很開心，每天都非常開心，只要和藤本在一起就很開心。」
結果兩人即使沒有好好說出「交往吧」這句話，仍理所當然地在一起，而這樣的關係似乎一直維持到昨天。但是這段期間小詩與藤本之間，似乎有著某種像薄膜一樣的東西，怎麼樣也跨不過去。
小詩說著「後面不喝醉一點的話，就會說不下去」後，終於向店長點了龍舌蘭。豪邁注入杯中的褐色液體，讓人有些恍惚，鼻子湊近就會聞到濃烈的酒味。店長和我為了陪小詩，也一起喝了龍舌蘭。

「要喝囉？一、二──三。」

我們一口氣乾了手中的SHOT杯，然後同時咬住檸檬。天哪，總覺得好暈。小詩的臉皺成一團，不斷對著熱辣的喉嚨啪噠啪噠搧著風。

「人家呢，主動對藤本求婚了喔。」

小詩說出這段話時的語氣平淡，讓我一瞬間聽漏了……咦、她剛才、說了什麼？

「求婚?!」

小詩喝了冰塊融化後變淡的高球代替醒酒水，而她的眼皮一帶也逐漸變紅了。

「不知道是在人家第幾年的生日，我買了很大的生日蛋糕喔，所以藤本幫我和蛋糕拍了照。當時房間亂七八糟充滿了生活感，我的臉素得不得了，頭上還夾著大眼蛙的鯊魚夾……但是卻是張超級棒的照片。在我們說著『這是什麼啦，五官都不見了！』大爆笑的時候，我……」

小詩彷彿回到當時般的笑了。

「回過神時我已經脫口說出『我喜歡你！』、『結婚吧！』這些話。」

啊哈哈，該怎麼說捏──人家真的墜入愛河了捏──小詩害羞地搔搔頭。

「然後呢，他怎麼反應？」

店長把身體往前傾這麼一問，小詩就輕輕垂下了臉。

「……好恐怖。他說了、好恐怖，他覺得跟人家在一起很恐怖。」

迷離的視線投向了桌上。

「他說『總覺得和妳在一起的話會變成廢材』。我根本聽不懂這是什麼意思，明明處得那麼開心還覺得恐怖到底是怎樣？結果我們就大吵了一架，後來有段時間都沒見面。」

小詩說著「啊——回想起來就火大！」後再度喝乾了手上的龍舌蘭，然後咬住了檸檬。有道非常大的嘆息，從她的喉嚨洩了出來。

「我因為太過火大，所以想著找其他男人來約會吧。但是都已經有藤本了，為什麼還要特地去見其他男人呢，我不禁覺得麻煩。所以儘管我火大得不得了，卻仍開始想念藤本了，當時莫名覺得……」

小詩忽然中斷了話語。

「覺得我不會再遇到其他這麼喜歡的人了。我喜歡藤本，雖然他很麻煩、很龜毛也太過敏感了，但是這些我都無所謂。雖然他條件不好，但是我已經不想管其他人看到他會怎麼想了。人家只是單純喜歡著藤本，所以想看看這種不顧一切，單純『對藤本的喜歡』能夠讓我走到什麼地步。」

「……好厲害。」

我至今是否談過能夠產生如此想法的戀愛呢？就算只有一次也好。

「我就是下定決心要和他和好，才開始做這些年菜捏。藤本曾說過新年時家裡沒有別人，所以沒什麼吃過年菜。我就想著『既然如此就做給你吃吧』。」

「妳真的好厲害喔，畢竟年菜做起來真的很辛苦不是嗎？」

「畢竟以目前看來，什麼馬鈴薯燉肉、唐揚雞還是什麼燉牛肉，感覺都沒辦法抓住他的胃了嘛。如果是年菜的話，就算是他也會想像起結婚後的模樣吧，我已經無論如何都想和這個男人共組家庭了！所以我為了讓他覺得『對象是這傢伙的話，或許可以試著共組家庭看看』可是卯足了勁捏。」

小詩用指甲的尖端喀嚓喀嚓抓著多層餐盒的邊角。一開始擺得很漂亮的年菜，現在已經因為被四個人拿走了不少，導致剩下的食物散落各處。

「年菜對我來說，一直都像是和好的咒語一樣。每年十一月我生日的時候，都會忍不住逼問他『到底有沒有打算結婚？』，這時藤本就會試圖轉移話題，說著『還很害怕』之類根本搞不清楚意思的話。然後人家就會氣到奪門而出，但是獨處的時候果然還是很想念他，結果年底又會做好年菜帶去他家，一起吃飯後和好如初。這已經變成每年的例行公事了。」

小詩極其理所當然的，自己倒起了龍舌蘭後又一口氣喝乾。雖然她酒量很好，眼神仍已經變得相當渙散了。

「……唉，我昨天也打算用年菜打破僵局的。所以我做了年菜後打算拿到藤本家，覺得只要一起吃了就可以告一段落，新的一年會再度展開……」

「等一下，妳是不是喝太多了？」

店長從小詩那裡拿走龍舌蘭酒瓶。「咦——不要這樣啦。」小詩的笑容變得輕飄飄的，眨眼的速度也變慢了。

「但是呢，我昨天在做伊達捲的時候，突然覺得我去年也在做一模一樣的事情捏。

不只是去年，前年、還有大前年也都在做一模一樣的事情捏。一一直都這樣，你看，我就像在講時光迴圈的電影一樣，會一直發生相同的事情喔。儘管如此，那傢伙還是會說出『我把冬衣放在這裡，妳要幫我記好喔，不然我明年會忘記』這種好像我們有未來的話捏。我本來期待的是只要像這樣在對話時，都會以一年後還在一起為前提的話，那傢伙肯定會改變的吧。」

這麼說著的小詩，像貓一樣飛快搶走了店長剛倒進自己杯裡的啤酒。然後噗哈地一飲而盡後，趴倒在桌上。

「哎呀，被搶走了，是我大意了啊。」

我們拿開桌上的小盤子和酒杯，避免弄髒她的頭髮。

「藤本現在……在做什麼呢……」

繼續趴著的小詩口齒不清地說道：

「藤本捏，哭了喔。在我昨天跟他提分手的時候。」

「……咦？他不想分手嗎？」

「算了，我搞不懂。那傢伙到底是怎麼回事捏，一直說著對不起。說著和妳在一起會變廢材、和妳在一起很恐怖，好像有很多連自己都不知道的一面會被拖出來，會覺得自己好像赤裸裸一樣所以很恐怖。留著鬍子的壯漢就這樣哇哇大哭，說什麼雖然很喜歡但還是很害怕，不想再變得更喜歡了。」

小詩仍然趴倒在桌上，只有臉微微朝向我。

「我問妳，桃子小姐。」

她用朦朧的眼神凝視著我，酒精讓她連脖子都紅了。

「人家，到底該怎麼辦才好捏，我覺得已經不可能再更努力了。我，已經竭盡全力，告訴藤本我喜歡他了喔。這五年來人家什麼撩男技巧都沒用過，是用最真實的我認真去衝撞、去受了很多的傷，儘管如此人家還是真的很喜歡藤本捏。但是，人家的喜歡，現在已經用光光了喔。」

赤紅的下眼皮，染上了透明的淚珠，然後橫過小詩的臉落下。

「我已經用盡了所有喜歡，把我擁有的所有喜歡都交出去了喔。我很努力了喔，我已經不行了，不要說什麼『不想再變得更喜歡了』啦。人家獻上的喜歡，明明已經到了不能再多的地步了。」

唔、嗚嗚——她逐漸發出了啜泣聲，然後用開襟外套的袖口胡亂擦著臉。

「我是不是還有什麼事情沒做呢？如果我更加、更加……更加珍惜藤本的話，對藤本更溫柔的話，他是不是會成為我的家人呢？但是人家已經累了咩，用赤裸裸的自己去衝撞卻沒能被對方接受，真的很痛苦捏。如果人家是用了撩男技巧，偽裝了和自己不同的面貌結果被甩掉就算了，但是人家什麼武器都沒用嘛。而且被他說了那些，再怎麼樣都會受傷喔。雖然我以前都告訴他『人家喜歡你，所以沒關係』，也都假裝真的沒關係，但是終究還是辦不到咩。他到底把人家當成什麼了嘛，我、我的……為什麼、我會……」

我終於忍不住抱緊了小詩。

我用力地抱緊她，柔和的玫瑰香氣中，混著少許的酒味。
「嗯，妳做得很好喔，妳已經很努力了喔。」
小詩比我以為的還要纖瘦，我啪啪啪地拍著那小巧又膽怯的背。彷彿想徹底宣洩般，小詩的號哭聲又更大了。
「——拜託你，藤本，一定要幸福。」
她用顫抖的聲音這麼說著。
「拜託你、要幸福，要變得比所有人還幸福。啊——但是好討厭捏，為什麼不是我呢，如果能夠讓藤本幸福的人、是人家就好了，為什麼、不是我呢？但是、拜託你、幸福。拜託你、拜託你……」
小詩把臉靠在我的左肩。
「我好喜歡藤本，真的非常喜歡捏，嗚嗚，沒問題的，藤本會幸福的，藤本絕對可以變得幸福的。雖然他個性敏感又麻煩，雖然人家……人家已經沒辦法再、繼續努力、了……雖然已經沒辦法、再努力了……」
小小的手緊緊揪住我的背。
天哪，這女孩真的是——
「但是……但是果然還是很討厭捏！如果是人家就好了，如果是、人家、該有多好。如果能夠讓藤本幸福的、是人家、就好了說……」
真的是個很棒的人。

喜歡上某個人，就是這樣子呢。

小詩嚶嚶啜泣著的同時，默默地抬起臉。她的臉上布滿黏答答的眼淚與鼻水，劉海也黏在額頭上了。

「桃子小姐，人家沒有做錯吧？嗚、雖然很不、體面……」

「妳沒有做錯喔，小詩絕對絕對沒有做錯。」

我一直一直都希望別人能夠愛著「我最真實的一面」。

毫無修飾的自己、沒有裝模作樣的自己、沒有耍帥的自己，沒有扮演任何人的、自己。我期望能夠有一個人愛著這樣的我。

但是沒能用赤裸裸的自己去衝撞的，肯定是我。

感到害怕的人，是我。

扮演著胸襟寬廣的女人。

扮演著不麻煩的人。

扮演著善解人意的人。

假裝自己和大家一樣。

忍不住扮演著某個人的，正是我。

畢竟不這麼武裝的話，我就沒辦法找藉口了。只要扮演一個自己以外的其他人，內心就能夠找到藉口，能夠說著「那也是沒辦法的，畢竟我沒有對他展現出真自我」。告訴自己被否定的不是我，而是外側的面具，藉此狡猾地逃避受傷這件事情的人，是我。

使盡全力去衝撞，然後轟轟烈烈地失戀。想著要逞強讓對方看見自己已經振作的模樣，卻因為終究還是喜歡而嚎啕大哭。從路人的角度看待小詩的話，或許會覺得她很不像話。竟然把二十多歲的珍貴五年間，耗費在自己也搞不清楚的渣男身上，簡直是太愚蠢了。或許會有人認為她如果有趁很受歡迎的時候，趕快和條件很好的男性結婚就好了。

但是這些人都去吃屎吧。

「小詩，妳談了一場很棒的戀愛，很厲害喔。能夠變得這麼不體面，肯定是因為妳真正墜入愛河的關係，不要管別人怎麼說。」

她訝異地睜大眼睛。

「藤本肯定也會沒問題的，畢竟他已經從妳身上得到了讓妳整個人空蕩蕩的愛意喔。」

「對、對吧？人家都已經那麼盡力了，他應該、會變得幸福對吧？」

「別擔心，不管是藤本還是妳，都會幸福的喔。」

小詩「嗯、嗯」吸著鼻水的同時笑了。

我以前只想著絕對要讓前男友後悔，希望未來的某天在哪裡擦肩而過時，他會覺得我變漂亮了。我希望他嘖嘖後悔著放走一條大魚了。

但是如果我期望他幸福的話，現在就會覺得獲得回報了。

我總是只顧著自己而已。

悔恨、煎熬。

我其實根本沒有在思考什麼恭平。

我只是一直藉由把恭平當壞人去保護自己的內心而已。

未來我將——

我、將……

磨好的蒜泥與薑泥落在融化的奶油上後，美好的香氣立即包裹了整間店。熱度上升到足夠的程度時，我就把切片的洋蔥與香料倒進去拌炒，然後深深吸一口氣，讓香氣進到肺的深處。

醉成那樣的小詩，今天早上從沙發上醒來時，就好像什麼事情都沒發生般地說著「啊——肌肉都僵硬了」。

只有臉水腫到難以置信的程度，所以她一走出洗手間……

就指著自己的臉說著「喂，桃子小姐快看，這個好誇張捏。」後狂笑不已。

「眼睛不見了耶！沒事吧？妳看得見嗎？」

「幾乎看不見，我的視野只剩下十分之一左右，話說桃子小姐也很誇張捏。」

那之後有一段時間，我們因為彼此的臉腫到太誇張而笑到肚子痛、拍了很多照片。

「這張臉可不能讓男生看見呢～」因此我決定不叫醒正趴著熟睡的店長與黑田先生，悄悄送小詩回家。

「人家其實有說一個謊，可以告訴妳嗎？」

在回小詩家的路上，她突然這麼說了。

「咦，是什麼？」

為了避免滑倒，她謹慎地踩出每一步穿著馬丁鞋的腳，嘴上則掛著壞笑。炫目的晨光在白雪的反射下，毫不留情地攻擊我們發腫的眼睛。

「我呢，其實在這之前曾經來過一次『雨宿』。」

「咦，是喔？」

「嗯，當時店內超級多人，所以我想妳應該不記得了。」

「抱歉，我完全沒注意到……」

肯定是因為有節目報導之後，大排長龍的那段時間吧。

「人家那時候吃了咖哩喔，然後還想說竟然會有人推出前男友喜歡的咖哩，真是什麼奇怪的事情都有人做捏。然後要離開的時候，我有對在收銀台的妳說出『很好吃』喔。結果妳知道自己當時回答了什麼嗎？」

我完全不記得了。我很常被客人稱讚，但是當時我都怎麼回應的呢？因為幾乎都是下意識的回答，所以我完全想不出來。

看著絞盡腦汁試圖想出來的我，小詩低聲笑了出來。

「妳說『我知道！』喔，而且還說了『這道咖哩真的超級好吃吧！』。」

我立刻嗆了一下，臉也立刻發燙。這是什麼回答啦，好丟臉！一般都會說「謝謝」或是「很高興合妳的胃口」之類的吧，我當時肯定是太忙了，心情又因為店內坐滿而太過高興才會這樣吧。

「但是對人家來說，那樣的妳很耀眼喔。總覺得……好像被妳推了一把。」

「推、推了一把？為什麼？」

「畢竟明明是妳自己做的，卻能夠像在稱讚別人一樣嘛。這讓我覺得對這個人來說，『自己做的』和『這道咖哩很好吃』是完全不同的事情吧。」

小詩把發紅的鼻子埋進圍巾。

「『喜歡』的心情會在不知不覺間被許多事物覆蓋，讓人漸漸看不見這份心情了不是嗎。最初明明只是單純的『喜歡』而已，卻逐漸擔心這個人能不能抬高自己的身價，或是公布『我喜歡這個人』的時候周遭人會不會用奇怪的眼光看我。既然要喜歡的話，就想喜歡一個可以放心對大家說出喜歡的人。在說出自己喜歡某個人事物之前，總會先考慮其他人的看法——人家覺得這才是最常見的作法。」

紅燈了，所以我們在行人穿越道前停下腳步，把凍僵的手指從口袋中伸出來後，按下步行者專用的按鍵。

「去『雨宿』時的我也已經愈來愈搞不清楚自己對藤本的想法了，所以當時看到桃子小姐的……那個、純度百分之百的喜歡後，就決定『試著喜歡他到這些喜歡一點也不剩為止』喔。人家也是因為這樣才去埋葬委員會的，總覺得如果再見到桃子小姐一次，或許就會有什麼改變。」

「小詩……」

沒想到竟然有人是這樣看待我的。

我驚訝到什麼都說不出來時，小詩用力拍了拍我的背部。

「所以桃子小姐妳肯定沒問題的，畢竟妳是可以守護自己的『喜歡』的人嘛。」

綠燈了。

紅綠燈的語音隨著輕快的電子音響起。

「我家就在那邊，所以送到這邊就可以了，謝謝妳捏！」

小詩用小小的步伐快速走過了行人穿越道，到了對面之後就朝著我大幅度揮了揮手。

「好！」

蓋上鍋蓋之後，我伸了個大大的懶腰。總覺得空氣很悶，所以就打開門，讓清澈新鮮的冬日空氣填滿了整個「雨宿」。

在等奶油雞肉咖哩煮好的時間，我不知為何想坐在吧台椅子上認真看看這間店。

「發生了很多事情啊……」

我忽然看見架子上的雪花球，那是店長、黑田先生跟我各自做的。我的那顆塞滿了許許多多與恭平的回憶，結果只有這顆顏色變得有點奇妙。

「哎呀，小桃，妳回來啦。」

依然不怎麼好聽的進店鈴聲響起，店長與黑田先生一起出現在眼前。他們應該是跑去沖澡了吧，或許是因為酒精還沒消退，店長踏進廚房後就懶洋洋地喝起了水。

「啊——頭好痛，小詩還好吧？」

「……總覺得有好香的味道呢。」

「確實有呢，我肚子餓了啊。」

「……被你們發現了嗎……」

我本來想一個人吃的，結果最後還是像平常一樣，三個人一起吃著咖哩。

吧台上擺著盤子與湯匙。

仔細想想，會覺得除夕一早吃咖哩實在很奇怪，不過追根究柢，我們可是在昨天，也就是十二月三十日就吃完年菜了，所以事到如今再怎麼在意順序也沒用了。

「我開動——了。」

或許是昨天大鬧一場消耗了很多能量，店長和黑田先生看起來都很餓，正用湯匙直接將咖哩飯掃進嘴裡，一口接著一口。

「哈——咖哩滲透了宿醉的身體裡。」

「嗯，畢竟裡面放了薑黃呢。」

「你回這個是什麼啊……」

總覺得店長和黑田先生的聲音有點遙遠。

拿著湯匙的手顫抖著，明明理應做了好幾百遍，也吃了好幾百遍，心臟卻狂跳不已。

和恭平交往期間，我稱這道咖哩為「恭平咖哩」。因為這是為了恭平所想出來的，也是他所喜歡的口味。這讓咖哩和當時的回憶纏繞在一起，每次吃到就會想起恭平。正因如此我才會決定放進店的菜單，就算有些勉強，只要當成一種哏的話，心情應該會稍微獲得救贖吧。

但是現在已經不要緊了。

畢竟這也是我自己喜歡才會做出來的咖哩，不能總是寄放在恭平那裡，必須拿回來好好放在我這裡才行。

我一口氣喝下一整杯水。

然後就盡情用湯匙同時舀起一半咖哩與一半白飯，大口吃了下去。

「結城小姐？」

雖然沒有使用高級食材，也沒有煮到四十八個小時，和帝國飯店的咖哩比起來，或許會稍嫌不足。

但是……

「好吃！」

我用著不輸店長也不輸黑田先生的氣勢，拿起盤子直接用湯匙將咖哩掃進嘴裡，白飯、咖哩全部都一起掃進來。用優格與香料醃漬過的雞肉纖維，柔軟到在嘴裡很快就化開了。

一口氣吃完後，我才重重嘆了口氣，然後用餐巾擦了擦嘴巴。

「這個……這個呢……」

很好吃吧？我差點要說出這句話時，才猛然驚覺。

我一直以來都窺看某個人、喜歡的人的臉色，結果已經養成習慣了。我一直都想符合喜歡的人的理想，曾經把「恭平是否說了喜歡」當成一種門檻，總覺得不突破這個門檻就沒辦法主張自己的心情。

「結城小姐？怎麼了嗎？」

望向一臉奇怪地盯著我的店長與黑田先生，我搖搖頭回答「沒事」。

埋葬吧。

你喜歡我嗎？我做的飯好吃嗎？我能一直保持你喜歡的樣子嗎？我想和忍不住這樣問的自己告別。沒問題的，因為我已經卯足全力努力過了。我痛苦掙扎後盡力「生存」了，所以現在的話我肯定說得出來。

「這個很好吃吧！超級好吃，嗯，真的很好吃！」

我用有些顫抖的聲音說出口後，兩人相覷了一秒，然後便輕笑出聲。

「很好吃呢。」

「確實很好吃呢。」

我們走向廚房再添了一份世界第一好吃的咖哩，早晨的陽光在白茫茫的雪景反射下，耀眼得不得了。

超級桃花女的眞心筑前煮

材料

雞腿肉……250g
竹筍……200 g
胡蘿蔔……1條
蓮藕……1節
牛蒡……2條
乾香菇（泡水）……6片
豌豆……5根
高湯……3.5杯（包括泡過乾香菇的水）
醬油……2.5大匙
砂糖……3大匙

作法

【1】豌豆氽燙之後泡進冷水。

【2】蓮藕、胡蘿蔔與香菇切花當作裝飾。

【3】牛蒡與竹筍切成不規則的塊狀，雞腿肉切成方便一口食用的大小。

【4】在鍋中倒入少量的油後拌炒雞腿肉，等雞腿肉變色後，就倒入豌豆以外的蔬菜後拌炒。

【5】倒入高湯與泡過乾香菇的水一起燉煮後，再倒入醬油與砂糖煮一下子，等食材入味之後再撒上豌豆就宣告完成。

全文均為虛構，
與實際存在的人物、團體完全無關。

國家圖書館出版品預行編目資料

前男友食譜埋葬委員會 / 川代紗生 著；黃筱涵 譯.--初版.--臺北市：皇冠. 2025.5 面；公分.
--（皇冠叢書；第5224種）（大賞；182）
譯自：元カレごはん埋葬委員会

ISBN 978-957-33-4282-3(平裝)

861.57　　114004080

皇冠叢書第5224種
大賞｜182

前男友食譜埋葬委員會

元カレごはん埋葬委員会

作　　者—川代紗生
譯　　者—黃筱涵
發 行 人—平　雲
出版發行—皇冠文化出版有限公司
台北市敦化北路120巷50號
電話◎02-27168888
郵撥帳號◎15261516號
皇冠出版社（香港）有限公司
香港銅鑼灣道180號百樂商業中心
19字樓1903室
電話◎2529-1778　傳真◎2527-0904
總 編 輯—許婷婷
責任編輯—黃雅群
美術設計—嚴昱琳
行銷企劃—謝乙甄
著作完成日期—2023年
初版一刷日期—2025年5月

法律顧問—王惠光律師

讀者服務傳真專線◎02-27150507
電腦編號◎506182
ISBN◎978-957-33-4282-3
Printed in Taiwan
本書定價◎新台幣450元/港幣150元